W

Nyman
Neman

TIENS BON

TIENS BON

Nina LaCour

Traduit de l'anglais (États-Unis) par Pauline Vidal

Hugo New Way

Titre original : *Hold Still*
Première publication par Dutton Books, une division de Penguin Random Group (USA) Inc.
Publié par Penguin Books, une division de Penguin Random House LLC
Publié avec l'accord de Pippin Properties, Inc. Via Rights People, Londres

Collection New Way dirigée par Dorothy Aubert
Ouvrage dirigé par Dorothy Aubert
Illustration de couverture par Adams Carvalho
Design de couverture par Samira Iravani

Pour la présente édition :

34-36, rue La Pérouse
75116 - Paris
www.hugoetcie.fr

ISBN : 9782755644500
Dépôt légal : octobre 2019
Imprimé en France par Corlet

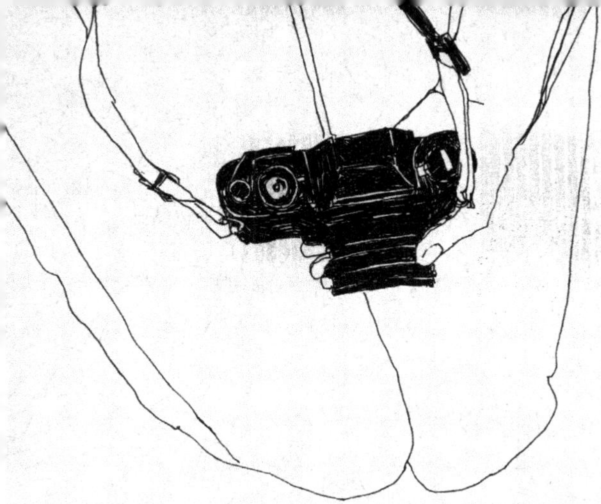

Pour ma Famille et pour Kristyn

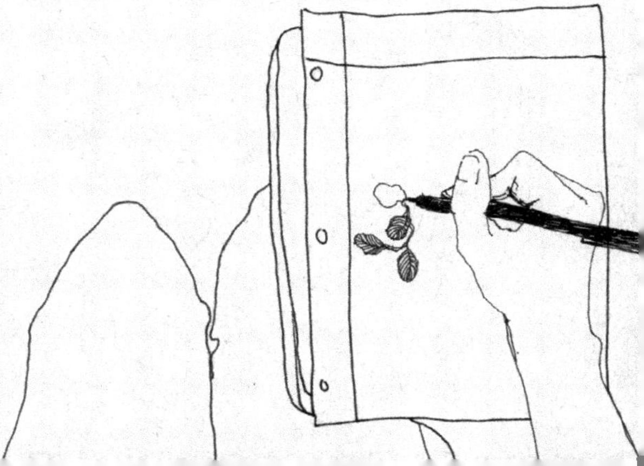

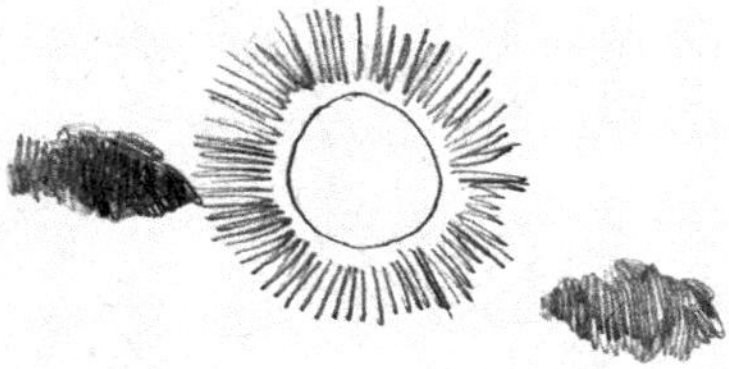

ÉTÉ

I

Je regarde les gouttes tomber des pointes de mes cheveux. Elles perlent le long de ma serviette pour former une flaque sur le coussin du canapé. Mon cœur bat si fort que je le sens résonner dans mes oreilles.

– Ma chérie, écoute.

Maman prononce le nom d'Ingrid et je me mets à fredonner, non pas la mélodie d'une chanson mais juste une note tenue. Je sais que ça me donne l'air d'une folle, je sais que ça ne changera rien, mais ça vaut mieux que de pleurer, de hurler, ça vaut mieux que d'écouter ce qu'on me dit.

Quelque chose m'écrase la poitrine – une ancre, la pesanteur. Je vais bientôt m'effondrer. Je monte dans ma chambre en trébuchant, me jette sur le jean et le débardeur que je portais hier. Et puis je sors, dans la rue, vers l'arrêt de bus au carrefour. Papa m'appelle mais, sans répondre, je saute entre les portes à l'instant pile où elles se referment. Je trouve une place à l'arrière et c'est parti, d'abord Los Cerros, puis la ville suivante, jusqu'à ce que je me retrouve dans une rue inconnue, où je descends. Je m'assieds sur le banc de l'arrêt de bus, essaie de ralentir ma respiration. Ici, la lumière est différente, un peu bleutée. Une mère passe devant moi en souriant à son bébé dans la poussette. Une branche remue dans la brise. J'essaie de me sentir aussi légère que l'air.

Seulement mes mains s'agitent, elles ont besoin de remuer, alors j'attaque un bout du banc qui s'écaille, m'y casse un ongle de la main droite mais je réussis à récupérer un éclat que je cale dans ma paume gauche avant d'en arracher un autre.

La nuit dernière, je me suis repassé en boucle un enregistrement de ma voix récitant des données biologiques. Et ça me revient constamment à l'esprit, comme la bande-son d'une catastrophe qui noierait tout le reste. *Si un homme aux yeux marron et une femme aux yeux marron ont un enfant, celui-ci aura sans doute les yeux marron. Mais si le père et la mère ont un gène pour les yeux bleus, il est possible que leur enfant ait les yeux bleus.*

Un vieux bonhomme en cardigan à motifs de flocons s'assoit près de moi. J'ai maintenant la main pleine de lamelles de bois. Je vois bien qu'il me dévisage, mais je ne peux pas m'arrêter. J'ai envie de dire : *Ça vous intéresse ? Il fait chaud, on est en juin, et vous portez une veste de Noël.*

– Vous avez besoin d'aide, jeune fille ? demande-t-il en remuant sa fine moustache blanche.

Sans le regarder, je fais non de la tête. Il sort un portable de sa poche.

– Vous voulez utiliser mon téléphone ?

Mon cœur s'emballe et ça me fait tousser.

– Je peux appeler votre mère ?

Ingrid a les cheveux blonds. Elle a les yeux bleus, ce qui signifie que, même si ceux de son père sont marron, il doit avoir un gène bleu récessif.

Un bus arrive. Le vieil homme se lève, m'adresse un signe.

– Mademoiselle.

Il s'approche pour me caresser l'épaule mais change d'avis.

J'ai la main gauche pleine de bois maintenant, au point que j'en laisse tomber quelques éclats. Je ne suis pas une demoiselle mais une fille sur le point d'exploser en mille morceaux.

Le vieil homme recule, monte dans le bus, disparaît.

Des voitures passent devant moi dans un flou de couleurs qui se succèdent. Parfois, elles s'arrêtent au feu ou devant quelqu'un qui traverse, et elles finissent par repartir. Je crois que je vais vivre ici, rester comme ça à jamais, dépiauter ce banc jusqu'à ce qu'il ne représente plus qu'une pile d'échardes sur le trottoir. Oublier ce que ça fait d'être attaché à quelqu'un.

Un bus ralentit mais je lui fais signe de continuer. Quelques minutes plus tard, deux petites filles m'observent de l'arrière d'une voiture bleue – une blonde et une brune, des barrettes multicolores dans les cheveux. Il n'est pas impossible qu'elles soient sœurs, mais ça m'étonnerait. Elles penchent la tête pour mieux me voir. Insistent. Lorsque le feu passe au vert, elles sortent leurs petites mains par la fenêtre et les agitent si fort qu'on dirait des oiseaux échappés de leurs poignets.

Peu après, mon père se gare. Il se penche vers la place passager, ouvre la portière. Cette odeur de cuir. Cet air conditionné trop clair, trop froid. Je grimpe près de lui, le laisse me ramener.

2

Je dors toute la journée qui suit. Chaque fois que je vais aux toilettes, j'essaie de ne pas regarder dans un miroir. Une fois, je capte mon reflet : on dirait que j'ai pris des coups dans les deux yeux.

3

Je ne peux pas parler de la journée qui suit.

4

On emprunte l'autoroute au ralenti parce que papa est un conducteur prudent sujet au vertige. En dessous de nous, il y a d'un côté les falaises et l'océan, de l'autre, des arbres épais et des panneaux de bienvenue dans diverses villes d'une moyenne de quatre-vingt-quatre habitants. Maman a apporté toute sa collection de classiques et là, c'est au tour de *La Lettre à Élise* de Beethoven, qu'elle joue constamment au piano. D'ailleurs, je vois ses doigts danser sur ses genoux.

À la sortie d'une énième petite ville, on se gare sur le bas-côté pour pique-niquer. On s'installe sur une vieille couverture. Maman et papa me regardent et moi, je scrute l'étoffe ancienne, ses points cousus à la main.

– Il y a des choses que tu dois savoir, annonce maman.

J'écoute les voitures qui passent, et les vagues, et le crissement du papier qui enveloppe les sandwiches. Certaines de ses paroles atteignent tout de même ma cervelle : *dépression clinique ; médicaments ; depuis ses neuf ans*. L'océan est loin sous nos pieds mais les vagues s'écrasent si fort qu'on a l'impression de risquer la noyade.

– Caitlin ? lance papa.

Maman m'effleure le genou.

– Ma chérie ? Tu écoutes ?

La nuit, on dort dans une cabane avec des lits superposés et des murs faits de troncs d'arbres fendus. Je me lave les dents en tournant le dos au miroir, escalade l'échelle et fais semblant de m'endormir. Mes parents vont et viennent, ouvrent et ferment le robinet, tirent la chasse d'eau, déplient leurs sacs de couchage. Je remonte mes genoux sur ma poitrine en essayant d'occuper le moins de place possible.

On se retrouve dans le noir.

J'ouvre les yeux vers le mur de pins. On m'a dit un jour que les arbres poussaient de l'intérieur. Un cercle de bois chaque année. Je les compte avec les doigts.

– Ça va lui faire du bien, dit doucement papa.

– J'espère.

– Au moins ça la fait changer d'air. C'est tranquille ici.

– Elle n'a pas prononcé un mot depuis plusieurs jours, souffle maman.

Je ne bouge pas et cesse de compter, dans l'espoir d'en entendre davantage, mais les minutes passent, jusqu'à ce que retentisse le ronflement sifflé de papa, suivi par la respiration posée de maman.

Mes mains perdent le fil des années. Il fait trop sombre pour recommencer.

À trois ou quatre heures du matin, je m'éveille en sursaut, fixant mon regard sur les constellations peintes au plafond. J'essaie de ne pas cligner les paupières trop longtemps car, alors, je vois le visage d'Ingrid, les yeux clos, les lèvres serrées. Je me récite ma litanie biologique pour garder l'esprit clair. *Il existe deux stades de la méiose où sont produites quatre cellules filles*, je murmure, presque inaudible, m'efforçant de ne pas réveiller mes parents. *Chacune des cellules filles comporte la moitié des chromosomes des cellules mères.* Une voiture passe au-dehors. La lumière des phares parcourt le plafond, à travers les étoiles. Je répète les données jusqu'à ce que tous ces mots s'amoncellent :

Deuxstadesdelaméioseoùsontproduitesquatrecellulesfilleschacunedescellulesfillescomportelamoitiédeschromosomes-descellulesmèresdeuxstadesdelaméiose…

Très vite, ça me fait sourire. C'est de plus en plus drôle à mesure que je le dis. À la longue, je dois m'enfouir la tête sous l'oreiller pour que mes rires ne réveillent pas les parents.

5

Par un chaud matin de juillet, papa loue une voiture car il doit retourner au travail, tandis que maman et moi restons à arpenter le nord de la Californie, comme si c'était le seul endroit qui existe au monde. Alors je m'assieds à l'avant pour jouer le copilote, veillant à nous garder à l'intérieur des frontières invisibles du plan – pas plus au nord qu'à quelques kilomètres de l'Oregon, pas plus au sud que Chico. On passe l'été à se balader entre grottes et forêts, à parcourir des pistes sinueuses, à manger des sandwiches au fromage grillé dans des restaurants routiers. On ne parle que des choses qui nous entourent – les séquoias, les serveuses, la fraîcheur de nos thés glacés. Un soir, on découvre une minuscule salle de cinéma au milieu de nulle part. On assiste à une séance pour enfants car c'est le seul film à l'affiche, en accordant plus d'attention aux rires et aux cris des gosses qu'à l'écran. Deux fois, on s'accroche des lampes sur le front pour visiter des cavernes de lave dans le parc national de Lassen. Maman pousse de petits cris et l'écho n'en finit pas de lui répondre. Je me prends à rêver de l'homme au cardigan à flocons. Au milieu de la forêt, il dérive dans ma direction dans son smoking orné d'un nœud papillon rouge. *Mademoiselle*, dit-il en me tendant son téléphone. Je sais que l'appel provient d'Ingrid et qu'elle attend que je lui réponde. En le prenant, je remarque autour de moi les arbres verts, la terre brune, tandis que je suis en noir et blanc.

Le matin, maman me laisse boire du café.

– Ma puce, dit-elle, tu es pâle.

6

Et voilà qu'arrive septembre.

Il va falloir rentrer.

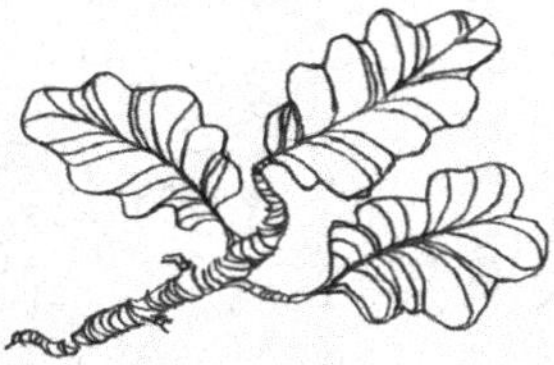

AUTOMNE

I

Il est trois heures du matin. Pas le moment le plus propice pour prendre une photo sans éclairage ni flash ni film ultrarapide, pourtant je suis là, perchée sur le capot de ma petite voiture grise que je devrais savoir conduire à l'heure qu'il est, l'appareil pointé vers le ciel, à tâcher de capter la lune avant qu'elle ne disparaisse derrière un nuage. Je prends image après image au ralenti, jusqu'au retour de l'obscurité.

La carrosserie crisse tandis que je descends, la portière grince lorsque je l'ouvre et grimpe à l'arrière. Je verrouille et me blottis sur les sièges. J'ai cinq heures pour me préparer.

Quinze minutes s'écoulent. J'attaque la fausse fourrure qui recouvre les sièges avant, bien qu'elle me plaise beaucoup. Je ne peux contrôler mes doigts ; des touffes blanches partent dans tous les sens.

Vers quatre heures et demie, j'ai donné un paquet de coups, m'infligeant une bonne migraine, avant de me mettre à crier, un poing dans la bouche. Il faut que je débarrasse mon corps de cette pression si je veux enfin m'endormir.

À la maison, la lumière de ma chambre s'allume, puis celle de la cuisine. La porte s'ouvre et maman apparaît sur le seuil, agrippée au col de sa robe de chambre. Je me penche entre les sièges pour mettre en route les clignotants et la vois rentrer à l'intérieur. Il me reste une photo à prendre, ce que je fais à travers le pare-brise, cadrant bien la façade obscure avec ses deux fenêtres allumées. Je la sous-titrerai : *Ma maison à 5 h 23.* Peut-être que je la regarderai un jour, quand je n'aurai plus mal à la tête, et tâcherai de comprendre pourquoi, toutes les nuits depuis que je suis rentrée, je m'enferme dans une voiture glacée, à quelques pas de ma maison douillette où mes parents s'inquiètent tellement qu'ils ne peuvent pas dormir non plus.

Parfois, vers six heures, je commence à rêver.

Papa me réveille en toquant à la fenêtre. J'ouvre les yeux dans la lumière du matin. Il est déjà habillé.

– On dirait que le blizzard a bien soufflé par ici, observe-t-il.

Les housses des sièges ont perdu leur fourrure. J'ai mal aux mains.

2

Je parcours le long trajet qui mène au lycée, mon nouvel emploi du temps plié en huit pour tenir dans ma poche. Je traverse le centre commercial et son gigantesque parking, le terrain en friche qui abritait le bowling avant que la ville ne décide de s'en débarrasser. Un vendredi soir, il y a deux ans, je m'étais glissée dans une allée pour prendre une photo d'Ingrid en train de m'envoyer une grosse boule rouge. Elle a atterri entre mes pieds alors que je les avais posés à cheval sur les gouttières. Le propriétaire nous a crié dessus et nous a virées, puis il a fini par nous pardonner.

J'ai accroché la photo sur la porte de mon placard : une trace rouge et le regard farouche d'Ingrid. Derrière elle : des lampes, des inconnus, des rangées de chaussures de bowling.

Je m'arrête dans un coin pour lire les titres de la presse. Il doit se passer des choses dans le monde : inondations, découvertes médicales, guerres ? Pourtant ce matin, comme presque tous les matins, *Los Cerros Tribune* n'a rien à m'offrir que la politique locale et la canicule.

Dès que possible, je quitte la rue car je ne veux pas que quelqu'un me voie et s'arrête pour proposer de m'accompagner. Tout ça pour parler d'Ingrid pendant que je scruterai mes mains comme une idiote. Ou, au contraire, éviter le sujet, si bien qu'un silence pesant s'installerait.

Sur le chemin qui sépare les immeubles, j'entends crisser des roues, et je vois surgir Taylor Riley sur son skateboard. Il a tellement grandi ! Il ne dit rien. Je regarde mes chaussures s'enfoncer dans la terre. Il passe devant moi puis attend que je le rattrape. Il recommence à plusieurs reprises, sans ouvrir la bouche ni poser les yeux sur moi.

Il a les cheveux décolorés par le soleil, la peau bronzée, pleine de taches de rousseur. Je le verrais bien dans une sitcom – le mec le plus populaire du bahut, inconscient de sa propre perfection. À la télé, il échangerait sa planche contre une veste de quarterback. Et au lieu de traîner dans le quartier, il brandirait ses trophées. Il conduirait une voiture de sport en compagnie d'une souriante reine de beauté, plutôt que de poursuivre une fille maussade sur un sentier caillouteux.

Au bout du rond-point, on se retrouve sur le trottoir, tandis qu'à quelques mètres de là les voitures se garent sur le parking du lycée. J'ai envie de repartir chez moi en courant.

– Hé, lance-t-il, désolé pour Ingrid !

– Merci, dis-je machinalement.

Les filles sortent des voitures en poussant des cris de joie et en se prenant dans les bras, comme si elles ne s'étaient pas vues depuis des années. Les garçons se balancent des tapes dans le dos, ce qui doit signifier quelque chose de positif. J'essaie de ne pas les regarder. Quand on se retrouve face à face avec Taylor, on examine sa planche toujours par terre. Une portière claque. Des pas. Alicia McIntosh me tombe dessus, les bras grands ouverts.

– Caitlin, murmure-t-elle.

Son parfum fleuri m'envahit. J'essaie de ne pas tousser.

Tout en me tenant par les coudes, elle recule d'un pas. Elle porte un jean moulant et un débardeur jaune avec l'inscription QUEEN en paillettes bleues sur sa poitrine. Ses cheveux roux lui tombent sur les épaules.

– J'admire ta force de revenir au lycée, observe-t-elle. À ta place… je ne sais pas. Je resterais planquée dans mon lit, la tête sous les couvertures.

Elle me dévisage d'un air soi-disant compatissant. Ses yeux verts s'agrandissent encore. En cours de théâtre, la prof nous a enseigné qu'en écarquillant les yeux longtemps on se mettait à pleurer. Je me demande si Alicia a oublié qu'on avait suivi le même cursus. Finalement, une petite larme coule sur ses taches de rousseur. J'ai envie de lui dire : *Alicia, un de ces quatre, tu remporteras un Oscar.*

Finalement, je me contente d'un :

– Merci.

Elle hoche la tête en plissant le front, laisse échapper une autre larme. Mais, bientôt, son attention est attirée par autre chose. Son équipe qui arrive. Toutes dans une variante plus ou moins proche de son débardeur, proclamant PRINCESSE, ANGE, ENFANT GÂTÉE.

Alicia doit être la chef, cette année. Je devrais me sentir chanceuse que ses mains me serrent à m'en couper la circulation.

– Je ne veux pas te retarder, mais ne te gêne pas pour m'appeler si tu as besoin de quelque chose. Je sais que ça fait un moment qu'on ne se parle plus vraiment, pourtant on était amies. Je serai toujours là pour toi, de jour comme de nuit.

Impossible de considérer encore la moindre amitié avec Alicia. Pas forcément parce qu'on est devenues si différentes l'une de l'autre, mais parce qu'il m'est impossible de repenser à une époque remontant au-delà du lycée. Avant la photo, les partiels et la perspective de la fac. Avant Ingrid. Je me souviens d'Alicia petite, les mains sur les hanches dans le bac à sable, en train de lancer à la cantonade qu'elle était l'unique licorne des environs. Je me souviens aussi d'une fillette aux nattes brunes et au pantalon en velours pastel en train de galoper sur l'asphalte, imaginant qu'elle était un cheval, et je sais que c'était moi, mais ça me semble trop lointain, comme issu de la mémoire de quelqu'un d'autre.

Elle m'étreint une dernière fois puis me libère.

– Taylor, lance-t-elle, tu viens ?

– Oui, une minute.

– On va être en retard.

– Je te rejoins.

Elle lève les yeux au ciel. Ses amies arrivent et elle les guide vers le département de littérature.

Taylor s'éclaircit la gorge, me jette un coup d'œil avant de baisser à nouveau les yeux.

– J'espère que tu ne vas pas mal le prendre mais... comment elle a fait ça ?

Les genoux tremblants, je me répète : *Si un homme aux yeux marron et une femme aux yeux marron ont un enfant, celui-ci aura sans doute les yeux marron.* L'entrée principale se trouve devant nous, le terrain de foot sur la gauche. Je fourre les mains dans mes poches, effleure mon emploi du temps. Je prie pour que mes jambes se remettent à marcher et, comme par miracle, elles obéissent. Je grimpe sur la pelouse, loin de Taylor, en marmonnant :

– Il faut que j'y aille.

3

Je n'ai pas parlé à Mme Delani depuis que tout ça s'est produit. Elle va peut-être sortir de la classe pour m'emmener dans son bureau afin que nous discutions des malheurs de la vie. Elle ne demandera pas si je vais bien car elle sait déjà que c'est une question impossible entre nous. Elle passera l'heure de cours à raconter aux élèves combien cette année sera triste. En l'honneur d'Ingrid, notre premier sujet tournera autour du deuil et tout le monde saura, avant même que je ne fasse passer mes photos, que les miennes seront les plus bouleversantes.

J'entre dans la classe parmi les autres étudiants. La salle est mieux éclairée que dans mes souvenirs, et plus froide. Mme Delani se tient à son bureau, aussi parfaite et belle que chaque jour, avec son pantalon impeccable et son pull noir sans manches. Avec Ingrid, on essayait de l'imaginer en train de faire des trucs normaux, par exemple sortir les poubelles ou se raser sous les bras. On l'appelait par son petit nom dès qu'on était seules. *Imagine Veena,* disait Ingrid, *en jogging et vieux tee-shirt, qui se lèverait à une heure de l'après-midi, avec la gueule de bois.* J'essayais bien, mais sans succès, car je ne pouvais me la représenter qu'en pyjama de soie, en train de boire un expresso dans une cuisine ensoleillée.

Quelques élèves sont déjà installés à leur bureau. Mme Delani jette un coup d'œil vers la porte alors que j'entre, puis se détourne vivement, comme si elle venait de prendre un flash en pleine figure. Je m'immobilise un instant pour lui donner une chance de regarder de nouveau mais elle ne bouge plus. Peut-être attend-elle que je m'approche ? Comme je bloque l'entrée aux autres arrivants, j'avance de quelques pas, jusqu'à l'étagère de livres d'art derrière elle. Et là, je ne sais plus quoi faire.

Impossible qu'elle ne m'ait pas vue.

Les autres finissent de s'installer, Mme Delani leur dit bonjour et leur sourit, tout en m'ignorant complètement alors que je suis à quelques pas. Je ne sais pas ce qui se passe, mais je commence à éprouver une sensation d'étouffement, alors je vais carrément me planter en face d'elle.

– Bonjour ! dis-je.

Elle me jette un coup d'œil à travers ses lunettes à monture verte.

– Contente de vous revoir.

Pourtant, elle paraît peu impliquée, c'est tout juste si elle a l'air de me reconnaître.

Je me dirige vers la table que j'occupais l'année dernière, ouvre mon cahier et fais semblant de lire quelque chose de très intéressant. Elle doit attendre que tout le monde soit assis et que le cours commence avant de dire un mot sur Ingrid. Les derniers élèves sont entrés alors je prétends ne pas remarquer que la place voisine de la mienne, celle qu'occupait Ingrid, reste vide.

La cloche sonne.

Mme Delani examine la classe. J'attends que son regard se pose sur moi, qu'elle me sourie, m'adresse un signe de la tête, mais il semble que la pièce s'arrête juste sur ma droite. Elle sourit à tout le monde sauf à moi, à croire que je n'existe pas. Visiblement, elle ne tient pas à ma présence, et je ne sais pas quoi faire. Pour peu, je prendrais mes affaires et m'en irais, sauf que je n'ai nulle part où aller. J'ai envie de me glisser sous la table et de m'y cacher jusqu'à ce que tout le monde soit parti.

Les murs sont couverts de nos travaux de fin de l'année dernière. Ingrid est la seule dont on ait sélectionné trois photos, étalées en plein centre, face à la classe. L'une représente un paysage – deux talus rocheux couverts de buissons épineux avec un ruisseau au centre. L'autre, une nature morte autour d'un vase fendu. La dernière, c'est moi. Dans un éclairage intense, alors que je fais une drôle de tête, une sorte de grimace. Je ne regarde pas l'objectif. Dans la chambre noire, quand Ingrid l'a imprimée pour la première fois, on a contemplé l'image apparaître sur le papier mouillé, et elle a dit : *Ça te ressemble tellement ! C'est tout à fait toi.* Et j'ai répondu : *Ouille, c'est vrai !* alors que je me reconnaissais à peine. Je regardais les ombres sous mes paupières, ce sillon inconnu au coin de ma bouche. Jamais je ne m'étais vue ainsi, si coriace. À la longue, je ne me reconnaissais même plus, ce n'était plus la fille élevée dans les beaux quartiers, par des parents aimants, qui possède sa propre salle de bains.

Peut-être s'agissait-il d'une prémonition ou quelque chose dans le genre, car plus je la contemple, plus elle me semble appropriée.

Au début, je ne retrouve pas mes propres photos, puis je finis par en repérer une. Mme Delani doit vraiment la détester car elle l'a accrochée dans le coin le plus sombre, au-dessus d'un radiateur qui la cache à moitié. Ingrid était vraiment douée en art – capable de dessiner et de peindre ce qu'elle voulait, de le rendre encore plus beau qu'en réalité – mais je pensais qu'on avait toutes les deux du talent pour la photo.

En prenant ce cliché, j'étais certaine qu'il serait fantastique. Avec Ingrid, on était parties en train pour voir son grand frère qui vit à San Francisco. Ça faisait un sacré trajet car on habite un faubourg éloigné du centre. Quand on a traversé Oakland, le train s'est carrément immobilisé sur les rails puis le moteur s'est arrêté. Les gens ont fini par se lever. Je regardais par la fenêtre, de l'autre côté de l'autoroute, là où le ciel paraissait si bleu par-dessus les maisons grises et les bâtiments industriels. Alors j'ai pris cette photo. Mais je crois que le plus beau en était les couleurs. En noir et blanc, elle devient juste triste et Mme Delani a sans doute raison – qui peut avoir envie de regarder ça ? Sauf que ça reste gênant de la trouver collée dans un coin. Il y en a un million par ici, pourtant j'ai l'impression de voir carrément un néon autour de la mienne. Il va falloir que je trouve un moyen de la virer de ce mur.

Pendant le cours, Mme Delani ne cesse de sourire en expliquant combien elle compte sur ses étudiants, au point qu'elle va finir par en avoir mal aux joues. Derrière moi, le tic-tac de l'ancienne pendule accrochée au mur semble plus lent que jamais. Je la scrute un moment en rêvant qu'elle accélère, et là, mon attention se reporte sur tous les casiers au fond de la salle. Je n'ai pas vidé le mien l'année passée, car j'ai manqué la dernière semaine.

Mme Delani écrit au tableau les modalités de base, *réglages d'ouverture, posemètre, vitesse d'obturation*. Je commence à m'agiter en songeant à ce que je vais retrouver dans mon casier. Sans doute de vieilles photos, dont peut-être quelques-unes d'Ingrid. Je regarde encore la pendule. L'aiguille n'a pour ainsi dire pas bougé. Il faudrait que j'attende la fin du cours mais, à présent, je me moque de paraître polie. D'ailleurs, la prof n'est pas vraiment un modèle de politesse. Alors je recule ma chaise, sans me soucier du bruit métallique sur le linoléum, et je me lève. Plusieurs élèves se retournent mais, voyant que c'est moi, reprennent vite leur posture, à croire qu'ils craignent de croiser mon regard. Mme Delani continue de parler comme si tout était normal, comme si elle ne faisait pas totalement abstraction de l'absence d'Ingrid. Elle ne marque pas la moindre pause alors que je me dirige vers mon casier et commence à en sortir des photos. Je me sens assez téméraire pour ne pas regagner ma place immédiatement, prenant mon temps pour examiner quelques vieux clichés que j'avais complètement oubliés. Il y en a plusieurs d'Ingrid, ceux que je cherchais, et je les examine jusqu'à sélectionner mon préféré – une colline couverte d'herbe et de fleurs sauvages, sous un beau ciel bleu. Le paysage le plus paisible du monde, un début de conte de fées, un endroit qui ne peut plus exister.

Les mains chargées, je me retourne, prise d'une subite envie de hurler. Je vois parfaitement la scène, moi en train de brailler à en faire vibrer les impeccables lunettes de Mme Delani, à en décoller toutes les photos du mur, à en assourdir le reste de la classe. Là, elle serait obligée de me regarder, mais je regagne ma place et laisse tomber ma tête sur le bureau glacé.

Lorsque la cloche sonne, tout le monde se lève et s'en va. Mme Delani dit au revoir à certaines personnes, mais pas à moi, l'invisible.

4

Je ne peux m'empêcher d'y songer toute la matinée :

Classe de troisième. Premier cours. Je me suis retrouvée à côté d'une fille que je n'avais jamais vue. Elle rédigeait son journal, avec plein de dessins tout en courbes. Alors que je m'asseyais, elle a levé les yeux vers moi en souriant. Tout de suite, ses boucles d'oreilles m'ont plu. Des boutons rouges.

On avait passé la matinée entassés dans le gymnase avec toute l'école pour écouter le proviseur, M. Nelson. Avec sa tête ronde, sa petite bouche et ses yeux énormes, il était à moitié chauve à part une touffe de cheveux au bas du crâne. Si quelqu'un peut ressembler à un hibou, ce serait bien lui. Je me sentais un peu perdue dans cette salle gigantesque, et même mes anciens camarades du collège me faisaient l'effet d'inconnus. À présent, on se retrouvait en cours de photographie et, bien que je ne me sois jamais servie d'un appareil argentique, bien que je n'aie aucune notion artistique, je me sentais beaucoup plus à l'aise dans la classe de Mme Delani que quelques minutes auparavant. Alors qu'elle commençait l'appel des élèves, en prenant des notes à mesure qu'on lui répondait, j'ai vu cette fille déchirer une page de son journal pour y écrire quelque chose puis la pousser vers moi. Et j'ai lu son message : *Quatre années de cette connerie ? Pitié, Seigneur !*

J'ai pris son stylo tout en cherchant une phrase sympa à lui répondre. J'avais changé. Gagné en audace. Et je portais un de ces bracelets en perle de verre qui cliquetait lorsque je bougeais le bras.

J'ai écrit : *Si tu devais sortir avec un mec du bahut, qui est-ce que tu choisirais ?*

À quoi elle a répondu aussitôt : *Le proviseur Nelson, bien sûr. Trop canon !*

Là, évidemment, il fallait rire. J'ai voulu faire comme si je toussais et Mme Delani a levé la tête de sa liste pour dire qu'à son avis nous étions maintenant tous des adultes, qu'on n'avait pas besoin de sa permission pour sortir dans le couloir si on voulait boire un verre d'eau ou aller aux toilettes.

Alors c'est ce que j'ai fait. Je suis sortie en me disant que j'étais bien coiffée, que je portais un beau pantalon et de jolis bracelets. Je me suis penchée pour boire de l'eau fraîche à la fontaine, pensant : Ça y est. Ma vie commence. Lorsque je suis revenue, un autre message m'attendait : *Je m'appelle Ingrid.*

Moi, Caitlin, ai-je répondu.

Et on est devenues amies. Tout simplement.

5

En dernière heure, j'ai cours de littérature avec M. Robertson. À mon entrée, il ne fait pas de manières, m'adresse juste un signe de la tête en souriant.

– Content de vous revoir, Caitlin.

Henry Lucas, sans doute le garçon le plus populaire de la classe de première, et aussi le pire de tous, s'est assis au fond sans se préoccuper des camarades d'Alicia. De ses ongles vernis roses, ANGE lui caresse la tête, coiffant ses cheveux noirs tandis qu'ENFANT GÂTÉE observe :

– Alors comme ça, il y a quelque chose chez toi, vendredi soir ?

Henry fait sans arrêt des soirées car ses parents, qui possèdent une société immobilière, sont constamment absents pour donner des conférences et gagner de plus en plus d'argent. Quand ils sont dans les parages, ils organisent des collectes de fonds que ma famille essaie d'éviter. Leurs photos apparaissent partout sur les panneaux d'affichage et dans les bulletins d'information – sa mère, toujours en tailleur noir, et son père avec ses clubs de golf et son sourire arrogant.

Et voilà qu'ENFANT GÂTÉE se met à lui caresser les cheveux, elle aussi. Henry leur jette un coup d'œil agacé sans toutefois les sommer d'arrêter. Je m'assieds à l'autre bout de la classe, juste à côté de la porte.

M. Robertson commence à énoncer sa liste :

– Matthew Livingston ?

– Présent.

– Valerie Watson ?

– Présente, pépie ANGE.

– Dylan Schuster ?

Je ne connais pas ce nom. D'ailleurs, personne ne répond. M. Robertson relève la tête.

– Pas de Dylan Schuster ?

La porte s'ouvre près de moi, une fille passe la tête. Je n'ai jamais vu ce visage, pourtant tout le monde se connaît dans ce petit bahut. Elle a les cheveux sombres, presque noirs, trop en bataille pour que ce soit travaillé. On dirait plutôt qu'elle s'est électrocutée. Elle porte un eye-liner si épais qu'on ne voit pour ainsi dire que ses prunelles scintillantes. Elle paraît hésiter à rester dehors.

– Dylan Schuster ? reprend M. Robertson.

La fille écarquille encore les yeux.

– Ouah ! s'exclame-t-elle. La classe !

Il éclate de rire tandis qu'elle s'avance, un sac en bandoulière sur l'épaule, une tasse de café dans la main. Son tee-shirt déchiré est retenu sur le côté par des épingles à nourrice. Je n'ai jamais vu de jean aussi fin et elle semble terriblement grande et mince. Ses boots *cliquent, cliquent, cliquent* vers le fond de la classe. Je ne me retourne pas pour la suivre des yeux mais l'imagine en train de prendre la place du coin sans se presser.

Lorsque M. Robertson achève d'énoncer sa liste, il passe entre les bureaux en nous annonçant tout ce qu'on va apprendre cette année.

6

Je suis seule dans le bâtiment des sciences, debout sur le sol verdâtre, et ça sent le renfermé. Taylor et le reste des élèves populaires ont tous réclamé des casiers dans le département de littérature. L'année dernière, avec Ingrid, on avait choisi les nôtres juste à côté, dans le bâtiment des langues étrangères. Personne ne veut se retrouver en sciences car le bâtiment est éloigné de tout, complètement à l'écart. Si seulement il pouvait rester vide à tout jamais…

Ça peut paraître bizarre de verrouiller une porte qui se ferme sur du vide. Je n'ai pas de scotch, alors je mâchonne un demi-chewing-gum, le sors de ma bouche et le colle au dos de la photo d'Ingrid sur la colline. Au fond du casier, il y a un vieux miroir rectangulaire. J'essaie de ne pas me regarder mais ne peux m'empêcher de repérer mes mèches brunes et raides, ainsi que quelques taches de rousseur. Mon visage est flou, plus étroit que dans mes souvenirs. Je colle la photo sur le miroir et c'est fait. À présent le calme règne dans ce joli endroit.

Quelqu'un s'adosse au casier proche du mien. Dylan. De près, elle a les cheveux encore plus en pétard, avec ses mèches dans tous les sens.

– Salut ! lance-t-elle.

– Salut !

Elle me dévisage un long moment, au point que j'en viens à me demander si je n'ai pas l'air bizarre, s'il y a de l'encre sur mon front, ou je ne sais quoi. Puis elle me décoche ce sourire difficile à définir, amusé mais pas dans le mauvais sens du terme. Elle fouille dans sa sacoche, verrouille son cadenas puis s'en va, et je me retrouve seule. À mon tour, je pousse la porte dans un grincement, bloque la poignée qui émet un déclic net et sans bavure. Ce sera mon coin.

7

Je me retrouve à quelques pas du campus lorsque maman gare son break.

Elle se penche par la fenêtre en criant :

– Caitlin !

Comme si je n'avais pas remarqué sa présence, ni celle de cette voiture qu'elle conduit depuis toujours, avec son autocollant LA PAIX EST PATRIOTE. Je me détourne de mon chemin tandis que tous mes camarades continuent en direction du Starbucks. Je jette ma sacoche sur le siège passager.

– Tu ne devrais pas être au travail, à cette heure-là ? dis-je en m'affalant l'air décontracté.

Maman porte un nom littéralement présidentiel – Margaret Carter-Madison – et, bien qu'elle ne soit la directrice que d'une petite école élémentaire, les gens la réclament sans arrêt. Étonnant tout ce qu'elle a à faire entre les parents obsédés par le bon développement social de leur gamine de six ans, Mme Smith, cette prof tordue de CM2 qui proclame que les dinosaures n'ont jamais existé, sans parler des épidémies de grippe… parfois, je ne comprends pas comment elle résiste à toute cette pression. Pourtant, elle paraît toujours calme. Elle a une voix légèrement plus douce que la moyenne, si bien qu'il faut se concentrer quand elle parle ; au lieu de s'asseoir dans la foule durant les spectacles de fin d'année, l'air faussement intéressé, elle accompagne les élèves au piano. Elle se laisse complètement emporter par la musique, alors que c'est la même chaque année.

Comme elle ne répond pas à ma question, j'ajoute :

– Je croyais que si tu quittais l'école avant sept heures du soir, ce serait un désastre.

– Oui, mais c'est ton grand retour, lâche-t-elle d'un ton un peu trop enjoué.

– Ça veut dire quoi, au juste ?

– J'ai pensé qu'on pourrait faire un saut à notre petit restaurant japonais. Pour fêter ça !

Ça me gêne qu'elle dise une chose pareille ; je ne sais pas pourquoi elle se donne tant de mal. Comment ça, *notre* petit restaurant japonais ? On n'y a plus mis les pieds depuis mon enfance, quand elle est devenue directrice à plein temps, alors que je pouvais encore commander le menu bento pour enfants. Je ne sais que lui répondre, alors j'ouvre la boîte à gants, histoire de m'occuper. Des Tic Tac. Une vieille paire de lunettes noires. Le manuel de la voiture.

Je jette un Tic Tac dans ma bouche, lui en propose un qu'elle accepte. Et je continue d'en manger, un par un, les croquant jusqu'à ne plus sentir qu'une poussière mentholée entre mes dents. Le temps qu'on se gare devant le restaurant, j'ai vidé la boîte et je la repose à sa place avant de sortir de la voiture.

Durant ce lent intervalle – trop tard pour le déjeuner, trop tôt pour le dîner –, maman et moi sommes les seules clientes et je déteste ça. Dans ces moments-là, je ne peux m'empêcher de songer que, sans notre présence, les serveurs seraient sans doute en train de grignoter ou de bavarder au téléphone ou d'écouter de la musique, alors j'ai plutôt l'impression de gâcher leur pause. Le pire, c'est quand je les vois traîner dans un coin, en attendant de remplir nos verres d'eau. Ça me déprime littéralement.

Durant tout ce temps, on consulte nos menus, on passe commande, on se verse du thé vert dans de minuscules tasses, et je sens que maman voudrait m'annoncer quelque chose. Je ne sais pas ce qui me fait penser ça, c'est juste une impression. Elle sourit sans me quitter des yeux.

– Tu as déjeuné avec qui ce midi ?

J'avale une petite gorgée de thé. Trop chaud. Je le repose, contemple le cercle humide laissé par la tasse sur la nappe en papier.

– Devine, dis-je.

Elle se tait. Je trace le cercle du bout des doigts.

– Allez, c'est facile.

– Pas pour moi.

Je lève les yeux au ciel.

– Ça va de soi, avec personne !

Son expression se décompose.

– Caitlin…

Elle prononce sans arrêt mon nom, mais cette fois c'est différent. Son ton sent la déception, comme si j'avais le choix, comme s'il y avait un million d'élèves qui rêvaient de déjeuner avec moi et se prenaient un râteau, *désolée, je préfère rester seule.*

– Quoi ?

Elle ne dit plus rien.

Deux secondes plus tard, le serveur nous apporte nos plats. Je considère l'énorme boîte à bento que j'ai commandée, remplie de tempura de légumes, de poulet teriyaki et de rouleaux californiens ; quelque part, je regrette de n'avoir pu prendre la portion réservée aux enfants. Je mange une carotte et ça me suffit.

– Mon amie Margie, au travail, m'a conseillé une excellente thérapeute. Sa fille l'adore…

– Qu'est-ce qu'elle a ?

– Rien de grave. Comme toi, elle traverse juste une période difficile.

– Ah bon… *période difficile…*

Maman sirote son thé. J'attaque un rouleau californien et la sauce soja me coule sur le menton. Je l'essuie avec ma serviette, en espérant que le serveur ne se trouve pas dans les parages à nous regarder. Je marmonne :

– Je ne veux pas voir de thérapeute.

Maman couve tristement son bol de riz. J'aurais bien aimé savoir à quoi elle pense.

On ne parle plus beaucoup ensuite, et ça m'attriste un peu, mais je ne sais pas pourquoi elle a soulevé cette question. Elle ne peut pas s'attendre à ce que j'accepte toutes ses propositions juste parce qu'elle m'a emmenée au restaurant.

8

Au dîner de vendredi, avec papa et maman, on mange en silence, du moins quand papa ne pose pas de questions sur ma semaine de reprise du lycée, de ce ton guilleret que maman utilisait depuis une semaine. Je lui réponds d'un mot par-ci, par-là, écrase mes pâtes avec ma fourchette. Dès qu'ils se mettent à discuter ensemble, je fais la sourde oreille. Quand je n'en peux plus, je me lève, jette les restes de mon assiette que je glisse dans le lave-vaisselle.

Je grimpe à l'arrière de ma voiture, pose les genoux contre les housses de sièges que j'ai massacrées. En principe, j'aurais dû avoir mon permis il y a trois mois mais, au lieu de m'entraîner aux créneaux, je regardais le cercueil de mon amie s'enfoncer dans le sol. À présent, je me sens incapable de rappeler l'auto-école pour reprendre rendez-vous.

Cette voiture est si vieille qu'elle n'a qu'un lecteur de cassettes, et je n'en possède qu'une seule. Heureusement, elle est audible. Le frère d'Ingrid, Davey, l'avait enregistrée pour mon anniversaire. On y trouve tous ces groupes indie dont je n'avais jamais entendu parler. Les chansons finissent par toutes se mélanger, mais elles sont géniales. Je tourne la clé de contact et une voix de garçon gémit dans les haut-parleurs. Quelques minutes plus tard, mon père arrive.

– Tu n'as pas de devoirs ? Si oui, fais-les maintenant, ça te laissera tout le week-end tranquille.

Je mens carrément :

– Non.

Il brandit mon sac à dos.

– Je t'ai apporté ça au cas où.

Au bout d'un moment, je sors mon livre de maths et du papier. La cassette reprend au début. Ça commence par un solo de guitare, bientôt accompagné par une voix de femme à laquelle se joint celle d'un homme. Joli. J'essaie de faire mes maths, mais je n'ai pas de calculette dans la voiture. D'un seul coup, j'aimerais que mon téléphone sonne. J'imagine maman en train de sortir avec le fixe, qu'elle me le tende pour que j'abaisse ma vitre. Je m'allongerais sur la banquette, pour écouter et bavarder. Je trouverais quelque chose d'intéressant à dire. Sauf que la seule personne qui m'ait jamais appelée était Ingrid, autrement dit ça n'arrivera pas. Je pousse la musique aussi fort que possible. Toute la voiture en est secouée. On dirait que je suis sur une station à moitié brouillée.

Bousculant ce qu'il y a sur la banquette arrière, je m'allonge. Par le toit ouvrant, je vois le ciel s'assombrir. J'imagine que le téléphone se trouve sur le siège, juste à côté de mon oreille.

Alors, Veena était habillée comment pour le premier jour? demande Ingrid.

Je n'ai pas fait attention.

Mais si, tu as bien vu. Je parie que c'était une tenue flambant neuve.

Elle a fait comme si elle ne me connaissait pas. Je n'ai pas trop prêté attention à ses vêtements.

Imagine-la en train de nettoyer la litière de son petit chat.

Tu as entendu ce que j'ai dit? Toute la semaine elle a fait comme si elle me détestait.

Oh là, je vois: imagine-la en train de trouver des restes moisis dans son réfrigérateur.

Ça ne me dit rien.

C'était comment sans moi? Tu t'es cachée à la bibliothèque avec tous les geeks pour le déjeuner?

En fait, je déteste Alicia McIntosh. Elle m'a offert un débardeur avec l'inscription CHARITÉ sur le devant, en me disant que si je promettais de le porter, elle me laisserait la suivre et faire la queue à la cafétéria pour lui acheter ses Coca Light.

Je te manque?

Pourquoi tu me demandes ça?

Je voudrais savoir.

Évidemment.

Je voudrais te l'entendre dire. Ça me fera du bien.

Va te faire foutre.

Allez, dis-le !

Maman apparaît derrière ma fenêtre, me fait signe. Je ne bouge pas. Elle désigne sa montre, autrement dit, il est tard, elle veut que je rentre. Je ne m'assieds pas. Je ferme juste les yeux en souhaitant qu'elle s'en aille. Je ne suis pas prête.

La voix d'homme se remet à gémir – voilà quatre-vingt-dix minutes que j'écoute cette bande – et je ferme les yeux encore plus fort pour l'écouter. Sa guitare s'emballe, sa voix tremble. Je le sens bien : il a le cœur brisé.

9

Le lendemain matin, mon père frappe à la fenêtre de ma voiture pour me réveiller. Je suis revenue ici en douce au beau milieu de la nuit et je me suis endormie.

– J'ai une surprise pour toi, annonce-t-il d'une voix étouffée par la vitre. C'est de l'autre côté.

Je suis si fatiguée que j'arrive à peine à parler :

– Qu'est-ce que c'est ?

– Viens voir, chantonne-t-il.

J'ouvre la portière et sors à la lumière. Il faut que je me lave les dents.

Papa me couvre les yeux de sa paume et m'entraîne de l'autre côté de la voiture. Sous mes fines tongs je sens le gravier de l'allée, les dalles qui courent sur l'herbe autour de la maison et, enfin, le gazon lui-même. On est passés derrière, dans le jardin. Notre maison n'a rien de spécial. Comme la plupart des demeures de Los Cerros, elle est grande, neuve et ordinaire, mais j'adore le jardin, avec son chemin qui contourne les plants de légumes et les fleurs, si bien entretenus par mes parents pendant leurs week-ends. Le meilleur étant que, depuis ce chemin, quand on tourne le dos à la maison, on ne voit plus où s'arrête ce paysage vallonné. La verdure s'étire à perte de vue au-delà du bosquet de vieux chênes.

Papa dégage mes yeux et tend le bras en direction d'une énorme pile de bois entassée dans le patio de briques qui sépare la maison du jardin. Ce sont d'épaisses planches d'au moins trois mètres de long. Papa se plante devant, souriant fièrement comme s'il venait de m'acheter une maison sur la plage aux Fiji et un jet privé pour m'y rendre quand je le souhaite.

– Du bois, dis-je sans comprendre.

– Il est déjà tout poncé. Je t'ai pris également une scie haut de gamme. Elle devrait arriver lundi.

– Et qu'est-ce que je dois en faire ?

Il hausse les épaules.

– Aucune idée. C'est toi l'experte.

Mes parents se sont fourré dans la tête que j'étais douée en matière de construction sous prétexte que j'ai passé un été dans un camp d'artisanat et fabriqué une petite échelle de bois qui s'est effectivement avérée très efficace.

– Ça remonte à un million d'années, papa ! J'avais douze ans.

– Je suis sûr que tu as gardé la main.

– Ça fait beaucoup de bois.

– Tu peux en avoir dix fois plus si nécessaire. Je ne veux pas que tu te sentes limitée.

Je ne peux que hocher la tête, de plus en plus bas. Je sais bien ce qui se passe. J'entends mes parents qui parlent de moi, l'air inquiet. Je sais qu'ils doivent y voir une thérapie alternative. Papa trouve que c'est un magnifique cadeau qui va libérer mon esprit de ma vie pourrie.

Il reste là, plein d'espoir, à guetter ma réaction. Finalement, je me dirige vers la pile, passe les doigts sur une planche, frappe comme à une porte. Sentant qu'il me surveille encore, je lève les yeux en m'efforçant de sourire.

– Génial ! lance-t-il d'un ton définitif.

Comme si tout était réglé.

– Oui, dis-je.

Comme si j'avais compris.

10

Le jour où on a séché le bahut avec Ingrid, il faisait gris et froid. On s'est éclipsées au déjeuner et j'étais sûre qu'on se ferait prendre, mais non.

Une fois hors d'atteinte, on s'est mises à gravir la colline où les immeubles se bousculent, avec les fenêtres qui donnent littéralement les unes sur les autres. Tout était tranquille.

On mange ou on fait du shopping? a demandé Ingrid.

Trop de monde au centre commercial.

J'ai tapé dans quelques pierres du chemin pour regarder la poussière se lever.

Parvenue au sommet de la colline, Ingrid s'est mise à courir au milieu d'une rue déserte, avant de se tourner vers moi, les cheveux dans la figure, les bras tendus sur les côtés. Elle a commencé à tournoyer, faisant onduler sa jupe rouge. Le vent soufflait de plus en plus fort et elle virevoltait si vite qu'elle en devenait comme floue. Et puis elle s'est arrêtée pour s'accroupir.

C'est pas vrai ! rigolait-elle. *C'est pas vrai, ma tête !*

En essayant de revenir vers moi, elle a trébuché et ça l'a fait rire encore plus fort.

Quelle abrutie ! ai-je dit.

Une femme d'un certain âge a surgi du passage entre deux immeubles et ça m'a serré le cœur. Cependant, elle est simplement repartie, sans rien dire. On était au sommet de la colline, on n'avait nulle part où aller.

Je me suis retournée.

– Regarde.

En contrebas apparaissait le bahut, telle une suite de boîtes rectangulaires. On avait beau savoir que les élèves préparaient leurs partiels, qu'ils s'embrassaient, qu'ils s'inquiétaient les uns pour les autres, à cet instant, ils nous paraissaient si petits… juste des graines colorées qui se déplaçaient.

Ça fait du bien, a dit Ingrid.

Ce temps morose m'a donné une idée. *Je parie qu'il n'y a personne dans le parc*, ai-je dit. Et j'avais raison. Le terrain où jouent habituellement les enfants était désert. Personne ne glissait sur le toboggan ni ne se balançait aux agrès. On a vérifié que le bac à sable était vide et puis Ingrid a posé les mains sur mes épaules. *Mon amie, tu es tout simplement brillante.*

Elle a foncé vers les balançoires et je l'ai suivie. Je me suis assise sur le siège en caoutchouc et je me suis mise à pousser fort sur mes jambes. On s'envolait toutes les deux si haut, obligées de crier pour poursuivre notre conversation malgré le vent et parce qu'on ne craignait pas que quelqu'un nous entende. À un moment, j'ai cru qu'on allait finir par faire des tours complets. Ingrid tenait son appareil photo autour de son cou en serrant bien fort pour qu'il ne risque pas de tomber.

Les nuages devenaient de plus en plus sombres, jusqu'à ce qu'il se mette à pleuvoir.

Ingrid a pris un cliché de moi en train de me balancer, avant de cacher son appareil sous sa veste, mais si elle a développé cette photo, elle ne me l'a jamais montrée.

Bientôt, il pleuvait à torrent. La fraîcheur faisait du bien et on a continué à se balancer jusqu'à ce que nos cheveux et nos vêtements soient trempés, sans cesser de rire et de bavarder de choses et d'autres dont je ne me rappelle même pas, malgré mes efforts.

11

Mme Delani se tient face à nous, le sourire figé.

– Aujourd'hui, dit-elle, je vais avoir un petit entretien avec chacun de vous, afin de déterminer vos objectifs artistiques pour le semestre.

Elle inspecte la classe en se demandant sans doute si un seul d'entre nous mérite qu'elle lui consacre un peu de son précieux temps. Dans son autre vie, c'est une véritable artiste. Une fois, on a visité avec Ingrid la minuscule galerie où se tenait une de ses expositions. On a été les seuls étudiants à se manifester – elle n'en avait pas parlé à beaucoup de monde. Les visiteurs étaient tous en tenue de soirée, et on servait du champagne, des grappes de raisin et du brie. On avait passé tout le trajet en train à essayer de prédire ses sujets de travail.

En nous apercevant dans la galerie, elle a effleuré le bras de l'homme à qui elle parlait puis elle s'est approchée de nous. On a eu droit à ses rapides étreintes, comme si elle passait sa vie à nous embrasser. Elle nous a présentées comme deux de ses élèves les plus prometteuses et, avec Ingrid, on en a fait des tonnes, citant scrupuleusement les noms des grands photographes qu'elle nous avait mentionnés au cours. Tous ses clichés représentaient la même chose : des morceaux de poupées éparpillés sur des étoffes aux couleurs vives. Bras de porcelaine, jambes, ventres, mais surtout des têtes. Je ne sais pas à quoi je m'attendais, mais sûrement pas à ça. C'était joli et en même temps assez perturbant.

En la voyant boire du champagne et bavarder à voix basse avec pas mal de gens assez impressionnés, je me rendais compte à quel point on devait paraître insipides à ses yeux. Sauf Ingrid, qui possédait un authentique talent. L'année dernière, on devait photographier quelque chose d'important pour nous. La prof s'attendait sans doute à ce qu'on lui rende des images assez profondes et intimes, mais, lorsqu'elle est passée entre les bureaux pour voir ce qu'on avait trouvé, elle est d'abord tombée sur un gant de base-ball sur la pelouse, puis un pompon de pom-pom girl abandonné dans le gymnase, elle a paru interloquée. Son sourire a disparu. Elle a regagné son bureau et s'est pris la tête dans les mains sans plus parler de tout le cours.

Elle semble plus optimiste aujourd'hui, nous appelant un par un. J'ai repris ma place dans le coin au fond à droite, seule, bien sûr. Elle commence par Akiko, assise à l'opposé. Elle doit espérer ne pas avoir le temps d'arriver jusqu'à moi. Je pose ma tête sur le pupitre, ferme les yeux.

Pour me réveiller quarante minutes plus tard.

Dans l'atmosphère cotonneuse qui m'entoure, je me rends compte que je me suis endormie, et ça me gêne. Cependant, on dirait que rien n'a bougé autour de moi, que tout le monde est bien resté à sa place, y compris Mme Delani, en train de discuter avec Matt. Alors je referme les yeux pour juste écouter ce qui se dit. Meghan et Katie échangent des messages en murmurant : *C'est pas vrai !* et : *Ne me dis pas qu'il a fait ça !* Dustin et James parlent à voix basse du nouveau skatepark.

J'entends Katie déclarer :

– L'agent immobilier qui leur a vendu la maison, c'est la mère d'Henry, et elle lui a dit qu'elle trouvait sa famille sympathique mais qu'elle ne correspondait pas vraiment à notre milieu.

– Il paraît qu'elle est lesbienne, commente Meghan.

À en juger par son intonation, elle aurait pu tout aussi bien déclarer : *Il paraît qu'elle fouille les poubelles pour se nourrir.*

– J'ai entendu ça aussi, murmure Lulu. On raconte qu'elle s'est fait virer de son ancienne école parce qu'on l'avait surprise avec une fille dans les toilettes.

Je me rends compte qu'elles parlent de Dylan et ça m'exaspère, je ne sais pas trop pourquoi.

– Pardon, dis-je en leur décochant un regard noir, mais il y en a ici qui essaient de dormir.

Elles se tournent vers moi, échangent un regard, arrêtent de parler un instant. Meghan passe une main dans ses cheveux impeccablement coiffés, Katie reboutonne les perles qui ferment sa veste. On dirait leurs mères en miniature.

– Caitlin ? s'écrie Mme Delani.

Elle examine la salle comme si elle avait lâché mon nom au hasard sans savoir qui j'étais.

– Je suis là !

– Pourriez-vous venir à mon bureau, je vous prie ?

Je regarde la pendule. Il reste à peine deux minutes.

Je me lève, rejoins son bureau. Elle feuillette un dossier où sont rassemblées mes photos de l'année dernière, et les examine derrière ses petites lunettes. Dans un soupir, elle passe une de ses mèches noires derrière l'oreille.

– Il va falloir vraiment retravailler votre traitement des couleurs, soupire-t-elle. Regardez ça.

Je n'en fais rien, préférant la dévisager. Elle ne s'en rend même pas compte.

– Vous voyez comme ça manque de contraste, ici. Si on devait convertir cette photo en noir et blanc, vous verriez que toutes ces couleurs s'estomperaient dans une seule nuance de gris. Le rendu est terne.

Je ne la quitte pas des yeux tandis que les siens restent rivés sur ma photo. L'année dernière, elle n'était pas comme ça. Peut-être qu'elle portait plus d'attention à Ingrid, mais elle discutait avec moi aussi.

– Vos compositions sont souvent bonnes, poursuit-elle en secouant la tête, mais… Il faudrait les travailler davantage.

J'ai envie de lui dire : *Va te faire foutre, Veena. L'année dernière, tu les trouvais géniales, tu m'as mis un* A. Cependant, je me tais. J'attends juste qu'elle lève les yeux pour constater mon air mauvais. La cloche sonne. Elle jette un œil sur la pendule, revient sur les photos.

– D'accord ? demande-t-elle.

– D'accord, quoi ?

– On se voit demain.

Je secoue la tête.

– Mais qu'est-ce que je dois faire ? dis-je encore.

Je voudrais juste qu'elle me regarde.

– La couleur, répond-elle les yeux sur mes photos. La composition.

J'ai envie de lui demander par où je dois commencer, mais elle est déjà partie, la porte claquant derrière elle.

12

Je me dirige vers le département des sciences, une part de pizza froide à la main, lorsque j'aperçois Jayson Michaels. Il n'y a pas beaucoup d'élèves noirs dans ce lycée, si bien qu'on le remarque tout de suite. En plus, il est très populaire, l'un de nos meilleurs coureurs. On fréquentait le même collège et la même classe de sixième. Je me rappelle surtout un événement, c'est le débat sur la ségrégation : voilà que la prof demande à Jayson ce qu'il en pense, comme ça, devant tout le monde. Comme si un gamin de sixième qui avait passé l'intégralité de sa vie dans une petite ville blanche pouvait jouer les porte-parole de la communauté noire américaine. De toute façon, c'était idiot. Qu'est-ce qu'il pouvait bien répondre ? *En fait, ça me va très bien. C'est génial de savoir que les mecs comme moi ne pouvaient pas entrer dans un restaurant ni utiliser les toilettes publiques.*

Il vient dans ma direction. Ça fait des années que je ne l'avais plus vu d'aussi près. Il a les yeux d'un brun plus clair que dans mon souvenir, le visage doux et une cicatrice sur la joue droite, à hauteur de la mâchoire.

Impossible de me rappeler comment on se parlait, tous les deux. Si je sais pas mal de choses sur lui, c'est parce qu'il discutait avec Ingrid et qu'elle me répétait tout, genre il a une sœur à la fac avec qui il échange beaucoup au téléphone. Il vit avec son père. Il aime courir parce que ça lui fait oublier tout le reste. Quand il s'entraîne, il écoute des groupes à l'ancienne comme les Jackson Five.

Maintenant, il me dévisage, l'air de me reconnaître.

Et j'ai la même impression. Comme si ma tête s'allégeait soudain. J'ai envie de bavarder. Jayson ouvre la bouche. La referme. La rouvre.

– Bonjour ! lâche-t-il.

Le bonjour le plus triste de ma vie.

On hésite, mais juste quelques instants.

Puis on poursuit notre chemin, chacun de son côté.

13

De nouveau le week-end. J'ai beau savoir que je devrais essayer de bâtir quelque chose avec les planches qui ont attendu une semaine entière dans le patio, je souhaite juste traîner au lit en écoutant de la musique. J'ai déjà toutes ces chansons dans la tête. Il va falloir que je me lève pour changer de piste car je ne sais plus où j'ai mis la télécommande de ma chaîne. Je finis par me décider à la chercher. Elle n'est pas sous les couvertures, ni sous la pile de vêtements sur ma commode, ni parmi mes CD ou sur mon bureau. Je m'allonge par terre pour regarder sous le lit, passe un bras, en sors deux chaussettes dépareillées, un rapport d'activité du lycée que j'ai caché aux parents l'année dernière, et un autre truc que je n'identifie pas sur le moment – dur, plat et poussiéreux. Je le sors en me disant que ce doit être un album de l'école primaire, et là, mon cœur s'arrête. Pages déchirées, oiseau peint sur la couverture bleue au Tipp-Ex.

Le journal d'Ingrid.

Sans trop savoir pourquoi, j'ai peur. Comme si j'étais déchirée en deux. D'un côté, je souhaite l'ouvrir plus que je n'ai jamais rien désiré au monde. De l'autre côté, je suis complètement épouvantée. Je ne peux m'arrêter de trembler.

Et si on l'avait laissé tomber sous le lit un soir sans le faire exprès ?

Ou alors c'est elle qui l'y aurait caché ?

Elle l'emportait partout ; ça peut paraître ridicule, mais quelque part j'en étais jalouse. Chaque fois que j'avais besoin de comprendre quelque chose ou de me défouler, il me suffisait de l'appeler ; si bien que je ne voyais pas pourquoi elle avait tant besoin de ce cahier, tellement intime. Et puis le voilà, entre mes mains, et je le tiens comme s'il s'agissait d'un être vivant.

Jamais je ne le lâcherai. Je le soupèse en contemplant l'endroit où le Tipp-Ex commence à s'écailler. Et puis, une fois que mes mains sont stabilisées, j'ouvre la première page. C'est un dessin de son visage – cheveux blonds, yeux bleus, petit sourire en coin. Elle regarde droit devant elle. Des oiseaux volent à l'arrière-plan. Elle les a dessinés flous, pour souligner le mouvement et, en travers, elle a écrit : *Moi un dimanche matin.*

Je tourne la page.

Tout en lisant, j'entends la voix d'Ingrid, étouffée, rapide, comme si elle me confiait des secrets.

MOI UN DIMANCHE
MATIN

CHÈRE PIONNE,

Vas-y. Préviens mes parents, mets-moi une colle, fais-moi nettoyer la table de la cafèt. J'ai séché la bio aujourd'hui. C'est comme ça. J'étais trop énervée, genre un millier de battements de cœur minute. Sans raison, hormis que la seule idée d'être assise à côté de Jayson me donnait envie de vomir. Même si c'est l'unique chose que j'espérais. En principe, c'est sympa d'être amoureux, non? Ce n'est pas censé vous torturer à ce point. Dans le hall, je l'ai vu qui me souriait devant son casier et ça m'a mis la boule au ventre. J'ai dit à Caitlin: «on se barre», pourtant je savais que le cours suivant était son préféré grâce à Monsieur Harris, le prof le plus cool qu'on ait jamais eu. Elle a pigé que je ne rigolais pas, car elle a gardé son air sérieux et elle m'a suivie. C'est pour ça que je l'aime tellement. C'est pour ça que je voudrais devenir quelqu'un de meilleur...

Un jour, peut-être, tu me laisseras tranquille. Tu as une bonne tête mais un sale boulot. Peut-être que ta vie est très dure et que tu aimerais bien qu'une élève écoute tes lamentations? Si tu ne dis rien à mes parents, je te promets de ne plus t'appeler «la griffe», car je sais que tu n'es pas si mauvaise que ça. Et je ralentirai en passant devant toi dans le couloir au cas où tu déciderais que c'est le moment de me parler.

BISOUS,
INGRID

Je ferme le journal.

Ma chambre est si vide et tranquille que ça fait mal au cœur.

Je sais que je devrais avoir envie de poursuivre ma lecture mais c'est trop pour moi. Trop bouleversant. Je dépose son cahier dans ma commode, pas en haut, là où tout le monde croit cacher ses secrets, mais au milieu de mes habits, dans le dernier tiroir du bas. Et puis non. Au bout de quelques minutes, je le récupère pour le mettre sur une étagère du dressing que j'ai peint en violet il y a deux ans, devant une boîte à chaussures remplie de pellicules photo.

Une heure plus tard, je retourne vérifier qu'il n'a pas bougé.

Après le déjeuner, je le change encore de place. Cette fois, je le remets sous mon lit. Après tout, il vient d'y passer trois mois. J'essaie ensuite de me mettre à mes devoirs, ou de regarder la télé. Mais je ne parviens pas à détourner mes pensées du journal d'Ingrid, à me demander s'il est toujours là. Et si quelqu'un tombait dessus ? Et pourquoi n'ai-je pas envie de lire davantage ? Alors que c'est si important pour moi ?

Le lendemain matin, à peine habillée, mes cheveux tirés en queue-de-cheval, comme toujours, je reste plantée devant la porte. J'aimerais bien sortir, mais je ne peux pas. Non que je n'en aie pas envie, seulement je n'y arrive pas, comme s'il m'était physiquement impossible de quitter ma chambre les mains vides. Alors je me tourne vers mon dressing, y trouve une pochette à fermeture éclair. Elle semble plutôt petite, je ne sais pas si ça va marcher, mais oui, je parviens à y glisser le journal d'Ingrid. Il sera bien caché, là-dedans.

Je range le tout dans mon sac à dos que je passe sur une épaule, puis sur l'autre. Le journal l'alourdit pas mal, mais ce poids me fait du bien.

14

Sur la chaîne de M. Robertson, John Lennon et Paul McCartney chantent en boucle le mot *love*. Il baisse le son, laissant la musique continuer en sourdine, remonte les manches de sa veste beige.

– Quand j'étais petit, mes parents écoutaient sans cesse *All You Need Is Love*, dit-il de son bureau. À l'époque, je croyais que c'était un morceau festif, et j'ai appris les paroles par cœur avant de me rendre compte de ce qu'elles racontaient. C'était déjà un plaisir de me les répéter.

S'armant d'un paquet de feuillets, il passe dans les rangées pour nous distribuer les copies.

– En y regardant de plus près, vous verrez qu'il s'agit d'un véritable poème.

Il dépose la feuille sur ma table et je regarde son alliance et les quelques poils qui se dressent sur ses premières phalanges. Je me demande à quoi ressemble sa femme, s'ils dansent le soir chez eux en écoutant les Beatles et d'autres groupes à l'ancienne. J'essaie d'imaginer leur maison, comment ils l'ont décorée, et je me dis qu'ils doivent avoir beaucoup de plantes, des toiles originales accrochées aux murs, peintes par des amis à eux.

– Caitlin, lâche-t-il en souriant. Pointez-nous un élément poétique dans cette chanson.

– D'accord.

Je parcours en hâte le texte mais je suis trop perturbée pour absorber quoi que ce soit.

– En y regardant de plus près, dis-je, on voit qu'il y a un... motif? Des choses qui reviennent sans cesse?

– Très bien. Des répétitions. Benjamin, quoi encore?

– Euh, une sorte de thème?

– Lequel?

– L'amour, je suppose?

– Bien. Un autre thème, Dylan?

Je la regarde en me demandant si elle s'est vraiment fait virer de son ancienne école pour avoir flirté avec une autre fille. Elle porte toujours le même jean noir, avec aujourd'hui un chemisier bleu clair où sont écrits des mots que je ne parviens pas à déchiffrer; elle arbore un gros bracelet de cuir sur chaque poignet et s'appuie sur un coude, la main devant le visage.

– Le potentiel humain, murmure-t-elle. Ou l'identité.

– Très bien, répond M. Robertson en hochant la tête. Magnifique!

Les yeux au plafond, il se met à chantonner, comme s'il oubliait un moment où il se trouvait.

Puis il revient parmi nous.

– Pour vos devoirs, reprend-il, vous allez choisir une chanson parmi celles que vous préférez et puis écrire pourquoi elle est importante pour vous, ensuite en analyser les paroles comme s'il s'agissait d'un poème. Vous avez jusqu'à vendredi.

Je sors mon livre de maths de mon casier lorsque Dylan s'approche en demandant:

– Tu connais un endroit sympa pour manger, par ici?

Ce n'est plus un secret pour personne: tous les casiers du département des sciences ont été pris d'assaut. Avant et après les cours, le couloir résonne de bruits de loquets, de grincements de portes qui s'ouvrent et se ferment, de voix qui s'interpellent, de téléphones qui sonnent, de pas pressés. Et Dylan contemple tout ça l'air surpris comme au premier jour, de ses grands yeux bleu-vert maquillés de noir. Elle se tient près de moi et ça me fait drôle. À part Alicia, je ne laisse jamais trop les gens m'approcher.

– Suis Webster avenue, vers le centre-ville, tu trouveras plusieurs adresses en chemin.

Elle observe la photo d'Ingrid sur la colline collée sur la porte de mon casier, penche la tête, l'air d'apprécier.

– Alors, reprend-elle, tu as faim ?

– J'ai trop de boulot, dis-je sans plus y réfléchir.

– Bon, comme tu voudras.

Je prends le chemin de la maison, prête à sortir le journal d'Ingrid de mon sac à dos dès que j'arriverai et à le lire pendant plusieurs heures, page après page, mais, alors que je repasse devant les collines, les immeubles et les endroits où on se baladait ensemble, je m'avise que ce n'est pas une bonne idée.

Voilà ce que je ressens : on compte trop les uns sur les autres. Je trouvais normal de suivre Ingrid partout – dans sa chambre, au bahut ou juste sur le trottoir à traîner. Et on n'arrêtait pas de bavarder, d'énoncer nos pensées à haute voix. Pas mal de gens auraient sans doute trouvé ça ennuyeux, mais pas nous. Je ne me suis jamais rendu compte de l'importance que ça avait pour nous. À quel point il était extraordinaire de trouver quelqu'un qui voulait bien entendre toutes les pensées qui vous passaient par la tête. On a juste l'impression que les choses vont rester où elles en sont. On ne lève jamais les yeux, dans ces moments qui ressemblent à tous les autres de la vie, en se disant, *ce sera bientôt terminé.* Mais je comprends mieux, maintenant. Comment fonctionne la vie. Je sais que quand je finirai de lire le journal d'Ingrid, il n'y aura plus jamais rien de nouveau entre nous.

Alors, en arrivant à la maison, je m'enferme à clé dans ma chambre, bien qu'il n'y ait personne d'autre, je sors le journal d'Ingrid, je le tiens un instant dans mes mains, regarde de nouveau le dessin de la première page. Et puis je le range. Je vais essayer de le faire durer.

15

Après le dîner, je grimpe à l'arrière de ma voiture avec mon ordinateur. Je lance la cassette de Davey mais laisse le volume assez bas afin de pouvoir me concentrer. Je réfléchis à la façon d'introduire ma rédaction.

Je tape : *La musique est un puissant moyen d'expression pour tout un chacun.* Puis j'efface. J'essaie autre chose : *Les chansons peuvent être un puissant moyen de se rappeler certains moments dans la vie des gens.* C'est plus proche de ce que j'essaie de dire, mais ce n'est pas tout à fait ça. Je ferme mon ordinateur. Une fille joue de la guitare, chante avec ferveur, et je tire le toit ouvrant, retombe sur le siège, regarde le ciel, écoute.

Quand elle a fini, je retourne la bande, la remets. *Il existe une sensation indescriptible qui provient de l'amour fou provoqué par une chanson.*

Je relis cette phrase. Je continue d'écrire, essayant de goûter encore la plus belle soirée de ma vie.

Avec Ingrid, on se tenait devant le miroir de sa salle de bains, avec plein de petites palettes à maquillage, d'épingles à cheveux et de laque.

On est trop canon, a-t-elle soufflé.

Je me suis regardée en train de hocher la tête. J'avais les cheveux brillants, bien raides, bien longs, séparés par une raie au milieu. Ingrid m'avait étalé du maquillage vert sur les paupières et mes iris semblaient plus ambrés que juste marron. Elle a accroché un peu n'importe comment ses boucles blondes et mis un rouge à lèvres qui lui donnait un air plus adulte, sophistiqué.

Oui, a-t-elle dit. *On est vraiment superbes.*

Magnifiques.

En fait, on se complétait très bien. Au point que les gens nous demandaient si on n'était pas sœurs, bien qu'elle soit blonde et bouclée, moi, brune aux cheveux raides. Bien qu'elle ait les yeux bleus et moi, marron. C'était peut-être notre façon de nous tenir, de nous mouvoir. Cette tendance qu'on avait, en voyant quelque chose, à réagir pareil, à nous tourner l'une vers l'autre pour dire la même chose.

Reste tranquille, maintenant, a dit Ingrid. *Tiens bon.* À l'aide d'un petit pinceau, elle m'a longuement appliqué du rouge à lèvres, et j'ai léché mon doigt pour effacer le mascara qui lui avait coulé sur la joue.

On a grimpé à l'arrière du 4x4 de ses parents ; Susan, sa maman, nous regardait dans le rétroviseur.

Vous êtes très belles, a-t-elle observé. Je la voyais sourire dans le miroir. Mitch, le père d'Ingrid, s'est alors retourné.

Regardez-moi ça ! Sans doute sa façon de dire qu'il nous trouvait à son goût.

Davey, le frère d'Ingrid, et sa petite amie Amanda venaient de se fiancer et ils organisaient une fête dans un restaurant proche de leur appartement. Il était né dix ans avant sa sœur, si bien que celle-ci aimait à répéter qu'elle était arrivée par erreur, sauf que ses parents ne l'ont jamais admis. Tous les invités allaient être plus âgés que nous mais tant pis. On s'était quand même habillées pour l'occasion et on comptait bien s'amuser, trop contentes de sortir de Los Cerros pour une soirée.

Susan et Mitch nous ont déposées devant le restaurant pour qu'on n'ait pas à chercher une place avec eux pendant une heure. À l'intérieur, on a retrouvé Amanda et Davey, tout heureux comme d'habitude.

Après avoir un peu bavardé avec eux, on s'est installées à table afin de déguster quelques petits plats, jusqu'à ce que la lumière diminue et que la musique augmente, pour faire place à la danse. Tous les invités étaient beaux mais, pour une fois, je me sentais belle moi aussi. Alors je me suis levée, afin de me mêler à eux, avec mon pull noir à col en V et mon pantalon bien moulant que je venais d'acheter. Ingrid m'a suivie dans sa robe jaune et ses boots marron. Je me sentais bien parmi ces inconnus. Pas comme une lycéenne paumée. J'étais qui je voulais être.

On s'est mises à danser, à sauter, à tourbillonner sur ces groupes anglais dont on n'avait encore jamais entendu parler. À un moment, on se trouvait presque au bord de la piste quand un serveur est arrivé avec un plateau de champagne. Ingrid a attrapé deux coupes sans lui laisser le temps de voir à qui il avait affaire, et on les a vidées en trois gorgées. Ça ne m'a pas vraiment saoulée, c'était juste une coupe, mais je me suis sentie un peu étourdie et je n'en ai pris que plus de plaisir à danser. Au bout de cinq chansons, j'étais prête à continuer sur ma lancée, lorsque la voix de l'interprète a retenti, ce timbre grave, puissant, passionné. Je me suis immobilisée d'un coup, au beau milieu des danseurs, juste pour l'écouter.

À ce moment-là, je me suis rendu compte de ce que la musique pouvait provoquer chez les gens, ce mélange de souffrance et de bonheur. Je ne bougeais plus, les yeux clos, sentant le mouvement des danseurs autour de moi, la vibration de la basse qui montait du sol à ma gorge, tandis qu'en moi quelque chose se brisait pour renaître de plus belle.

À la fin de la chanson, j'ai attrapé la main d'Ingrid pour l'entraîner vers Amanda qui se tenait près du DJ, à lui tendre des CD en lui disant quelle piste passer. Avec ces haut-parleurs tout proches, je sentais plus que jamais la basse résonner à travers mon corps. Je me suis mise à crier :

C'était quoi comme groupe ?

The Cure, m'a répondu Amanda. *Tu aimes ?*

J'ai hoché la tête. J'avais envie de dire *J'adore*, mais ça me semblait trop spontané.

Amanda a rangé le CD dans sa boîte puis me l'a tendu. *Prends-le,* a-t-elle dit. *C'est pour toi.*

Deux heures plus tard, j'ai terminé ma dissertation. Par la vitre de la voiture, je vois que les lumières de la maison sont éteintes. Mes parents doivent dormir. Ils ont dû s'habituer à ce que je me réfugie là, maintenant. Je remonte le chemin qui mène à l'entrée, m'arrête devant la pile de bois, passe la main sur la planche du haut.

16

Ce matin, je suis réveillée avant la sonnerie, si bien que je me retourne dans mon lit pour l'éteindre. J'ai eu toutes les peines du monde à m'endormir. Je n'arrêtais pas de penser à cette soirée. Après cela, Ingrid a vécu encore plusieurs mois mais pas vraiment alerte. Elle faisait des dessins dans son journal, traînait avec moi, riait parfois et tout, mais à présent, quand j'y pense, je me rends compte qu'elle le faisait plutôt machinalement, comme quand on se brosse les dents ou quand on prend son petit déjeuner. On n'y réfléchit pas vraiment, on a l'esprit ailleurs. On se prépare à autre chose.

Je sors son journal, je suis sûre que je le mérite puisqu'il n'est que sept heures moins le quart et que la journée a déjà si mal commencé. Et voilà que, quand je l'ouvre, c'est encore pire.

CHÈRE VEENA,

Ceci est une lettre de remerciements. Hier, je suis sortie avec mon appareil pour prendre quelques clichés – je voyais tout sous un autre angle, cadré dans des cases rectangulaires, et mes yeux photographiaient avant même mon boîtier. J'ai fait développer mes photos au Tout-en-un et le beau gosse à la caisse a flirté avec moi en me disant « vos photos sont super » ! J'avais trop hâte de les découvrir, alors j'ai juste dit merci, sans mentionner qu'il était totalement illégal de mater mes photos privées comme ça. Mais c'est vrai qu'elles sont très réussies, surtout celles avec les fleurs, ou celle du verre cassé sur le béton et, ah oui, aussi celle où je me reflète dans la vitrine du disquaire avec tous ces posters dégueu de chanteuses hyperjeunes avec leurs faux seins trop gros sur leurs corps tout maigres... Et me voilà, moi, la vraie fille, qui apparais à côté ! Veena, grâce à toi, ma vie pourrait finalement prendre un bon tournant. Je vais m'éclater, voyager à travers le monde, capturer des animaux et des populations indigènes puis me faire engager par National Geographic, vivre des aventures extraordinaires et m'éclater avec des mecs canon qui ne parleront que des dialectes rares, comme ça on ne pourra communiquer que par langage corporel pour ne jamais se revoir ensuite. Ou bien je ferai faire des cheveux blancs à mes parents en m'inscrivant dans une école des beaux-arts à New York, au lieu d'aller dans un vrai lycée, et je deviendrai célèbre grâce à mes photos qui captent les âmes des prostituées, des héroïnomanes et des jeunes fugueurs qui crèchent sur les trottoirs et dorment dans des squats. Et quand je prononcerai mon discours de remerciements après avoir reçu le prix Nobel de la paix, je dirai : « Tout a commencé grâce à toi, Veena Delani. Je te dois tout. » Et tu seras si fière que tu en auras les larmes aux yeux.

BISOUS,
INGRID

17

Évidemment, je sèche le cours de photo ce matin.

Assise par terre derrière les appartements, lamentablement seule, j'attends huit heures cinquante en tournant le dos aux immeubles pour ne plus voir que la colline et les arbres. Puis, sans trop m'en rendre compte, je me mets à songer à une erreur que j'ai commise pour chaque arbre que je regarde. Large chêne – je n'ai jamais dit à personne qu'Ingrid s'automutilait. Petit chêne – la fois où je lui ai dit que j'en avais marre de l'entendre parler des bras de Jayson et de sa chemise bleue. Grand arbre aux branches dénudées – comment je fuyais quand elle tombait dans la déprime et arrêtait de parler. J'aurais dû rester là, sans rien dire, pour qu'elle sache au moins que j'étais près elle. Sapin – l'après-midi où j'ai menti en lui disant que je n'avais pas que ça à faire de traîner avec elle tous les jours, alors qu'en fait je ne voulais pas passer mes après-midi à voler du vernis à ongles au centre commercial, parce que je m'en voulais déjà trop de l'avoir fait une première fois. Elle semblait sur le point de pleurer, pourtant elle s'est détournée et elle est partie. C'est le jour où elle s'est fait prendre avec de l'eye-liner et de la laque dans son sac à dos. Je choisis un plus petit pin pour mon absence de soutien au moment où ça lui est arrivé. Et puis je me tourne vers ce grand bosquet dans le lointain, compte un à un les troncs pour chaque fois où je l'ai traitée de tous les noms, où je lui ai dit qu'elle était idiote – bon, je plaisantais mais ça a quand même pu la heurter.

La brume matinale flotte d'arbre en arbre telle une couverture de regret. Je sors mon appareil photo. Pourtant, je ne l'utilise pas.

18

En entrant en cours de maths, je me surprends moi-même à m'asseoir derrière Taylor.

– Elle s'est ouvert les veines, dis-je.

Il se tourne vers moi, l'air incertain, comme lorsqu'il ne trouve pas la valeur d'un *x*. Je m'efforce de soutenir son regard, le ventre noué par la colère.

– Quoi ? s'étonne-t-il.

– Ouvert les veines… elle a saigné jusqu'à la mort. En général on se rate, mais je crois qu'elle était déterminée.

Il blêmit, l'air gêné, détourne les yeux. J'insiste :

– Maintenant, tu sais.

M'éloignant de lui, je m'adosse à mon siège. M. James corrige nos devoirs avec son vieux rétroprojecteur, mais je ne parviens pas à me concentrer. Je ne vois qu'elle. Clignant des yeux, j'essaie de regarder mon bureau histoire de chasser cette image de ma cervelle. Quelqu'un a écrit TU CRAINS au feutre noir sur le coin droit. J'efface les lettres avec une telle vigueur que j'en ai mal au pouce. Sauf que ça n'y change rien. Alors que je pousse un soupir, j'ai l'impression que Taylor se retourne encore vers moi mais je préfère ne pas vérifier.

– Il faut que je change de place, dis-je en me levant.

Je ne m'adresse à personne précisément. Saisissant mon sac à dos, je me dirige vers un autre bureau, bien propre, sans la moindre inscription.

Pourtant, je la vois encore, comme si je m'étais trouvée chez elle ce matin-là. Comme si c'était moi, et non sa mère, qui avais ouvert la porte de sa salle de bains pour la trouver nue dans la baignoire, les yeux clos, la tête renversée en arrière, les bras flottant à la surface d'une eau rouge. Je lève les yeux vers le projecteur de M. James mais ne vois que les entailles sur les bras d'Ingrid, le long de ses veines. Je n'entends pas ce qu'il dit. D'abord les sons s'éloignent, puis tout le reste.

Lentement, très lentement, je baisse la tête jusqu'à ce que mon front se pose sur le bois froid du pupitre. Je m'efforce de respirer, sens ma poitrine se soulever, entends le tic-tac léger de l'horloge. Je lève les yeux le long du mur, vers l'endroit où je sais qu'elle se trouve et, dans les murmures confus de la voix de M. James, j'attends de la voir apparaître.

19

Ingrid avait la peau la plus douce du monde, si pâle et transparente… je voyais les veines bleues qui couraient le long de ses bras et qui lui donnaient un aspect si fragile. Un peu comme Eric Daniels, mon premier petit ami, lorsque, posant la tête sur sa poitrine, j'entendais son cœur palpiter. Je me disais, *Oh !* On ne pense pas toujours au sang qui vous coule dans les veines, aux battements qui les anime, aux poumons. Néanmoins, face à Ingrid, je ne pouvais que repenser à toutes ces choses qui la gardaient vivante.

La première fois qu'elle a gravé quelque chose sur sa peau, c'était à l'aide du bout pointu d'un cutter. Elle a ensuite soulevé son tee-shirt pour me montrer les cicatrices qui se refermaient. Elle avait griffonné VA TE FAIRE FOUTRE sur son ventre. Le souffle coupé, je n'ai d'abord pas réagi. J'aurais dû la prendre par le bras pour l'emmener directement à l'infirmerie, dans cette pièce avec ses deux lits couverts de draps en papier, où règne cette odeur douceâtre de pharmacie.

J'aurais dû soulever le tee-shirt d'Ingrid pour montrer ses coupures. *Regardez,* aurais-je dû dire à l'infirmière derrière son bureau, avec ses lunettes sur son nez pointu. *Aidez-la.*

Au lieu de quoi, j'ai juste tendu la main pour tracer les mots du bout des doigts. Les coupures étaient peu profondes, les croûtes, pas trop impressionnantes, déjà bien brunes. Je savais que beaucoup de filles du lycée se faisaient ce genre de scarification. Elles portaient des manches longues au-delà des poignets, laissant juste un trou pour les pouces, afin de cacher leurs cicatrices sur les bras. J'avais envie de demander à Ingrid si ça faisait mal mais j'avais peur de passer pour une idiote alors j'ai juste répondu : *Toi, va te faire foutre, connasse.* Ça l'a fait rire et j'ai préféré ne pas me dire que quelque chose entre nous venait de changer.

20

Papa m'accueille au pied de l'escalier en agitant mes baskets préférées qu'il tient par leurs lacets.

– Regarde-moi ça ! C'est horrible !

Il me montre les talons au caoutchouc complètement râpé.

– Les gens vont croire qu'on ne s'occupe pas de toi. Ils vont avertir les services sociaux de protection de l'enfance. Il faut vite qu'on aille en acheter d'autres.

Je lève les yeux au ciel. On est samedi matin, il porte un polo et le short le plus hideux de la terre. Je regarde ses chaussures. Malheureusement, elles sont impeccables.

– Ah bon…

Là-dessus, je remonte me maquiller un peu les yeux pour ne pas avoir une trop sale tête, enfile mon sac à dos en bandoulière et le retrouve en bas.

– Ne me dis pas que tu as besoin de ça, reprend papa en désignant mon sac.

– Mon portefeuille est dedans.

– Je veux t'acheter des chaussures. Pas besoin de ton portefeuille.

Pas question de laisser le journal d'Ingrid derrière moi.

– Attends, il y a aussi toutes mes affaires. Je pourrais en avoir besoin.

– Comme tu voudras, maugrée-t-il en haussant les épaules.

Dans la voiture, il me demande si j'ai commencé à réfléchir.

– Réfléchir à quoi ?

– Qu'est-ce que tu vas construire ?

– Euh...

Je contemple les sièges de cuir noir, passe les doigts le long d'une couture.

– Je n'ai pas encore décidé, dis-je d'un ton aussi ferme que possible.

Histoire de sous-entendre que j'hésite entre plusieurs idées.

– J'ai hâte de voir ça, commente-t-il.

Je ne réponds pas et, bientôt, il met la radio. On écoute deux comiques au fort accent de Boston donner des conseils de conduite.

– Tu as l'intention de passer ton permis bientôt ? demande mon père.

Je hausse les épaules en continuant de regarder par la fenêtre mais la lumière est si brillante que j'ai plutôt envie de fermer les paupières. Il me jette un regard en coin, me tapote le genou.

– Ne t'en fais pas, tu as tout ton temps.

Il n'y a encore pas longtemps, j'aurais été ravie d'aller faire du shopping mais là, en arrivant au centre commercial, je me sens au bord de l'explosion. Toutes ces étagères de chaussures, toutes ces marchandises censées me tenter... Autour de nous, les gens ont l'air très affairés, examinant chaque paire avec des cris d'admiration, les retournant pour regarder le prix sur l'étiquette. Et moi je reste plantée sur place à me demander par où commencer. Je sens bien le regard de papa, il voudrait que je réagisse, mais je n'y arrive pas.

Finalement, c'est lui qui soulève une paire de Converse vertes exposées devant nous sur une table ronde.

– Qu'est-ce que tu en dis ?

– Très jolies.

Je pense à celles d'Ingrid qui étaient rouges, et à ce qu'elle inscrirait sur les parties de caoutchouc blanc.

– Nous prenons celles-ci, annonce papa au vendeur. Taille trente-huit, c'est ça, Caitlin ?

Je hoche la tête.

– Vous ne voulez pas les essayer ? demande le type.

– Elle viendra les échanger si ça ne lui va pas, dit papa en lui tendant une carte de crédit.

C'est là que j'aperçois une fille du lycée. Je ne la connais pas, je ne sais pas comment elle s'appelle. Elle fait partie d'un programme spécial, pour ceux qui les enseignants considèrent comme des « jeunes à risques ». Nos regards se croisent par-dessus des paires de bottes.

– Salut, tu es à Vista, non ? dit-elle.

– Ouais.

Elle a les cheveux teints en toutes sortes de bruns et de blonds, à croire qu'elle en change tous les deux jours et qu'ils se rebellent – dorés autour des oreilles, châtain clair aux racines, orange au bout des mèches.

– Tu t'appelles bien Caitlin ? Moi, c'est Melanie. Tu ne me connais pas forcément parce que je ne me rends pas régulièrement au campus. Je déjeune dans le stade de base-ball avec d'autres gens, c'est assez loin, tu vois ?

Elle a balancé tout ça si vite… Je réponds tout de même :

– Je vois qui tu es.

J'ai envie de lui demander comment elle connaît mon nom mais je crois que je le sais déjà et je n'ai pas trop envie qu'elle me l'explique. Mon père passe à la caisse pour signer sa facture. Melanie ne me regarde pas, comme si elle vérifiait le prix de toutes les bottes devant nous. Apparemment il n'y a que les étiquettes qui l'intéressent, pas du tout les chaussures. Je ne suis même pas sûre qu'elle fasse attention à ce qu'elle lit, jusqu'au moment où elle s'exclame :

– Waouh ! *Trois cents dollars !*

Elle laisse retomber la paire sur la table. Je ne suis pas sûre qu'elle se soit vraiment adressée à moi en disant ça, plutôt aux bottes, ou à toutes les chaussures en général.

J'essaie de m'imaginer en compagnie de cette fille et de ses autres amis anonymes, en dehors des gens que je connais au lycée. Ce serait peut-être plus facile.

Papa revient, armé d'un sac avec ma nouvelle paire.

– Tu la connais ? demande-t-il alors qu'on quitte la boutique.

Il a dit ça un peu trop fort, l'air trop décontracté. Mes parents sont plutôt ouverts, pourtant je lui trouve l'air assez inquiet, là. Apparemment, il est inutile de préciser que Melanie fait partie du programme « jeunes à risques ».

– Non, dis-je. C'est juste une fille du bahut.

21

Le lundi matin, j'arrive au campus assez tôt pour pouvoir faire un tour jusqu'à mon casier. Quand je dépose mon livre de maths sur l'étagère du haut, me prend l'envie de décoller la photo d'Ingrid sur la colline pour me regarder dans le miroir.

Quand je me lève, je prends juste une douche, j'enfile un jean et un tee-shirt. La plupart du temps, la glace de la salle de bains est embuée lorsque je pense à me regarder, si bien que je ne vois même pas mon reflet. Aujourd'hui, je contemple la chemise que je porte en me disant qu'elle appartient peut-être à mon père. Je me demande ce qu'Ingrid dirait si elle savait à quel point je me laisse aller. *Tu rigoles ? Tu ne vas pas sortir comme ça ?* Ou, peut-être : *Eh oh madame ! Ressaisissez-vous !* J'effleure le bord de sa photo, sans prendre le risque de tomber sur mon reflet.

Un choc retentit dans le couloir et, quand je me détourne de la colline, c'est pour découvrir Dylan à côté de moi, en train de composer son code.

– Salut ! dis-je en essayant de rattraper mon impolitesse de vendredi.

En guise de réponse, elle lève une main et marmonne quelque chose dans une langue inconnue.

– Pardon ?

Elle me montre la thermos argentée qu'elle tient dans l'autre main.

– Trop tôt, marmonne-t-elle. Pas encore fini mon café.

En arrivant au cours de photo, j'aperçois une liste au tableau, celle des élèves qui n'ont pas rendu certains devoirs. Le mien est le seul qui soit suivi de la mention : *Rien*.

Je songe à toutes les photos que j'aurais voulu prendre et ça me fait mal. C'est terrible. Cependant, si je remettais à Mme Delani des œuvres auxquelles je tiens, ce serait comme lui tendre le bâton pour me faire battre. Non merci. Assise au fond de la classe, j'écoute à peine ses indications pour notre prochain exercice : une nature morte. Elle fait passer des ouvrages pour nous donner des exemples. J'étudie les objets inanimés. Une coupe de fruits. Une pile de livres. Une paire de chaussons de danse magnifiquement usés.

Et, soudain, l'inspiration jaillit.

J'ai trop hâte d'entendre sonner l'heure du déjeuner. Finalement je me retrouve dans le couloir, à suivre des yeux le pion qui se dirige vers le parking arrière, et me hâte de prendre la direction opposée. Sur le trottoir, à l'entrée du campus, j'installe mon appareil photo sur un trépied, regarde dans l'objectif, cadre bien mon champ de vision afin d'y trouver la route, le trottoir d'en face. Et j'attends. Une voiture arrive. Je suis prête. Elle file droit devant moi, j'appuie sur le bouton. Je fais de même avec les deux suivantes et reste là toute l'heure du déjeuner. Bon, ce n'est pas vraiment de l'art, ce sont juste des instantanés mais, chaque fois que je déclenche l'obturateur, je me sens mieux.

22

– C'était intéressant, observe M. Robertson. Toute cette gamme de chansons.

Il passe entre les bureaux pour nous rendre nos dissertations.

– Encore qu'il n'y ait que deux A, poursuit-il. Caitlin, Dylan, beau travail. Les autres n'ont pas suffisamment approfondi. Il existe plusieurs niveaux de sens dans la poésie. Vous devez creuser, ne pas rester à la surface.

Je jette un coup d'œil vers Dylan mais elle se détourne dès qu'elle s'en rend compte. Lorsque le prof lui tend son devoir, elle le range dans son sac à dos sans même regarder ce qu'il a écrit.

En me dirigeant vers mon casier, je cherche quoi lui dire. Ça fait un moment que je n'ai plus tenté de discuter avec quelqu'un. Sur place, je trouve Dylan, mais elle ne m'adresse pas la parole. Dans son casier, elle conserve un petit poster représentant deux filles. J'en profite pour demander :

– C'est qui ?

– Ce sont des membres de mon groupe préféré. Des lesbiennes trop mignonnes du Canada.

– Oh…

Ça me fait repenser à tout ce que j'ai déjà entendu sur elle. Au fond, je n'ai rien à perdre.

– Et toi ? Tu l'es ?

– Quoi ? rigole-t-elle. Du Canada ?

– Non. Lesbienne.

J'essaie de garder un air décontracté, comme si ce n'était pas la première fois de ma vie que je demandais ça à quelqu'un.

Elle se penche pour chercher quelque chose, ce qui m'empêche de voir son visage tandis qu'elle répond :

– Oui.

Un petit écho résonne autour d'elle.

J'essaie de trouver une réponse mais j'ai soudain la cervelle qui se bloque comme une télé en panne. Alors je reste silencieuse, jusqu'à ce qu'elle achève de remplir son sac et se penche vers moi.

– Normalement, c'est à ton tour de me dire quelque chose sur toi, dans le même ordre d'idées. C'est là qu'on passe de l'interrogatoire à l'échange.

– Tu me demandes si je suis lesbienne ?

Elle hausse un sourcil et je me sens idiote.

– Non, pas du tout…

– Bon, dit-elle en refermant son casier. Ça va te paraître dingue, mais j'ai entendu dire que ton espèce et la mienne pouvaient coexister à peu près en paix.

Et d'ajouter, avec un sourire parfaitement innocent :

– Je vais manger des pâtes sur Webster.

Là, je comprends que c'est la dernière fois qu'elle m'invite à me joindre à elle ; elle n'est pas désespérée à ce point.

– Moi aussi, dis-je alors. Tu as une voiture ?

– Non.

Comme si je venais de lui demander si elle pouvait me prêter cent dollars.

– Tu sais combien de problèmes on résoudrait si les gens voulaient bien cesser d'utiliser tant d'essence ? Les guerres, le terrorisme, la pollution… entre autres.

Alors qu'on débouche dans la rue, Alicia McIntosh nous observe par la fenêtre de la Camero de son petit ami. Je fais semblant de ne pas la remarquer.

23

Au restau thaï, on sert des soupes de nouilles dans des bols énormes, mais l'intérieur n'a pas bougé. Un dinner ambiance 60's avec ses posters d'Elvis et son juke-box près de l'entrée. On s'installe face à face dans un box aux sièges de vinyle rouge. Même là, Dylan s'avachit à sa place, se met à pianoter sur la table, lit le menu sans dire un mot ; apparemment, le silence ne la met pas mal à l'aise, tandis que de mon côté je cherche désespérément quoi dire. Je choisis la soupe d'ananas au lait de coco, alors qu'elle prend celle aux champignons et haricots verts, suivie d'un grand café. Malgré ses allures désinvoltes, elle se montre tout à fait polie avec le serveur, sourit et dit merci.

– Alors, me demande-t-elle, pourquoi t'as changé d'avis ?

– À quel sujet ?

– Qu'est-ce qui s'est passé, la première fois ? Quand je t'ai proposé de déjeuner. Tu n'avais juste pas faim ?

Je n'ai pas l'habitude qu'on m'interroge aussi directement et je ne sais comment réagir.

– Je ne me souviens pas...

Elle hoche lentement la tête, l'air de comprendre que je mens, puis baisse les yeux sur sa nappe en papier, sourit.

– Alors, tu as choisi quelle chanson ?

– *Close to Me.*

Encore que je ne sois pas sûre qu'elle la connaisse

– The Cure ?

– Oui, tu aimes ?

– Carrément, mes parents ont quelques albums d'eux.

Le serveur nous apporte nos boissons.

– Du lait et du sucre ? lui propose-t-il.

– Non, merci.

Elle se penche vers son café pour mieux le humer.

– Alors ? me demande-t-elle. Qu'est-ce que tu en penses ?

J'ouvre mon sac à dos et m'aperçois que la poche contenant le journal d'Ingrid est à moitié ouverte, laissant dépasser le coin droit. Je tire sur la fermeture et sors ma dissert en espérant y trouver une ou deux phrases qui paraissent un rien sensées. Je me mets à lire :

– « La chanson traite du sentiment de regret, de l'impossibilité de connaître assez bien quelqu'un, de le comprendre vraiment. »

Je m'arrête, hausse les épaules, avant de reprendre :

– Et ainsi de suite.

Le serveur dépose nos soupes devant nous.

– Merci beaucoup, lance Dylan en le regardant.

– Merci, dis-je à mon tour.

On y plonge nos cuillères et on les garde suspendues pour que la soupe refroidisse.

– Et toi, qu'est-ce que tu as choisi ?

– Une chanson de Bob Dylan. Tu sais que mes parents m'ont appelée comme ça à cause de lui ?

– Ah, d'accord, je comprends !

– J'ai choisi *The Times They Are A-Changin'*. Ça m'a permis de prouver combien notre génération est différente de la sienne et que ce serait bien si ce qu'il dit pouvait s'appliquer à nous, sauf que non. On est trop satisfaits de nous-mêmes.

Comme je ne vois pas trop ce qu'elle veut dire, je réponds :

– Je crois que je ne connais aucune de ses chansons.

Elle se tait et, pendant un moment, on se contente de manger. Le silence commence à me gêner. Non seulement je ne connais aucune chanson de Bob Dylan mais je n'ai rien d'intéressant à dire. Elle termine son café, en commande un autre. Je regarde les tables voisines où les gens bavardent en remuant la tête.

– J'ai entendu dire que tu avais été virée de ton bahut parce que tu flirtais avec une fille dans les toilettes, dis-je soudain.

Elle hausse un sourcil, regarde son bol comme si elle allait y trouver de l'inspiration, puis se met à rire.

– Ce coin est tellement bizarre, rétorque-t-elle en écartant une mèche de son visage. Je te jure. Je ne me suis pas encore remise de toutes ces maisons alignées qui se ressemblent tellement qu'on a dû les peindre dans des couleurs différentes. Après ça, tu m'étonnes que tous les élèves de Vista soient des clones les uns des autres. Avant de venir vivre ici, je ne savais pas qu'un tel endroit pouvait exister.

Bien que Los Cerros ne soit pas mon endroit préféré sur terre, j'ai envie de le défendre un peu.

– Ce n'est pas seulement ça. Il y a des coins sympas aussi.

– Alors on y va, tu me fais visiter !

On se partage l'addition mais elle laisse un pourboire en se commandant un dernier café à emporter.

– Au fait, au cas où tu te poserais la question, mon père a été muté. Il n'aime pas les longs trajets, alors on a déménagé.

On quitte le centre commercial pour contourner les résidences cossues, les restaurants de luxe, la mairie toute neuve et blanche encadrée de palmiers miteux, et nous engager sur un chemin de terre.

– Voilà, dis-je, mon coin préféré de Los Cerros.

Je tends le doigt vers un vieux cinéma au milieu d'une rue crasseuse où ne passe jamais personne, caché, désert, oublié de tous. Pourtant il est gigantesque, aussi réel qu'un café ou qu'un supermarché, avec ses murs où on devine encore des traces de couleurs jaune, bleu ciel et vert. Il tombe en ruines, mais je l'aime bien.

– La ville va le détruire, dis-je à Dylan.

Ça fait des années qu'il en est question, cependant j'ai encore du mal à y croire.

Elle plisse les yeux pour se protéger du soleil tandis qu'elle essaie de déchiffrer l'inscription aux lettres manquantes : AD EU & ME CI.

Je ne sais pas trop ce qu'elle voit dans sa tête – une bâtisse en ruines envahie par les mauvaises herbes ou un endroit fabuleux qui a connu son moment de gloire avant d'être oublié.

Elle recule, boit un peu de café et se dirige vers les petites fenêtres rondes jonchant les quatre lourds portails. Mon cœur se serre quand je la vois essayer de regarder à travers. La seule personne avec qui je sois jamais venue ici, c'est Ingrid. Si seulement je pouvais remonter le temps de quelques minutes pour m'interdire d'y ramener Dylan… En même temps, j'aimerais voir ce qu'elle voit, poser mon visage sur la vitre comme on l'a fait mille fois avec Ingrid pour examiner l'entrée sombre avec son bar désert.

Je me demande si c'est l'effet que produit la trahison.

Dylan contourne le batîment mais je ne la suis pas. Je sais ce qu'elle va découvrir : encore des mauvaises herbes, une porte arrière verrouillée, une fenêtre rectangulaire voilée par un épais rideau qui empêche de voir à l'intérieur.

Je m'assieds contre le guichet pour l'attendre, trace le carrelage du bout des doigts, regarde les herbes s'agiter doucement dans la brise, écoute les murmures lointains de la circulation. Elle émerge de l'autre côté, s'appuie à la caisse.

– Je me demande quel est le dernier film qu'ils ont passé ici, observe-t-elle.

Je lui souris, et mon cœur se serre encore. C'était une question qu'on se posait tout le temps avec Ingrid.

– Cet endroit me plaît, reprend-elle. Contente de t'avoir choisie pour amie.

Elle ôte le couvercle de plastique de son café, regarde l'intérieur du verre d'un air déçu. Vide. Je place la main sur mon sac à dos. Pour la première fois depuis que je l'ai découvert, je ne rentre pas tout droit à la maison pour lire le journal d'Ingrid.

– On s'asseyait là tout le temps, dis-je sans réfléchir.

– Ton amie qui est morte ? lance-t-elle en regardant de l'autre côté de la route.

Je réponds d'un hochement de tête, bien qu'elle ne me regarde pas.

– C'est dur, reprend-elle.

Je n'ai pas l'habitude d'entendre les gens me dire des choses comme ça, mais c'est sa façon de l'articuler – si calme, si solennelle – qui me donne envie de pleurer.

Je ne réponds pas. Je pense aux plans qu'Ingrid n'arrêtait pas d'élaborer, à commencer par nous rendre suffisamment riches pour pouvoir racheter ce cinéma et le rouvrir avec une programmation des meilleurs films indépendants. Au lieu de sodas, on aurait vendu du thé au bar, mais aussi des photos et des livres. Ça aurait été plus qu'une salle de spectacle, un endroit pour s'évader lorsque les gens en auraient eu marre des grands magasins ou de la solitude de leurs énormes demeures. Je ne comprends pas pourquoi elle faisait de tels projets si elle n'avait pas l'intention d'en réaliser un seul.

Dylan se laisse glisser le long du guichet, jusqu'à s'asseoir à côté de moi. Elle n'essaie pas de me serrer dans ses bras, garde quelques distances.

Bon, s'il s'agit de forger une nouvelle amitié, autant commencer en toute franchise :

– Ça me fait drôle de me retrouver ici avec quelqu'un d'autre.

Je ne sais pas trop à quoi ça ressemble, pourvu qu'elle ne croie pas que je voudrais la voir s'en aller. Je retiens mon souffle tandis qu'elle répond :

– Oui, j'imagine.

Elle ne paraît pas vexée, ne se lève pas, et me voilà pleine de gratitude car ça fait trop longtemps que je n'ai plus partagé quelques instants avec une autre personne. Je ne voudrais pas que ça s'arrête là.

24

Voilà des semaines que l'année de première a commencé et Mme Delani ne me regarde toujours pas. On passe le début du cours dans l'obscurité, à suivre une projection de célèbres paysages. Je n'arrive même pas à détester tout ce qu'elle me montre, je me laisse emporter par ces images. On commence par Ansel Adams, un peu galvaudé maintenant, avec ses clichés noir et blanc qui apparaissent sur une multitude de calendriers et autres posters, mais c'est quand même très beau. Tout le mur de la classe disparaît entre cascades, montagnes et océans.

On passe à Marilyn Bridges. Debout devant son bureau, Mme Delani se lance dans la plus évidente des explications :

– Nous avons ici un paysage urbain. Voyez comme le soleil est plus brillant sur le point focal. Les bâtiments qui l'entourent restent dans l'ombre.

Après d'autres explications, elle conclut :

– À présent, je vais vous montrer quelques œuvres d'élèves de ces dernières années.

Elle se rassied, ouvre un nouveau dossier sur son ordinateur et je me prends à espérer bêtement qu'une des photos qu'elle va projeter sera de moi. Je sais qu'elle n'a pas aimé celle d'Oakland mais j'en ai fait de tellement plus belles l'année dernière, dont une du Golden Gate prise d'en dessous. C'était cool parce que, si ce pont a été photographié un million de fois, je n'ai jamais vu de cliché sous cet angle. J'imagine assez une reproduction gigantesque, qui s'étalerait sur tout le mur et, dans ma tête, j'entends Mme Delani dire : *Excellent travail, Caitlin.* J'entends tout à fait clairement chaque syllabe.

Une vue de grues sur un chantier apparaît à l'écran.

– Vous voyez la belle utilisation des lignes sur cette image ?

Clic. Sable et vagues, Alcatraz dans le lointain. *Clic.* Un étrange alignement de rochers. *Clic.* Une colline avec de petites fleurs sous un ciel bleu.

Je cligne des yeux. Je n'ai jamais vu la colline d'Ingrid d'aussi près. Les fleurs semblent si épanouies. Je distingue chaque brin d'herbe. J'ai envie de fermer les yeux pour me transporter là-bas, ce jour-là. Je me souviens du sol, froid sous mes pieds nus, et de l'écharpe mauve autour du cou d'Ingrid.

Mme Delani éteint la colline, et apparaît un autre paysage que je ne distingue pas, car je ne vois plus que les yeux d'Ingrid, si bleus, tels qu'ils m'apparaissaient dans l'objectif de mon appareil.

Clic.

Les doigts d'Ingrid couverts d'anneaux argentés.

Clic.

Son écriture soignée, délicate.

– Vous voyez comme l'espace négatif est intéressant ici ?

Clic.

Les énormes lunettes de soleil rouges qui couvraient la moitié de son visage.

Clic.

Les cicatrices roses et blanches sur son ventre.

– Regardez ce contraste.

Clic.

Une profonde coupure sur son bras, en train de saigner.

Clic.

Son regard, vide.

Clic.

Le mot *moche* gravé sur sa hanche.

Clic.

– L'arbre dans ce cliché n'est pas le point focal. À la place, l'ombre est soulignée.

Les lumières crépitent.

Ingrid disparaît.

J'ai envie de crier, de taper sur quelque chose. Je saisis le côté de mon bureau si violemment que j'ai l'impression que ma main menace de s'ouvrir en deux. Mme Delani s'avance devant nous, dans son élégant pantalon rayé, assorti d'un chemisier uni, parfaitement coiffée, maquillée, avec ses lunettes à monture rouge. Elle se dirige vers le tableau et se met à écrire, mais je l'interromps :

– Euh…

Ma voix est tremblante, lourde. Je ne sais pas ce que je voudrais dire, il faut juste que je parle dans le voile de brume qui m'entoure :

– Vous avez l'autorisation d'utiliser ces photos ?

Ça peut paraître dingue, d'autant que je crie presque.

Marquant une pause, elle abaisse sa craie.

– Quelles photos ? demande-t-elle.

– Toutes. Toutes ces photos d'élèves que vous nous avez montrées sans leur permission, sans nous dire qui ils étaient.

Personne ne veut me regarder. Pour une fois, Mme Delani elle-même ne semble pas trop sûre de ce qu'elle va répondre. Je vais sans doute me fouler la main mais je ne peux m'empêcher de serrer davantage ce bureau. Plusieurs filles ricanent nerveusement, jusqu'à ce que Mme Delani se mette à sourire. Elle parcourt la classe d'un regard brillant.

– Caitlin vient de faire une bonne remarque. La prochaine fois, je demanderai l'autorisation à mes élèves d'utiliser leurs œuvres.

Là-dessus, elle pivote vers le tableau et se met à écrire.

25

Au cours suivant, un élève apporte une enveloppe jaune qu'il remet au prof d'histoire.

– Caitlin, dit celui-ci en tendant le bras vers moi.

Il tient l'enveloppe du bout des doigts comme si elle sentait mauvais. Je me lève.

– Prenez vos affaires et allez-y.

C'est une convocation au bureau de la direction. La secrétaire ne lève même pas la tête lorsque je m'arrête devant elle.

– J'ai reçu ceci, dis-je en agitant le papier.

Elle y jette un coup d'œil puis m'indique :

– Le bureau de Madame Haas est au bout du couloir.

Je suis ses indications mais trouve la porte fermée. Cependant, on entend des voix s'élever de l'intérieur. Mon cœur se met à battre plus fort – et si Mme Delani avait fait appeler mes parents ? Je les imagine là-dedans, assis l'un près de l'autre, maman en train de s'essuyer les yeux avec un mouchoir, papa lui tapotant les mains d'un air inquiet. La porte s'ouvre sur Melanie.

– Oh, salut, ça va ?

On se retrouve face à face.

– Jolie coiffure, dis-je à tout hasard.

Ce que je regrette aussitôt. D'abord parce que c'est faux. Outre le brun, le blond, l'orange, voilà qu'elle arbore maintenant quelques mèches bleues. Je ne crois pas que le mot *joli* soit adapté à la situation.

Sauf qu'elle semble s'en moquer ; elle me désigne Mme Haas de la tête et articule *bonne chance.* Puis elle se glisse en douce dans le couloir.

J'attends sur le seuil que cette dernière me fasse signe d'entrer. Elle est assez âgée et bien en chair mais ça lui va bien. Ses cheveux gris sont tirés en arrière et elle porte des plumes mauves en guise de boucles d'oreilles.

– Vous devez être Caitlin, lance-t-elle. Entrez.

C'est la psychologue du lycée. Bien que j'y aie été conviée à plusieurs reprises, c'est la première fois que je me retrouve dans son cabinet, petite pièce un peu trop accueillante à mon goût, avec sa moquette jaune et ses grands fauteuils moelleux. Les murs sont décorés de tableaux pleins d'arbres et de couchers de soleil. J'ai l'impression que l'une des photos est d'Ansel Adams – sous un grand chêne apparaît l'inscription : *Le ciel pour limite.* Je choisis le siège le plus éloigné du bureau de Mme Haas en essayant de ne pas trop m'y enfoncer.

Elle se présente, parle des « merveilleux services » qu'elle est censée pouvoir rendre. J'essaie de faire la sourde oreille. Et elle termine par :

– Vous savez pourquoi vous êtes là ?

– Oui.

– Très bien. Pourquoi ?

– Parce que Madame Delani ne sait pas communiquer, du coup, elle m'adresse à vous.

Mme Haas s'adosse à son siège et joint les mains. Je passe le pied sur la moquette dans un sens pour assombrir un peu le jaune, dans l'autre pour l'éclaircir, et puis l'assombrir encore. En attendant la réponse de Mme Haas.

– J'ai cru comprendre que vous étiez une amie proche d'Ingrid Bauer.

Mon ventre se noue, j'arrête de bouger le pied, hausse les épaules.

– Vous pourriez peut-être me parler un peu d'elle.

Elle attend et, comme je ne dis rien, elle insiste :

– Vous pourriez peut-être me dire ce que vous ressentiez en sa présence ? Ce qu'il y avait de spécial dans votre amitié ?

J'essaie de me redresser un peu mais le siège est trop mou.

– Je ne comprends pas votre question, dis-je. Je ne vois pas ce que vous voulez me faire dire.

– Très bien, répond-elle d'un ton patient. Je vais vous expliquer où je veux en venir. J'aimerais vous aider à exprimer vos sentiments de culpabilité, de colère ou de dépression, et vous aider à les surmonter.

Elle se penche vers moi en ajoutant :

– Maintenant… à vous de me dire ce que vous voulez.

Relevant la tête, je découvre son gentil sourire.

– Ce que je voudrais… c'est retourner en cours.

26

À peine sortie du bureau, je quitte le bahut pour me rendre chez moi, en passant par-derrière afin de ne pas me faire surprendre. Une fois arrivée, je gagne directement ma chambre et ferme la porte à clé bien que je sois seule dans la maison, juste parce que ça fait du bien de me retrouver en tête à tête avec mes posters de chanteurs et mes coupures de magazines. Je sors le journal d'Ingrid, m'assieds dans le fauteuil au coin de la fenêtre et ouvre la page suivante en espérant qu'elle ne va pas encore baver sur Mme Delani.

CHER JAYSON,

Ce soir, j'ai traîné tard dehors avec Caitlin. On était allongées sur la pelouse de son jardin à contempler le ciel et j'avais envie de parler de toi, mais visiblement ça l'embêtait. Je n'ai pas compris pourquoi, ce n'est pas comme si elle avait quelque chose de dingue à raconter à la place… Parfois, j'ai hâte qu'elle tombe amoureuse pour ne plus me sentir si mal quand j'ai simplement envie de lui parler de tes bras, de tes mains, de ton visage, de ton cou, de ta voix, de ta bouche. Ta bouche. Je ne peux plus m'asseoir à côté de toi en bio. J'ai la peau qui me brûle quand tu es si près. Ma vie t'attend pour commencer. Je voudrais que tu me touches. Je voudrais que tu m'ôtes mes vêtements. Quand ça arrivera, je voudrais que ça me fasse si mal que ça me remette à l'endroit. Ça durera des siècles et quand ça se terminera, je serai devenue quelqu'un d'autre. Pas malade. Pas folle. Et ce sera pour de bon. Jayson, si je te laissais voir ce qu'il y a dans ma tête, me prendrais-tu pour une cinglée ? Tout devient si compliqué chaque fois que j'essaie de faire quelque chose de normal. Tu flipperais ? Tu comprendrais ? Tu raconterais à tout le lycée que je suis bizarre ? Chaque fois que je vois tes bras, j'ai envie qu'ils m'entourent et je sais que ça peut paraître niais, mais je ne me serai jamais sentie aussi bien si ça arrivait.

BISOUS,
INGRID

Je quitte mon siège, emporte vers le placard le journal d'Ingrid que je tiens du bout des doigts, comme s'il me brûlait. Une fois tous mes vêtements sortis du panier à linge, je jette le cahier au fond puis les remets par-dessus.

C'est un peu injuste de me reprocher de ne pas avoir voulu parler de Jayson à chaque instant. Je l'ai toujours aidée quand elle essayait de tomber sur lui comme par hasard, ou de passer devant chez lui en espérant le croiser Ce n'est pas parce que je voulais changer un peu de sujet, ne serait-ce que quelques minutes dans la journée, qu'elle devait écrire ça sur moi. Et cette histoire de souffrance ? L'une et l'autre, on ressentait à peu près la même chose sur tout, alors je ne comprends pas trop. J'ai dû me tromper. Mais peu importe. Je ne veux plus y penser.

Je sors, traverse le jardin de mes parents où les panais commencent à pousser, me dirige vers les planches, en tire une que j'emporte vers le fond. Elle est plus lourde que je n'aurais cru. Je passe devant le patio de briques, devant les fleurs, escalade la petite colline, jusqu'à l'endroit où le paysage ressemble moins à un jardin de banlieue et un peu plus à un sous-bois suffisamment dense pour évoquer une forêt. Je dépose la planche au pied de mon arbre préféré, un chêne que j'aimais escalader quand j'étais petite. Le temps de reprendre mon souffle, je retourne vers la maison pour prendre d'autres planches. Si jamais je trouve une idée de construction, ce sera loin de tout spectateur.

Plus tard, mes parents m'appellent à la cuisine. J'y trouve maman en train de laver une laitue et papa qui chauffe de l'huile d'olive et de l'ail dans une poêle.

– Quoi ?

Il se tourne vers moi.

– Bonsoir à toi aussi.

Il a ôté sa cravate et ouvert les deux premiers boutons de sa chemise. Je passe devant lui en faisant mine de ne pas remarquer qu'il me tend les bras, pour me diriger vers le congélateur. Ça fait du bien de sentir un peu de froid.

– Tu as passé une bonne journée, ma chérie ? s'enquiert maman.

– Ça va. Tu as besoin d'aide ?

– Tu n'as qu'à couper cet oignon.

Je sors un couteau du tiroir.

Mon père reprend une histoire qu'il avait dû commencer à raconter avant mon arrivée. Au début j'essaie d'écouter, mais je n'ai aucune idée de ce dont il parle. Je coupe l'oignon en quatre et mes yeux se mettent à pleurer.

Une minute plus tard, le téléphone sonne ; papa appuie sur le haut-parleur.

– Allô ?

On attend. Une voix enregistrée commence :

Ici le secrétariat du lycée de Vista ; nous devons vous signaler que votre fille a manqué au moins deux cours aujourd'hui. Cette absence sera considérée comme inexcusable sauf si nous recevons un certificat médical ou une déclaration provenant d'un parent ou d'un tuteur justifiant d'une urgence familiale.

Mon père cesse de mélanger. Ma mère ferme le robinet. Je reste devant le téléphone, à continuer ma découpe.

Merde. J'avais oublié les appels téléphoniques.

– Caitlin, tu as séché l'école ? demande ma mère d'un ton qui trahit ses efforts pour garder son calme.

Je finis par me retourner, dans l'espoir qu'ils s'en voudront en voyant dans quel état m'a mise cet oignon. Sauf qu'ils m'interrogent tous les deux du regard.

Comme aucune excuse valable ne me vient à l'esprit, je laisse juste tomber :

– Je déteste ma prof de photo.

Maman hausse un sourcil surpris.

– Madame Delani ?

– Tu l'aimais bien, l'année dernière, objecte papa.

Tous deux se regardent mais n'ajoutent rien. Je vois néanmoins que maman est déçue : les lèvres serrées, elle respire plus vite.

– Caitlin, finit par soupirer papa, tu ne peux pas sécher l'école. Il y aura toujours des gens dans ta vie que tu n'aimeras pas, tu vas devoir apprendre à vivre avec.

– Mme Delani est une personne remarquable, insiste maman. Elle vous a appris mille choses, à Ingrid et à toi, l'année dernière.

– Elle ne m'a rien appris du tout. J'aurais préféré ne jamais la rencontrer.

Je me retourne pour regarder par la fenêtre mais il fait sombre, si bien que je vois notre reflet à tous les trois dans la vitre. Le plus bizarre des portraits de famille. Ma mère, avec un tablier noué sur son tailleur, les cheveux retombant d'une barrette ; mon père, appuyé à la cuisinière, en train de se passer une main exaspérée sur le front ; et moi, les joues baignées de larmes d'oignon. Je cherche comment expliquer la situation mais maman est intarissable quand il s'agit d'énoncer les dangers de la situation à laquelle je m'expose. Jusqu'au moment où je trouve complètement ridicule de la voir tant s'affoler pour si peu.

– Qu'est-ce qui te fait rire ? demande-t-elle d'un ton irrité.

– Je ne peux pas m'en empêcher. Tu réagis comme une psychotique.

Elle se tait, me fixe d'un regard furieux, s'essuie les mains sur son tablier. Après quoi, elle s'en va calmement éteindre la cuisinière, puis se tourne vers moi comme si elle voulait me prendre dans ses bras. Sauf qu'elle passe devant moi, soulève la planche à découper, jette l'oignon à la poubelle.

– Je vais dans la chambre, annonce-t-elle à papa.

27

En guise de dîner, je mange trois esquimaux, tout en écoutant à plein tube des chansons de The Cure, comme ça je ne risque pas d'entendre ce que les parents pourraient dire de moi. Tant pis, si je n'ai pas de bonnes relations avec eux. De toute façon, c'est complètement normal. Je ne connais personne qui s'entend parfaitement avec ses parents. Ingrid se disputait tout le temps avec Susan et Mitch, alors que je les trouvais tellement sympas. Je m'attends tout de même à ce qu'on frappe à ma porte, parce qu'on n'est pas comme ça, dans la famille. On s'écharpe parfois mais ça ne va jamais très loin.

Ça se produit environ une heure plus tard, un petit grattement discret, que je n'entends pas tout de suite à cause de la musique.

– Chérie ? lance maman. Il y a quelqu'un qui est passé te voir.

À son intonation, je sens qu'elle ne me parle que parce qu'elle s'y sent obligée. Elle ne m'a pas encore pardonné.

J'ouvre la porte. Maman a les yeux gonflés, son mascara a coulé. Ça fait mal de voir ça.

– Tu veux que je te l'envoie ?

– D'accord.

Je jette un regard sceptique sur mon pantalon de jogging et mon tee-shirt pourri ; je ne sais pas qui c'est mais il ne me verra pas sous mon meilleur jour.

Maman redescend et je l'entends dire :

– Montez. La dernière porte à gauche.

Je remonte en hâte les couvertures de mon lit, histoire que ma chambre ressemble moins à un foutoir.

– Salut ! lance une voix de garçon.

Je me retourne pour découvrir Taylor Riley sur le seuil.

– Qu'est-ce que tu fais là ?

– Oh, lâche-t-il l'air gêné. Euh... On a une interro demain en maths. Le prof vient juste de l'annoncer. Comme tu n'as pas eu le dernier cours, je voulais te prévenir. Tu sais, au cas où tu voudrais y jeter un coup d'œil...

Je ne lui réponds pas, trop intriguée par son tee-shirt où s'étalent en grosses lettres : ÇA MARCHE POUR LE SEXE.

Il me regarde.

– Quoi ? Qu'est-ce que...

Il baisse les yeux et vire à l'écarlate.

– Oh non ! s'exclame-t-il. J'avais complètement oublié que je portais ça. Houlà ! Ta mère ! Elle m'a quand même laissé entrer dans ta chambre.

Il semble terriblement gêné et pour un peu j'éclaterais de rire, sauf qu'il vient de se donner tout ce mal pour m'aider.

– Tu crois qu'elle a remarqué ? demande-t-il alors.

– Ce serait difficile de ne pas le voir.

– Oui, mais elle porte des lunettes, d'habitude, non ? Là, elle n'en avait pas. Alors peut-être qu'elle n'a pas pu lire...

– Arrête, elle ne porte pas de lunettes.

Cette fois, je pouffe de rire, car tout son visage s'est empourpré, d'une tempe blonde à l'autre.

– Alors, dis-je, ces devoirs ?

– Page quatre-vingt-sept à quatre-vingt-neuf, récite-t-il. Juste les problèmes.

– Merci.

– Bon, comme ça tu peux travailler.

Là-dessus, il ôte son tee-shirt. Je baisse la tête.

– Qu'est-ce que tu fais ?

– Je vais le mettre à l'envers, au cas où je tomberais sur ton père en sortant.

– Il vient d'où ce truc ?

– C'est avec Jayson, on l'a vu à Berkeley et je l'avais trouvé drôle. Je sais, c'est nul.

Je me mets à imaginer ce que je ferais si Taylor essayait de m'embrasser. S'il s'approchait ainsi de moi, je crois que j'en oublierais tout le reste.

J'ai chaud aux joues. Le vrai Taylor se tient là devant moi, apparemment paumé, avec un tee-shirt qui annonce : EXES EL ROUP EHCRAM AÇ.

– Merci pour les devoirs. C'est sympa d'être venu jusqu'ici.

– T'inquiète.

Alors qu'il retourne sur ses pas, il s'arrête pour préciser :

– Ce truc que tu m'as raconté sur Ingrid... C'était ta façon de me signaler que j'étais nul de demander ces détails ? Voilà, je venais aussi te dire que j'étais désolé de t'avoir donné cette impression. Je n'avais aucune arrière-pensée.

Il s'arrête, l'air de songer à autre chose, puis finit par ajouter :

– Ça m'a fait mal, tu sais, quand tu as dit ça. J'ai appris les étapes du deuil. Je pense que tu en étais à celle de la colère.

Il me dit ça du fond de la chambre, pourtant j'ai l'impression qu'il vient de me saisir par la gorge et qu'il serre.

Je sens mes yeux jaillir. Incapable de répondre, je l'entends lancer :

– À plus.

Et je me retrouve seule dans ma chambre.

Je sors le journal d'Ingrid, prête à briser ma décision d'en lire une page par jour, et puis non, je le remets à sa place, fouille dans mon tiroir à la recherche du répertoire du lycée que j'ouvre à *Schuster*. Là se trouve le numéro de Dylan, à côté d'une photo d'elle en contre-plongée.

Je reconnais sa voix quand elle répond, pas vraiment grave, plutôt râpeuse.

– Salut, c'est Caitlin.

– Oh, salut !

Son intonation me rassure, comme si elle trouvait tout à fait normal que je l'appelle.

– Voilà, euh… Il faut que je fasse ce devoir pour le cours de photo de demain et j'aurais bien aimé que tu puisses venir avec moi. On pourrait aller déjeuner avant, si tu veux.

– Très bien, répond-elle.

Je l'entends murmurer quelque chose avant de reprendre :

– On se retrouve aux casiers ?

– D'accord, cool.

Encore heureux qu'elle ne me voie pas hocher la tête comme une idiote.

Je raccroche et ressors, cette fois pour grimper dans ma voiture. Je lance la cassette et l'écoute jusqu'à m'endormir.

28

Je croyais trouver facilement un paysage moche, mais non. Même les trucs les plus laids dans la vie réelle paraissent différents à travers un objectif. Tout ce qui est petit prend un sens nouveau. L'espace entre les branches sur un arbuste décati se transforme en un exemple frappant d'espace négatif. Je pivote face au centre commercial, comme si je pouvais compter sur une sorte de miracle, et celui-ci reste moche même à travers l'appareil. Je m'apprête à prendre un cliché quand Dylan m'interrompt :

– Attends. Ta prof va croire que tu veux faire passer un message et elle y verra « La fabuleuse dénonciation de Caitlin sur notre société de consommation, » ou quelque chose comme ça.

– Tu as raison. Il faut qu'on trouve un endroit dégueu.

– Je connais un truc de ce genre, dit-elle en sirotant son café, pas loin de chez moi, où ils ont nivelé toute une esplanade.

Je lui emboîte le pas.

Elle habite à l'opposé de chez moi, dans un nouveau quartier de la ville où s'alignent d'énormes maisons ; certaines ont un petit air espagnol avec leurs façades en crépi blanc et leurs toits en tuiles d'argile, d'autres évoquent des cubes gigantesques.

– Exactement ce que je voulais, dis-je devant un terrain vague.

– Je crois que quelqu'un va y construire une villa.

Je commence à régler mon objectif.

– Qu'est-ce que tu fais ?

– Je voudrais qu'il soit surexposé et flou.

Ça la fait rire.

– Pourquoi tu cherches tellement à rater ta photo ?

– La prof me déteste et je la déteste.

– Ah, bonne raison !

Elle me regarde prendre quelques clichés. La lumière correspond exactement à ce que je voulais – pas trop brillante, si bien que le contraste entre ciel et terre en deviendra quasi inexistant. Dylan finit par secouer la tête.

– Pourquoi elle te déteste ?

Je cherche les mots pour lui expliquer ça sans l'effrayer, contrairement à ce que j'ai fait avec mes parents. Je ferme mon appareil et viens m'asseoir près d'elle.

– C'est dur à expliquer. J'étais dans sa classe l'année dernière, avec Ingrid, et on la trouvait supercool. Mais Ingrid est une photographe extraordinaire... enfin, était une photographe extraordinaire. Et Madame Delani était sympa avec moi uniquement parce que je passais mon temps avec Ingrid.

– Et maintenant, elle n'est plus sympa ?

– Elle m'ignore complètement.

– Ah bon... Alors tu fais ça pour attirer son attention.

– Non.

Peut-être ai-je répondu un peu brusquement.

– Enfin, je ne vois pas pourquoi je me donnerais tant de mal.

Dylan s'allonge sur le trottoir pour mieux regarder le ciel. Je délace mes chaussures afin de les resserrer un peu.

– Sans vouloir passer pour une abrutie, finit-elle par observer, je dirais qu'il se passe autre chose. On vient de marcher près d'un kilomètre pour que tu puisses photographier un terrain vague. Alors je dirais que tu te donnes beaucoup de mal au contraire. Tu veux vraiment l'énerver.

– Ah... et toi tu es un vrai petit génie polyvalent ? Tu devrais garder ton talent pour tes disserts.

Elle éclate de rire.

– J'ai soif, et toi ?

On se dirige vers la maison de Dylan, plus petite que les autres, peinte en bleu foncé.

– Vous êtes dans une vieille bâtisse.

– Oui, mes parents ne font pas dans ce genre de monstruosité, dit-elle en désignant les constructions beige à trois étages qui dominent sa petite demeure.

– Regarde, reprend-elle, on a même une barrière blanche. J'ai dit à mes parents que s'ils voulaient me faire vivre en banlieue, autant mettre le paquet. T'as vu ça, n'est-elle pas fantastique ?

Elle s'arrête sur le trottoir puis saute par-dessus la barrière. C'est amusant de voir Dylan dans ses vêtements sombres et provoc, avec ses cheveux en bataille et son maquillage coulant, en train de franchir une jolie petite barrière blanche.

Le salon est décoré d'anciennes estampes un rien scientifiques qui représentent des fleurs ou des fruits avec le nom de chaque plante imprimé sur les bords. Dans la chambre de Dylan, je regarde les affaires entassées sur son bureau tandis qu'elle y dépose son sac à dos avant d'ôter sa veste. Il y a un ordinateur, un bloc-notes et un gobelet rempli de stylos ; à côté, une photo dans un mince cadre argenté, représentant une jeune fille souriante en short, aux cheveux courts.

– Qui est-ce ?

– Maddy, répond-elle.

– De ton ancien bahut ?

– Oui, explique Dylan en ouvrant une fenêtre à côté de son lit. On est sorties ensemble pendant cinq mois.

– Ouah ! Trop cool !

Incapable d'en dire davantage, je secoue la tête d'un mouvement exagéré. Pourvu qu'elle comprenne que ça ne me perturbe pas. Je regarde un tableau d'affichage au-dessus de son bureau et aperçois la photo d'un mignon petit garçon en bottes qui joue dans le sable. C'est un cliché ancien, j'adorerais pouvoir donner un tel aspect à mes portraits.

– J'aime bien cette photo.

Dylan la regarde puis détourne la tête.

– OK. Quelque chose à boire. Suis-moi.

On traverse le couloir pour nous rendre dans une cuisine aux murs jaunes, remplie de pots et de casseroles pendues au mur.

– Maman est une bonne cuisinière. Elle aurait pu en faire son métier. Quand on cherchait une maison, mon père allait directement voir le jardin, et elle, la cuisine. C'était la première maison qui nous avait tous mis d'accord. Alors on l'a prise.

Elle sort deux verres d'un placard.

– De l'eau ? Du jus de fruits ? Un soda ?

– De l'eau, ça ira.

– Plate ou pétillante ?

– Pétillante.

– Tiens, dit-elle en me tendant un verre. Tu veux m'accompagner en ville demain ? Je vais voir Maddy et quelques amis.

– Bien sûr, dis-je en buvant un peu pour qu'elle ne me voie pas sourire.

Arrivée à la maison, je jette mon appareil photo dans ma chambre puis descends, ouvre la portière de ma voiture, grimpe à l'arrière mais ne parviens pas à m'y installer tranquillement. Je m'y sens à l'étroit, dans le noir. Alors je jette mon sac à l'avant puis escalade le dossier. La vue semble différente – je distingue mieux la maison, le patio. En fait, je distingue beaucoup mieux tout l'ensemble.

Je sors le journal d'Ingrid, pose les genoux sur le tableau de bord et lis.

CHÈRE PEINTURE ROSE POUDRÉ PASSÉE,

Tu es un exemple de, comment on dit? Allitération! Mais tu es aussi jolie et triste que moi, et tu deviens de plus en plus triste à mesure que ton lustrage part en miettes. C'est une métaphore ou quelque chose comme ça. Caitlin saurait le définir et elle ajouterait sans doute un truc du genre « arrête de délirer » ou « qu'est-ce qui te prend ce matin » ou une réplique vache dans le style. Elle ne sait pas ce que ça fait d'être dans ma peau. Tout à l'heure, je me rasais les jambes, j'ai appuyé la lame un peu trop fort et ça m'a coupée, mais pas assez profond. J'ai toujours cette impression qu'en y allant un peu plus violemment je me sentirais beaucoup mieux.
Que je pourrais survivre à la journée. Sauf que ça ne marche jamais. Il va falloir que je trouve une vraie lame comme celles qu'on voit dans les films, que les méchants utilisent dans des vieilles salles de bains mal éclairées en se regardant dans un miroir sale, marmonnant dans leur barbe. Après l'épisode du rasoir, le sang suintait à travers les collants que je voulais porter aujourd'hui. Avant de quitter la maison, j'ai regardé mes chevilles où le sang était déjà en train de sécher. Alors j'ai dû enlever les collants, les jeter à la poubelle et enfiler un pantalon avant de courir rejoindre Caitlin qui commençait à s'inquiéter ou à se douter de quelque chose... Parfois, son expression devient trop sérieuse quand elle me dévisage alors qu'elle croit que je ne la vois pas. J'essaie d'être gentille et de prendre toutes les pilules que ma mère me donne, mais elles me font planer et je n'ai plus les idées claires. Jayson n'est pas venu en bio aujourd'hui. En fait, tout déraille. Je déraille.

BISOUS
INGRID

Je finis de lire et jette le journal dans la boîte à gants. J'aimerais bien savoir pourquoi elle ne m'en a jamais parlé. Elle devait croire que je ne serais pas capable de tenir le choc, me trouver trop protégée, trop innocente ou je ne sais pas. Si elle m'avait dit pourquoi elle se coupait sans cesse, ou que c'étaient ses médicaments qui la faisaient planer, ou même qu'elle en prenait, ou qu'elle voyait des médecins, ou quoi que ce soit d'autre, j'aurais fait de mon mieux pour l'aider. Je ne dis pas que je suis une superhéroïne, ni que j'aurais jailli pile au bon moment pour la sauver, mais juste que si tout ça n'a été qu'un gâchis, c'est parce qu'*elle* a tout gâché. À ce moment-là, quand j'étais juste une lycéenne normale menant une vie standard, je croyais que tout ça comptait.

29

Le lendemain, en cours de maths, Taylor ne s'installe pas à sa place habituelle. Il ne me dit pas bonjour ni rien, il s'assied en me tournant le dos, comme si c'était normal. M. James nous rend nos interros. J'ai quatre-vingt-neuf pour cent de bonnes réponses. Je griffonne sur mon papier en tâchant de comprendre les problèmes que j'ai ratés.

Taylor se retourne, jette un regard sur mon interro.

– Non mais regarde ! s'exclame-t-il en me montrant la sienne. On a exactement la même note. C'est dingue.

– Ouais…

J'ai répondu d'un ton sarcastique, pourtant je suis contente qu'il soit là et qu'il me parle.

– Si quelqu'un a une question à me poser, je lui répondrai après le cours, dit M. James. Nous allons évoquer les devoirs dans une minute mais, d'abord, je voudrais vous présenter un nouveau projet. Ce sera un peu différent. J'aimerais que vous vous trouviez un partenaire et choisissiez un mathématicien du pays et de l'époque que vous voudrez afin de préparer un exposé pour présenter à la classe son parcours, ses découvertes, le cadre historique et politique qui l'entourait.

Il continue en disant que les mathématiques n'existent pas que dans les salles de classe mais qu'elles sont liées à la vie de tous les jours. Taylor se tourne à nouveau vers moi.

– Tu veux qu'on travaille ensemble ? propose-t-il.

Le sang me monte à la tête.

– D'accord…

Je ne vois déjà plus que son dos tandis que M. James poursuit :

– Tenez-moi au courant dès que vous aurez trouvé votre coéquipier.

Taylor agite les mains.

– Oui ? dit le prof.

– On va travailler ensemble, Caitlin et moi.

Tous les regards se tournent vers nous et je m'empourpre. Cependant, M. James n'est pas censé savoir que des mecs comme Taylor ne veulent en principe travailler qu'avec les Alicia McIntosh du bahut.

– Taylor et Caitlin, marmonne-t-il en inscrivant nos noms sur une feuille de papier.

30

À mon arrivée dans la bibliothèque, je trouve Dylan en train de discuter avec le surveillant, alors je les laisse tranquilles et me dirige vers la section des livres d'art.

Sauf qu'elle m'aperçoit et articule *une seconde !*

Je sélectionne plusieurs titres, dont un sur la musique brésilienne, un sur les ponts et un autre sur la décoration.

Et puis j'en trouve un avec une cabane dans un arbre en couverture. Je l'ouvre, pensant y trouver des photos de branches chargées de maisonnettes pour enfants, mais ce n'est pas du tout le cas. Il s'agit de véritables demeures, avec des gens qui vivent dedans et c'est stupéfiant ; elles sont minuscules, paisibles et accueillantes. Certaines contiennent des bibliothèques et des bureaux. Je n'aurais jamais cru que ça pouvait exister.

Soudain, Dylan surgit derrière moi.

– Salut. Désolée. Tu es prête ?

Je ne la regarde même pas, trop occupée à feuilleter le livre. Non seulement ces photos me passionnent, mais on y trouve également la liste du matériel nécessaire pour construire sa cabane, accompagnée d'instructions étape par étape.

Et je ne songe plus qu'au tas de planches qui m'attend dans le jardin.

– Tu viens ? insiste Dylan. On y va.

– Oui, tout de suite. Mais il faut d'abord que j'emprunte ce bouquin.

31

À la sortie de l'escalator de la gare, on est sans cesse interpellées par des mendiants qui réclament de l'argent, de la nourriture, des cigarettes ou qui demandent juste de quoi s'acheter un ticket pour rentrer chez eux. Je me sens comme prise au piège, mais Dylan sort des pièces.

– Désolée, mec, dit-elle à un garçon à peine plus âgé que nous et qui tient en laisse un chien belliqueux.

Du temps d'Ingrid, quand on voulait se rendre à Berkeley ou à San Francisco, elle ne pouvait supporter de voir dans quelle misère vivaient parfois les gens. Elle se mettait à pleurer pour un rien – un petit garçon qui rentrait seul chez lui, un chat errant qui n'avait plus que la peau sur les os, un carton abandonné sur lequel on avait écrit J'AI FAIM AIDEZ-MOI. Elle prenait une photo mais, le temps qu'elle ferme son appareil, les larmes lui inondaient les joues. Je culpabilisais toujours de ne pas me sentir aussi triste qu'elle mais à présent, en regardant Dylan, je me dis que c'est sans doute une bonne chose. On voit un million d'horreurs tous les jours, aux infos ou dans les journaux aussi bien que dans la vraie vie. Je ne dis pas que c'est idiot de se sentir triste, seulement, à ce stade, il devient impossible de tout encaisser et de croire qu'on parviendra encore à dormir la nuit.

En face des courts de tennis et d'un arrêt de bus, Dylan me désigne une grande bâtisse ancienne.

– C'était mon école, et ces jeunes, assis sous l'arbre, ce sont mes amis.

Tandis qu'on s'approche, je commence à les repérer : un garçon aux traits délicats en jean noir ; un couple, garçon et fille, adossés au tronc, les doigts entrelacés.

– Dylan ! lancent-ils en la voyant.

Je souris nerveusement. Ils semblent bien installés là, infiniment plus décontractés que je ne le serai jamais, très différents des élèves de mon lycée. Maman dirait qu'ils paraissent d'un autre monde.

On s'assied dans l'herbe face à eux et je les écoute parler. Je ne dis rien mais ce n'est pas parce qu'ils me rejettent, juste parce que j'aime bien les entendre ; la moitié de la conversation s'adresse à moi. Ils me racontent leurs histoires et bien d'autres, par exemple un dîner qui a duré toute la nuit à Church Street, et comment le mec en jean a craqué sur une serveuse, au point de sortir tous les soirs après le dîner pour filer au restaurant où elle lui remplissait sa tasse de café.

– Elle s'appelait Vicky, s'écrie-t-il enthousiaste. Elle portait un petit tablier en dentelles sur sa jupe. Carrément rétro !

– Alors ? dis-je. Qu'est-ce qui s'est passé ? Tu lui as parlé ?

– Non, soupire-t-il. Elle a changé de boulot. Un soir, elle ne s'est plus pointée et je ne l'ai plus revue.

– Une vraie tragédie ! commente Dylan avec un sourire ironique. Il ne s'en est jamais remis.

Il lui tape sur la jambe avec sa veste. Et puis tous se lancent dans une autre histoire, cette fois sur le couple ; ils sortent ensemble depuis près d'un an et racontent comment la fille a suivi le mec pendant deux trimestres avant d'oser se présenter. Je me suis allongée sur la pelouse, ma tête sur mon sac à dos, et je regarde les gens qui se baladent autour de nous. J'essaie d'imaginer l'effet que ça ferait de fréquenter un bahut si grand que les gens ne se connaissent pas vraiment.

Finalement, arrive l'heure d'aller retrouver Maddy à son travail. On se lève pour rejoindre l'entrée du parc. Ils se prennent tous dans les bras, mais je reste un peu à l'écart, jusqu'à ce qu'ils m'adressent un signe et se séparent.

Il ne reste bientôt plus que Dylan et moi. Elle se balance un peu sur ses pieds, se passe la main dans les cheveux avant de lancer :

– On va boire un café ?

Une fois installée, elle sort un étui à cigarettes argenté de sa poche, l'ouvre et j'aperçois quelques billets enroulés à l'intérieur. Puis elle se lève pour aller payer, et je la vois, de ma table, en train de se regarder dans les parois intérieures de l'étui avant de se passer du noir sur les yeux. Après quoi, elle le referme brusquement, passe à la caisse et revient, se met à tapoter nerveusement sur la table.

– Ça va ? lui dis-je.

– Moi ? Oui. On se casse ?

En deux secondes elle est dehors et je dois me faufiler entre bicyclettes et poussettes pour la suivre.

On passe devant un million de pâtés de maisons, de palmiers, de cafés et de blanchisseries avant d'arriver à une petite boutique en coin, rayée rouge et blanc comme un énorme sucre d'orge, avec le panneau COPY CAT au-dessus de l'entrée. On s'arrête devant pour que Dylan puisse se regarder dans la vitrine. Elle écarte une mèche de son visage, la remet, se retourne pour annoncer d'une voix plus forte que d'habitude :

– Maddy devrait terminer dans deux minutes.

À croire que je suis une touriste avide de voir les célébrités de la ville.

Je commence à me demander si je ne vais pas la charrier avec ça et c'est là que la porte s'ouvre sur une blonde aux grands yeux noirs qui sourit en nous apercevant. Alors se produit une scène étrange. Dylan, avec son jean noir hypermoulant, son tee-shirt à épingles et ses larges bracelets, avec ses cheveux qui partent dans toutes les directions et ce fard noir qu'elle vient de se mettre autour des yeux, ne sourit pas, ne s'approche pas de Maddy pour la prendre dans ses bras. Non, elle semble soudain se relâcher complètement, effectue un pas incertain et laisse échapper un *salut !* qui pourrait aussi bien signifier : *je t'aime, tu es trop belle, personne au monde n'est aussi extraordinaire que toi.*

32

Installée avec nous sur une terrasse de café à quelques rues de Copy Cat, Maddy se penche sur la table ronde pour souffler :

– Caitlin, parle-moi de toi. Qu'est-ce que tu aimes dans la vie ?

Le genre de question que j'attendrais plutôt de mes parents à l'adresse d'un mec avec qui je voudrais sortir. Ça fait tellement adulte, pourtant j'aime bien, sans trop savoir pourquoi. La tête penchée de côté, elle attend ma réponse. Dylan reste tranquillement adossée à sa chaise de métal, en train de se frotter un doigt contre les courroies de son bracelet de cuir.

Maddy m'observe d'un regard aussi intense que le sien, quoique différent. Ça me fait réfléchir un instant. J'ai envie de lui parler photographie, mais ça fait juste une journée qu'on a pris le pire de mes clichés avec Dylan. J'aurais l'air de quoi si j'admettais avoir raté exprès quelque chose que j'aimais ?

Je finis par laisser tomber :

– J'aime bien construire des trucs.

J'écoute ces paroles à mesure que je les lâche, histoire de capter l'impression qu'elles peuvent provoquer.

Maddy semble trouver ça intéressant et Dylan lève la tête de son bracelet. Je me hâte d'ajouter :

– En bois.

– Comme ça, tu es une artiste, commente Maddy. C'est fantastique ! Qu'est-ce que tu construis ?

J'essaie de lui expliquer sans avoir l'air trop naze. Finalement, j'insiste sur l'avenir :

– Je voudrais bâtir une cabane dans les arbres, mais pas pour les enfants.

– Comme celles dans le livre que tu regardais ? s'enquiert Dylan en sirotant son troisième café de l'après-midi.

– Oui. On a un grand arbre dans le jardin qui fera très bien l'affaire.

Maddy paraît tout excitée.

– Mes parents ont un ami dans l'Oregon qui a ce genre de cabane chez lui. Elle est magnifique. J'aime bien m'y installer quand on leur rend visite. J'ai hâte de voir la tienne.

– Pas de souci. Tu es la bienvenue.

– Maddy est comédienne, me prévient Dylan en lui posant un bras sur l'épaule.

– Trop cool. J'ai pris des leçons d'art dramatique pendant un semestre mais je n'étais pas assez douée. J'avais trop le trac.

– Moi aussi j'avais peur avant un spectacle, intervient Maddy, mais c'est fini. Maintenant, j'ai un rituel avant d'entrer en scène, où j'imagine une lumière autour de moi pour me protéger de ce que les spectateurs pourront penser. Ça peut paraître bizarre, mais ça marche.

Elle explique ça avec une telle confiance qu'elle me convainc sans mal et que je finis par demander :

– Alors tu vas t'installer à Los Angeles une fois tes études terminées ?

– Oh non ! s'exclame-t-elle en secouant si fort la tête qu'elle en fait tinter ses boucles d'oreilles nacrées. Il n'y a que le théâtre qui m'intéresse.

Je déguste mon macchiato tout en regrettant de ne pas avoir commandé autre chose. J'aime bien les petites tasses dans lesquelles ils sont servis, et toute cette mousse, mais le café me semble quand même trop amer.

– Et toi, Dylan, dis-je. C'est quoi ton truc ?

Elle hausse les épaules.

– Je ne sais pas encore.

– Elle n'aime pas se vanter ! s'esclaffe Maddy. Elle est superintelligente. Tu sais à quoi elle a passé cinq étés de sa vie ?

Ça fait rire Dylan :

– Arrête !

– Classe d'été de physique ! crie quand même Maddy.

J'ai du mal à le croire. Tous les geeks du lycée se réunissent à l'heure du déjeuner pour discuter du taux d'acceptation à l'université du Massachusetts. Et les gens sont rarement aussi bons en science qu'en littérature.

– Bof, explique Dylan. On y fabrique des électroaimants, on y mesure la lumière, c'est marrant.

On continue de bavarder un moment et je me demande ce que ça peut faire de se passionner pour quelque chose. Je croyais que ce serait mon cas avec la photo, je croyais être douée. J'étais juste intéressée.

– Je reviens ! lance Dylan.

Elle se lève et Maddy suit des yeux en souriant cette silhouette tout en bras et jambes maigres, avec ses cheveux emmêlés.

– Je suis contente qu'elle t'ait rencontrée, observe Maddy. Elle avait peur de ne pas trouver de potes à Los Cerros.

Je remue sur mon siège.

– Oui, en fait, le bahut est tout petit.

– Désolée pour ton amie.

Les yeux baissés vers mon macchiato, je me contente de le regarder refroidir.

– Désolée, répète Maddy. Je sais que ça peut paraître bizarre de m'entendre dire ça. Mais je voulais que tu saches que Dylan aussi a perdu quelqu'un. Elle n'aime pas en parler, alors ne lui dis rien. Sache seulement qu'elle comprend ce que tu traverses. C'est quelqu'un d'extraordinaire. Je suis également contente pour toi que tu l'aies rencontrée.

33

Sur le chemin du retour, j'ai pris place à côté de Maddy à l'arrière de la voiture de la mère de Dylan, et je me demande comment ça se passe lorsque Maddy reste dormir chez eux. Je veux dire, c'est évident que la mère de Dylan sait qu'elles sont en couple. Est-ce qu'elles dorment ensemble ?

Dylan se tourne vers moi tandis qu'on se gare devant la maison.

– Alors, on se voit lundi au déjeuner?

– Oui. On se retrouve aux casiers ?

– Super !

Je remercie sa mère de m'avoir ramenée et je m'apprête à dire à Maddy que j'étais contente de faire sa connaissance, lorsqu'elle détache sa ceinture et se penche vers moi, me serre dans ses bras :

– Ravie de t'avoir connue ! lance-t-elle. J'espère qu'on pourra se revoir bientôt.

Je l'étreins à mon tour et, quand on se lâche, je constate que Dylan et sa mère nous regardent en souriant. Je voudrais passer le reste de ma vie dans cette voiture, me laisser figer par le temps, les genoux posés sur le dossier de Dylan, et en rester là. Mais la lumière brille derrière les rideaux de la maison, alors j'ouvre ma portière à la nuit.

– Salut ! dis-je.

Elles me répondent toutes les trois ensemble.

Quand je rentre à la maison, mes parents veulent savoir comment s'est passée cette journée.

– Très bien, dis-je en souriant. Parfaitement bien.

Ils semblent chercher le sarcasme sur mon visage et, apparemment convaincus, finissent par échanger un sourire.

Tout en me lavant les dents, je pense à Dylan et moi en train de nous balader dans cette ville au milieu d'immeubles gigantesques. Même l'atmosphère y semble plus éveillée. Je décide qu'on devrait faire des virées plus souvent, au moins plusieurs fois par semaine. Une fois que j'ai éteint ma lampe et que je me suis réfugiée sous mes couvertures, je rêve à l'avenir, en train de traîner sous un arbre avec les amis de Dylan, devenus les miens. Je suis intégrée, je porte des vêtements qui me ressemblent. On raconte nos histoires à de nouveaux venus.

Une minute plus tard, je rallume.

Ingrid.

J'ouvre son journal et je lis.

CHÈRE CAITLIN,

Quand tu es partie de chez moi aujourd'hui je me suis mise à pleurer et je ne pouvais plus m'arrêter. Il y a tellement de choses que je voudrais te dire mais je n'y arrive pas. Parfois j'ai l'impression que c'est ma mère qui déraille. Elle fait toute une histoire de détails microscopiques sans importance. Mais au moment où j'essaie de te parler, je sens que je perds complètement la tête. Tu me regardes et je capte quelque chose sur ton visage, comme si un instant tu ne savais plus qui je suis, et ça me déchire. J'en reste paralysée. Puis je m'interroge sur tout ce que je fais. S'il est normal que je mette cinq cuillerées de sucre dans mon thé et s'il est normal que j'allume ma chambre avant d'entrer au lieu de juste entrer et d'allumer ensuite. S'il est normal que parfois je me regarde dans le miroir en me disant que je suis supercanon et que parfois je pense que je suis une salope dégueulasse? Le soir je n'arrête pas de lire tous ces trucs en ligne. Il y a des gens normaux qui pètent les plombs, se prennent pour Hitler puis se mettent à sangloter en demandant « pardon pardon ». Et il y a des gens qui ont trop peur de quitter leur maison ou même leur chambre et qui y passent le reste de leur vie, tout seuls. Et il y a des gens qui tuent leurs enfants parce qu'ils sont convaincus que Dieu le leur a ordonné et j'ai trop peur chaque fois de devenir comme ça. Tous les jours, j'ai envie de te parler des pilules que je dois prendre et comment les médecins n'arrêtent pas d'observer chacun de mes mouvements, de les noter dans leurs petits carnets, et à quel point j'ai envie de lire ce qu'ils y ont écrit à mon sujet. Merde, qu'est-ce qu'ils peuvent bien raconter? Je voudrais te parler de tout mais je ne peux pas car je ne pourrais pas supporter que tu me fasses cette tête. Je voudrais juste que tu me regardes en te disant que je suis normale. C'est tout ce que je te demande.

BISOUS

INGRID

Mon cœur se retourne. Je ne me suis jamais considérée comme parfaite, je ne m'en suis même jamais crue proche, mais je ne savais pas à quel point j'étais ignoble. Maintenant que je le sais, le regret me dévore. Comme à l'époque où on se changeait dans le vestiaire et qu'Ingrid se regardait dans le miroir en disant : *comment tu peux supporter de me voir ? Je suis tellement moche.* Je ne la regardais pas. Je l'entendais à peine. Je la trouvais juste débile, je croyais qu'elle allait à la pêche aux compliments, comme n'importe qui d'autre. Je ne me rendais pas compte à quel point elle avait peur. J'aurais dû, car c'est à ça que servent les amis : ils comprennent. Ils sont là les uns pour les autres. Ils captent ce que les parents ne captent pas. Si je pouvais recommencer, je me mettrais à côté d'elle devant la glace pour lui dire tout ce que je trouvais de fabuleux en elle. Et, chaque fois qu'elle aurait eu peur, qu'elle se serait inquiétée, au lieu de la planter j'aurais mis de la musique, en espérant que, même si je ne parvenais pas à pénétrer dans les coins sombres de son cerveau, je pourrais au moins l'attendre à l'extérieur. Sans chercher à ignorer les raisons pour lesquelles elle se coupait, se brûlait et se blessait sans cesse. J'aurais dû m'en apercevoir chaque fois, car cela faisait partie d'elle. Elle méritait que quelqu'un voie ça, fasse l'effort de comprendre.

Ma meilleure amie est morte et j'aurais pu la sauver. C'est totalement nul de ma part, au point que ça fait mal, au point que je suis rentrée chez moi ce soir en souriant.

HIVER

I

Je me dirige vers le lycée alors que le jour se lève. Je suis éveillée, alerte, engourdie, épuisée. Je n'aurais jamais cru pouvoir ressentir tout ça à la fois, mais voilà, je marche dans la rue, les paupières lourdes, à respirer l'air glacial.

Une heure et demie avant le début des cours, le campus ressemble à une ville fantôme – pas de voitures dans le parking, pas de bus devant la grille, personne nulle part.

J'entre dans le labo photos.

Avec Ingrid, on faisait tout le temps ça. Il y a une fenêtre à l'arrière du bâtiment, là où les buissons prennent toute la place, là où personne ne va jamais. Je crois que le gardien n'est même pas au courant. Une fois, on a forcé la serrure et je suis sûre qu'elle est toujours ouverte.

Je me débarrasse de mon sac à dos, me hisse sur le rebord et entre dans la pièce. Après avoir refermé la fenêtre, je reste un instant plongée dans l'obscurité. Puis je gagne la chambre noire.

Je ne sais pas si c'est parce que j'ai à peine dormi cette nuit, ou parce que l'obscurité me met dans un état de rêve éveillé, mais, en fermant la porte, j'aperçois clairement Ingrid. Elle se glisse devant une lampe de sécurité, s'arrête dans la lueur rouge, sort une bobine de film de son sac. En robe jaune, les pieds nus, on ne voit qu'elle au milieu du noir complet. J'ai envie de la toucher, mais je reste immobile, dans l'espoir que cet instant dure à jamais.

Sans se retourner, elle marmonne : *j'ai fait une supersérie hier.*

De quoi ?

J'étais juste assise dans ma chambre et ce petit oiseau s'est posé sur une branche devant ma fenêtre.

Juste assise ? Tu pensais à quoi ?

Je ne sais pas. À rien. La petite bête est restée là pour moi, à sauter de branche en branche tandis que je prenais des photos.

J'ai trouvé ton journal. Tu voulais que je tombe dessus, non ?

Et puis, il a voulu s'envoler et s'est mis à battre des ailes si vite qu'on ne voyait plus que des taches de chaque côté.

Je ne savais pas que tu avais peur.

C'était comme s'il m'attendait, comme s'il savait que ça donnerait des images fantastiques. J'en ai pris au moins trois de lui en train de flotter dans les airs avant qu'il s'en aille. Elle finit par se tourner vers moi. Ses yeux bleu clair, son sourire moqueur. Du poignet, elle écarte une mèche blonde de son visage en prenant garde de ne pas déposer de gouttes de liquide chimique sur sa joue.

Une violente douleur me traverse la poitrine. J'ai oublié de respirer. *Bien sûr que tu savais que j'avais peur. Seulement tu n'y pouvais rien.*

Ça fait mal. Je ferme les yeux. Quand je les rouvre, la salle est paisible et déserte. Ingrid a disparu.

Je me dirige vers le comptoir, ouvre ma boîte de pellicule. Le long film négatif vacille entre mes mains ouvertes. J'attrape la bobine, tire la pellicule, la glisse dans la boîte de plastique remplie de liquide de développement.

Je n'ai pas beaucoup de temps devant moi mais j'attends que les négatifs sèchent. Je dois présenter mon paysage à huit heures.

2

Durant la quatrième heure de cours, les filles populaires, réunies dans le coin du fond, s'envoient en hâte des messages tandis que le prof repasse nos interros à coups de feutre rouge, et qu'une voix masculine évoque à la télévision l'immensité de l'univers ; mais moi, je sens comme un poison me brûler l'estomac. Si je connaissais un moyen de faire paraître cette démarche rationnelle, j'irais trouver Dylan devant nos casiers comme je l'ai promis, pour lui expliquer ce que j'ai compris hier soir : on prend une sacrée responsabilité quand on se veut l'ami de quelqu'un, et je ne peux pas l'assumer maintenant.

Mais quand la cloche sonne, j'attrape mon carnet, le glisse dans mon sac à dos puis tâche de sortir avant tout le monde. J'ai l'intention de me cacher aux toilettes, sauf que je suis trop anxieuse pour tenir en place. Finalement, je rejoins le parking du fond, me dirige vers l'arrêt de bus avec l'intention de filer jusqu'au terminus puis de revenir en sens inverse. Au milieu du parking, j'aperçois le pion en train d'inspecter les abords du campus, un mégaphone à la main. À son tour, il me voit, alors je tourne vers la gauche, en direction du terrain de base-ball. Et c'est là que je me souviens de Melanie.

Elle est assise sur les gradins avec d'autres jeunes, exactement comme elle me l'avait dit. En principe, je n'aurais pas songé à m'approcher d'un groupe que je connais à peine. Mais là, en plein désespoir, je m'aperçois qu'ils m'ont déjà vue à travers la clôture. Ça ferait bizarre si je rebroussais chemin. Finalement, je me faufile dans une alvéole dont les chaînes ont été coupées. Mon sac à dos se prend dans un fil de fer. Je dois ôter les sangles de mes épaules pour me libérer.

J'entends un garçon demander :

– C'est qui ?

– Caitlin, répond la voix de Melanie.

– Caitlin Madison ? interroge une fille.

– Oui.

– Oh !

Mon visage me brûle. Je dégage mon sac à dos tout en luttant contre le désir de repartir aussitôt. Finalement, je parviens à escalader les gradins et m'entends lancer :

– Moins une !

Ma voix sonne différemment, mais pas mal. Cinq visages sceptiques se tournent vers moi tandis que je poursuis :

– Griffon a failli me prendre la main dans le sac. J'arrivais droit sur lui.

Ils ne disent rien.

Je dépose mon sac à dos près d'une fille en pull en l'honneur de Metallica si usé qu'il doit avoir au moins dix ans.

– Je vais rester ici quelques minutes. Pas très envie de discuter avec lui.

Je bavarde de tout et de rien, histoire de me donner l'air sûre de moi, comme si je passais ma vie à frôler les plus grands dangers.

Et puis je m'assois, sans que personne ne dise rien. Metallica se ronge les ongles, son voisin natte une de ses mèches grasses, tandis que Melanie fouille anxieusement dans son sac.

– Merde ! lâche-t-elle. Caitlin, tu as une clope ?

Elle a dû déjà poser la question à chacun d'entre eux. Je suis sa dernière chance.

– Désolée.

Sans trop savoir pourquoi, je viens de briser la glace.

– Alors, comme ça, tu étais la meilleure amie d'Ingrid Bauer ? demande Metallica.

– Oui.

– Tu savais qu'elle allait faire ça ? ajoute le mec à la natte. Elle t'en avait parlé ?

Il pose ces questions comme s'il n'y avait rien de plus normal, comme si on pouvait interroger tranquillement quelqu'un sur la chose la plus atroce qui lui était arrivée. Ça me déstabilise et, ne sachant que dire, je me contente d'un :

– Non.

– Dommage pour toi, rétorque Metallica.

– J'ai entendu dire qu'elle s'était ouvert les veines, non ? reprend le mec. Trop génial ! C'est pas comme se tirer une balle ou respirer du gaz. Il faut des couilles pour se couper aussi profond, non ?

J'ouvre la bouche mais rien n'en sort.

– Le copain de ma cousine s'est jeté du pont du Golden Gate. Il faut déjà être sacrément frappé, mais c'est plus facile que de s'ouvrir les veines. Tu dois te couper le tendon quand même. La plupart des gens s'évanouissent avant de finir.

– Tu en parles comme un expert ! s'écrie Metallica.

– C'est parce que je voulais essayer, dit-il en remontant ses lunettes. En quatrième ; j'ai fait quelques recherches.

– Quel enfoiré ! raille un de ses voisins. Comme si on pouvait trouver un mode d'emploi !

J'ignore qui sont ces gens, je vois juste que Melanie est en train de fouiller dans le sac à dos du mec à la natte.

– Arrête ! gémit-il.

Le terrain de base-ball s'étend devant nous, pelouse parfaitement tondue, tas de terre bien amassés au niveau des bases. Je m'imagine en train de marcher au milieu et de m'y effondrer ; je vois la scène comme dans un film en accéléré, quand une plante jaillit de terre, fleurit et meurt en moins d'une minute. Sauf que, cette fois, ça se passe à l'envers. Je m'endors sur place ; le ciel bleu passe au gris, puis au mauve puis au noir. Les étoiles brillent. La lune descend. Le soleil se lève. Une année s'éteint. Je bouge un peu. Je porte d'autres vêtements, ceux de l'an dernier. La cloche sonne. Je me lève, prends mon sac à dos. Plus léger. Je me rends au premier cours, m'assieds près d'Ingrid.

Brisant mon fantasme, Melanie bondit en criant :

– *Il me faut une clope !*

Refusant d'entendre davantage leurs élucubrations, je hisse mon sac sur l'épaule et commence à descendre les gradins en marmonnant :

– À plus.

Je parviens à ressortir sans rien accrocher au passage. Ce n'est pas une grande victoire mais, sur le coup, c'est bien l'impression que ça me donne.

3

Dylan n'est pas encore là lorsque j'entre dans la classe. Je m'assieds à ma place habituelle, ouvre mon livre de poèmes en m'interdisant de lever les yeux chaque fois que quelqu'un débarque. Même quand on passe juste devant moi, je garde la tête penchée. Jusqu'au moment où je la repère, au bruit de ses pas.

Elle s'arrête devant mon bureau, attendant sans doute que je la regarde. Mais je ne bouge pas, alors elle s'installe derrière moi, comme d'habitude.

– Salut ! lance-t-elle. Tu étais où ?

Elle ne paraît pas en colère et je me rends compte qu'il n'est pas trop tard pour revenir en arrière, lui présenter des excuses convaincantes.

Sauf que je reste concentrée sur ma page. Je ne sais même pas sur quel poème je suis tombée. J'ai les yeux trop fatigués pour déchiffrer un seul mot.

– J'ai croisé des gens, dis-je alors.

Voilà, le mal est fait.

– Qui ? demande-t-elle d'un ton maintenant agacé.

– Des gens.

Pas de commentaire. Je pourrais encore me retourner, lui faire face. Mais non.

Finalement, je l'entends murmurer :

– N'importe quoi !

Le métal crisse quand elle s'adosse lourdement à son siège.

Bientôt, M. Robertson fait son entrée et le cours commence. Durant toute l'heure, Dylan croise et décroise les jambes, heurtant de ses boots les pieds de son bureau. Je sens à peine le contact, pourtant, chaque fois, je tressaille.

Ça n'en finit plus. Lorsque la cloche sonne, Dylan rassemble ses affaires et sort en trombe sans un mot. Je prends mon temps pour gagner mon casier et, lorsque j'arrive au département des sciences, Dylan est partie.

4

Le lycée de Vista a tout l'argent qu'il faut et bien plus encore. Car tous les parents de Los Cerros sont assez riches pour faire constamment des chèques de soutien aux cours de musique ou de danse, ou même pour financer les voyages d'élèves en Europe, où ils passent leurs journées dans les musées et leurs soirées à danser. D'un côté, c'est sympa d'avoir à peu près tout ce qu'on veut mais, de l'autre, ça me met plutôt mal à l'aise.

Amanda, la fiancée de Davey, enseigne l'histoire dans un lycée en ville et leurs livres sont si vieux qu'ils n'ont même plus de couvertures. Parfois, je me sens un rien coupable d'avoir tout ce qu'on a – nos manuels scolaires flambant neufs, cette piscine couverte, ces stocks inépuisables de pellicule et de papier photo. Mais, en ce moment, ça me va, car je me cache dans de nouvelles toilettes que personne ne semble encore connaître. Situées entre le département des sciences et celui des maths, elles semblent complètement inutiles. Mais je ne vais pas me plaindre. Je me trouve dans un endroit d'une propreté éblouissante, et j'ai fermé ma porte à clé au cas où quelqu'un débarquerait à l'improviste. Le déjeuner est presque fini et j'ai bien entamé mon bouquin sur les cabanes dans les arbres. Je vais avoir besoin de boulons car les clous et les vis ne suffiront pas.

J'ai dessiné un plan sur une feuille de papier, une vue depuis le sommet de l'arbre, avec le tronc au centre, encerclé par le parquet en hexagone. Je ne sais pas encore trop combien mesurera chaque côté mais j'aimerais quelque chose d'assez grand, pas le genre de cabanon où on se sent tenu d'avancer à plat ventre. Je veux pouvoir m'y tenir debout, installer un fauteuil dans un coin, et aussi une table avec deux chaises contre un mur, et puis plein d'ouvertures pour laisser entrer l'air et la lumière du jour. Il faudra que je trouve un moyen de les fermer, le moment venu, s'il se met à pleuvoir.

Lorsque la cloche retentit, à la fin du déjeuner, je décide de revenir ici demain et les jours suivants. Je ne m'y sens pas si mal.

5

Avec Taylor, on s'est installés sur le terrain de football pour étudier l'un des énormes bouquins de mathématiques qu'il a empruntés à la bibliothèque.

– Je trouve ce mec plutôt cool, observe-t-il. Il était obsédé par les pendules.

J'essaie de faire attention à ce qu'il dit mais, chaque fois que je jette un coup d'œil dans sa direction, je ne peux m'empêcher de remarquer qu'il a le bout des cils blanc. Je prends sur moi pour réprimer mon envie d'y toucher.

– Oh, dingue ! Celui-là a fait de la prison pour fraude !

Alors que je veux attraper l'un des livres, mon genou frôle le sien ; il ne l'éloigne pas, ne semble même pas s'en apercevoir. Je sens mon visage s'empourprer. Je scrute le livre, essaie de me concentrer, mais ne parviens qu'à me demander si Taylor sent que nos genoux se touchent. J'écarte le mien, d'un millimètre.

On a déjà décidé tous les deux de ne pas chercher forcément un mathématicien qui aurait découvert un concept extraordinaire, mais plutôt quelqu'un qui aurait eu un parcours insolite. Après un bref coup d'œil sur le minuscule espace entre nos jambes, je reprends ma lecture.

Ces bouquins sont bourrés d'informations plus embêtantes les unes que les autres, genre l'époque où ils sont nés, qui ils ont épousé, quels concepts ils ont élaborés. Jusqu'à ce qu'un mot capte mon attention : *pirate.*

– Hé, regarde ça !

Là, Taylor repose son genou contre le mien, puis se penche au point qu'on se touche maintenant en plein d'endroits ; nos visages se retrouvent si proches que je sens sa respiration, et il se met à lire ce que je lui montre. Je sens qu'il se concentre mais moi je ne peux pas, alors qu'il se tient tout près de moi, si bien que je relève les yeux une seconde. Dylan se dirige vers le parking avec Marjorie Klein.

Dans mon bahut, il y a trois sortes de marginaux : ceux que tout le monde trouve nuls et ringards, ceux que tout le monde dévisage en se disant : *il me rappelle quelqu'un, mais qui ?* et ceux qui sont vraiment marginaux car personne ne leur ressemble. Marjorie fait partie du troisième groupe, le meilleur. L'année dernière, elle se retrouvait ex aequo avec Ingrid dans la catégorie « artistes maudits ».

Ça fait une quinzaine de jours qu'on ne s'est plus parlé avec Dylan. Désormais, elle s'installe à l'autre bout de la classe et ne m'adresse pas un regard quand on se retrouve devant les casiers. En ce moment, elle fait de grands signes à Marjorie, comme si elles étaient en pleine conversation, elles se marrent tandis que je me sens sombrer. Je me demande quelles blagues elles ont pu échanger et, soudain, tout le plaisir que je ressentais à me trouver ici en compagnie de Taylor disparaît. Je n'arrive plus à me concentrer que sur les bottes de Dylan contre mon bureau, sur la façon dont elle a quitté la classe sans un regard vers moi.

– Il est fantastique ce mec, observe Taylor. C'est lui qu'on devrait choisir.

Je baisse les yeux vers le livre. *Jacques DeSoir.*

– Non mais regarde ! poursuit-il. Un mathématicien français pirate et transfuge.

Dylan et Marjorie s'éloignent de plus en plus.

– Il faut que j'y aille, dis-je.

– Déjà ?

– Mes parents m'ont dit de rentrer tôt.

En fait, il faut juste que je sorte de ma tête cette image de Dylan et Marjorie.

– Je te dépose ? offre Taylor.

– D'accord. Merci.

On se dirige vers le parking, en suivant les filles de loin. Jusqu'à ce que je les perde de vue, parmi les voitures.

– Il nous faudrait une carte, poursuit Taylor, pour retracer le parcours de Jacques DeSoir.

Tout en hochant la tête, j'essaie de repérer le van de Marjorie. Je me demande où elles vont. Ça me fait repenser au restau thaï, quand elle commandait les plats les plus exotiques du menu, et je me sens totalement insignifiante.

On s'arrête devant l'ancienne Datsun jaune de Taylor. Je ne faisais pas attention au chemin qu'on avait emprunté mais je me rends compte, maintenant, que je me retrouve devant la place du conducteur et lui, devant celle du passager.

– Tiens ! dit-il en me lançant les clés.

Je les attrape au vol.

– Ça ne t'ennuie pas ? reprend-il.

– Quoi ?

Il hausse les épaules en souriant.

– De nous ouvrir.

Je prends place sur le siège usé, me penche vers la portière passager pour tirer le loquet. Ça sent le chocolat dans cet habitacle tiède. Taylor entre et on se regarde un instant.

– Je n'ai pas mon permis, dis-je alors.

– Mais tu sais conduire, non ?

– Si.

– Et tu habites dans le coin ?

– Juste à côté du chêne.

– Ça ne fait pas trop loin.

– Non. Pas loin du tout.

– Alors, je m'en fiche.

– Bon, dans ce cas…

Je tourne la clé de contact, la voiture crachouille et se met en route. Taylor se penche, pose la joue sur le tableau de bord.

– Bien, Datsun, murmure-t-il. Brave petit bolide !

Ça me fait rire. Je lâche le frein à main en me demandant ce que je fabrique. Si on se fait prendre, je pourrais me retrouver en taule, perdre à jamais le droit de conduire, rester coincée chez moi jusqu'à la fin de mes études secondaires. Pourtant, je ne peux m'en empêcher. C'est comme ça. J'agis comme je veux et ça fait du bien. J'ajuste le rétroviseur, aperçois la Volkswagen de Marjorie en train de s'éloigner de la file de voitures scintillantes que tous les jeunes du quartier reçoivent pour leurs seize ans : Accord, Passat et Maxima toutes neuves. Je prends la direction inverse.

– Attention à l'embrayage, dit Taylor. Parfois, il se bloque un peu.

Je sors prudemment du parking et descends la rue jusqu'à la route principale. Le feu est au rouge ; je regarde les voitures qui arrivent puis tourne à droite. Et Taylor, superdécontracté, me sourit tranquillement.

– Ça te va bien de conduire ma voiture.

On passe devant les collines, puis le centre commercial, on croise d'innombrables véhicules. Je m'aperçois qu'il continue de me regarder. J'ai tellement l'habitude de la banquette arrière que j'en avais oublié quel plaisir il y avait à faire avancer une voiture ; mais aussi ce que j'avais dit à Ingrid après une séance d'entraînement en vue du permis : *Cet été, je t'emmènerai partout où tu voudras. Qu'est-ce qui te ferait plaisir ? Dis-moi, et on ira.*

À un feu, une bagnole hurlante s'arrête près de nous.

– Taylor ! braille une fille.

Alicia McIntosh se penche à l'avant de sa décapotable. Il se tourne vers moi en levant les yeux au ciel. Le feu passe au vert et il murmure :

– Démarre !

J'accélère un grand coup et vois bientôt la Mustang d'Alicia rétrécir dans mon rétroviseur.

6

Mes parents disent que le dîner sera servi dans une heure. Comme je n'ai aucune envie de traîner à la maison, je file vers ma voiture ; et là, je me trouve soudain terriblement à l'étroit, le cœur meurtri par le regret à l'idée de ce que je fais avec Dylan, les mains et les pieds vibrant d'électricité au souvenir de Taylor à côté de moi, et tout le corps habité par la mémoire douloureuse d'Ingrid. Je voudrais hurler de toute la force de mes poumons, sauf que ça ne donnera jamais un cri assez sonore pour me libérer.

Une heure, ce n'est pas beaucoup, mais c'est déjà suffisant pour faire quelque chose, alors je cours à travers le jardin, dévale la pente en direction du chêne et de ma pile de planches, avec la boîte à outils que j'ai achetée. Mon bouquin dit que le chêne convient parfaitement pour concevoir une cabane, grâce à la forme anguleuse de ses branches. J'ai décidé d'édifier le parquet à peu près à trois mètres, dans un coin où le feuillage n'est pas trop dense.

D'abord, il faut que je me construise un escalier.

Je soulève une longue planche que je dépose contre le tronc puis choisis une poignée de clous et les enfonce à coups de marteau tout en repensant à Ingrid.

L'été qui a suivi la troisième, on a rencontré deux garçons qui fréquentaient le lycée d'une ville voisine. Il faisait chaud. On s'ennuyait un peu. Alors on est allées se promener avec eux et ils nous ont entraînées dans un parc ; après avoir escaladé quelques buissons et rochers, on s'est retrouvés au bord d'un ruisseau.

On s'est assis les pieds dans l'eau en bavardant, on a rigolé de tout et de rien, jusqu'au moment où le plus grand des deux s'est penché pour embrasser Ingrid tandis que l'autre venait poser sa bouche sur la mienne. J'ai sursauté – ce n'était pas ce qu'on avait prévu – et j'étais certaine qu'Ingrid allait en faire autant. Sauf que non. Et le mec de poser une main sur ma jambe, mais ça aussi c'était trop, si bien que j'ai fini par me lever pour aller m'enfoncer dans l'eau. Le mec a lancé je ne sais quoi à son copain et puis il est parti ; et moi, je regardais le ciel et l'eau, les arbres, et cette main qui soulevait le tee-shirt de ma copine.

Ce même soir, elle a juste dit : *Caitlin, ça va ! On s'embrassait, c'est tout.* Pourtant, je n'arrêtais pas de penser à ce qu'elle ressentait pour Jayson, à quel point c'était différent, tellement plus cool.

Une fois que j'ai planté une planche aussi haut que possible, j'en aligne une autre en dessous, que je fixe également au tronc.

Ensuite, j'embraie sur la troisième pour achever la première marche. Je regarde à travers les branches en imaginant à quoi la cabane ressemblera une fois qu'elle sera construite et que je serai installée dans cet arbre pour regarder le soir tomber.

Mon père m'appelle depuis la maison. Jamais je n'ai eu l'impression de voir une heure passer aussi vite. Je range mon marteau dans la boîte à outils, ferme le couvercle métallique. J'ai les bras endoloris mais, quelque part, ça me réjouit, comme si je venais d'accomplir quelque chose d'important. Je remonte la colline vers la maison en me demandant ce que fait Dylan.

7

Mme Delani porte une robe aujourd'hui. Noire, ample et sans manches, avec un foulard rouge noué autour du cou. Elle passe devant moi en nous rendant nos devoirs et je regarde le mouvement de la mousseline. Ça me donne envie de l'attraper, de tirer dessus.

Tout d'un coup, elle s'arrête devant moi et jette sur mon bureau une horrible photo surexposée. Mon paysage. Je le retourne. Elle y a écrit en rouge : *0*. Et dessous, *venez me voir.*

De retour à son pupitre, elle explique :

– Votre prochain devoir consistera à prendre un autoportrait en vous basant sur ce que vous avez appris l'année dernière. Et, s'il vous plaît, mettez-y un peu de profondeur, de la substance !

La cloche sonne et je me glisse au bord de ma chaise. Pas question d'aller la voir. J'essaie de suivre les autres vers la porte, mais, déjà, elle m'interpelle :

– Caitlin !

Je me tourne vers son bureau.

– Oui ?

Elle désigne la photo dans ma main.

– Caitlin, reprend-elle en secouant la tête. Qu'est-ce que c'est que ça ? Sûrement pas de l'art !

Je lui décoche un regard glacial.

– Vous ne m'avez pas aidée, même quand je vous l'ai demandé, vous faisiez semblant de ne pas me voir.

– D'abord, soupire-t-elle, une voiture qui passe en guise de nature morte. À présent, un terrain vague en guise de paysage. Je sais que vous êtes capable de faire beaucoup mieux que ça.

Je me détourne d'elle l'air d'inspecter les photos affichées aux murs, et je finis par trouver celle qui me représente.

– En fait, dis-je, c'était Ingrid. Elle était capable de beaucoup mieux que ça. Moi je suis nulle, vous le savez bien.

Je lui arrache mon paysage des mains, le chiffonne et le jette dans mon sac à dos.

Ôtant ses lunettes, elle se pince le haut du nez, comme si je lui donnais la migraine. Puis elle se penche vers son bureau, se prend la tête dans les mains. Et moi je reste là, à attendre qu'elle se redresse pour me dire de quitter la classe, ou, au moins, de ne pas lui faire perdre son temps, sauf si elle veut encore m'envoyer voir un thérapeute. J'attends, j'attends. Les élèves du cours suivant commencent à entrer. La cloche sonne.

– Euh… dis-je en passant d'un pied sur l'autre. Il faudrait que j'y aille, là.

Elle ne répond toujours pas.

Et puis elle se redresse. Là, mon cœur cesse de battre. Elle a les lèvres qui tremblent, les joues rouges. Alors qu'elle ferme les yeux, des larmes se mettent à couler. Elle ne dit rien. Tout le monde se tait, les élèves ne semblent regarder que leurs pieds. Elle arrache une feuille de son carnet, y inscrit quelque chose, me la tend puis sort de la classe.

Veuillez excuser Caitlin pour son retard en deuxième heure. – V. Delani.

8

– Salut, toi ! lance Taylor en fourrant ses affaires dans son sac à dos. Je vais chez Henry attendre Jayson. On veut aller goûter la cuisine éthiopienne dans ce nouveau restau qui déchire, à Berkeley. Tu viens ?

On vient de comparer nos notes sur Jacques DeSoir à la bibliothèque du lycée. Pour le moment, on a décidé de commencer notre exposé en expliquant comment et pourquoi on l'avait choisi. On voudrait aussi acheter une carte de l'Europe pour pouvoir indiquer les endroits où il a voyagé.

J'ai un peu le trac d'aller chez Henry mais je n'ai pas non plus envie de dire non pour ensuite rentrer seule chez moi alors que je pourrais passer du temps avec Taylor, si bien que je réponds oui. Henry ne doit même pas savoir que j'existe, bien qu'on soit ensemble en littérature. Je sais qu'il habite dans une maison de trois étages et que ses parents ne sont jamais là. Il donne des soirées presque tous les vendredis auxquelles on voulait se rendre, avec Ingrid, mais à peine arrivées devant le jardin, on tournait les talons en apercevant les silhouettes, en les entendant rire et bavarder, en voyant toutes ces voitures garées dans la rue, en reconnaissant à qui elles appartenaient. Malgré notre désir d'y participer, on n'a jamais osé entrer, nous mêler à ces invités déjà si bien organisés en groupes et qui nous auraient dévisagées en se demandant ce qu'on faisait là.

Voilà pourquoi je connais si bien le jardin d'Henry mais, une fois à l'intérieur, c'est une terre inconnue. Je ne reconnais pas plus cet énorme portrait de famille dans l'entrée que ce sol en marbre avec cette fontaine au centre. Je me demande comment un ado peut y vivre pratiquement seul tout le temps. On pénètre dans le salon.

Henry et deux autres garçons que j'ai déjà vus, sans toutefois pouvoir dire leur nom, sont assis dans un énorme canapé, à regarder la télévision en buvant des Corona.

– Salut ! lance Taylor. Vous connaissez tous Caitlin, je crois ?

– Salut ! lance l'un des amis d'Henry.

C'est à peine s'ils nous ont accordé un coup d'œil. Exactement ce qu'on redoutait avec Ingrid chaque fois qu'on reculait sans oser entrer. Là, je reste paralysée par cet accueil glacial.

J'aimerais avoir mille accroches spirituelles à leur lancer, mille plaisanteries à leur décocher pour les faire éclater de rire, pour rassurer Taylor, pour détendre l'atmosphère. En fait, je n'en trouve pas une seule et me sens prête à bondir sur la première idée qui me passera par la tête. Mais, sans détacher ses yeux de l'écran, Henry prend la parole :

– Tu es pote avec la nouvelle, non ?

Finalement, je me trompais. Il sait que j'existe.

– Oui, dis-je en me demandant si c'est encore vrai.

Apparemment, il n'a même pas remarqué qu'avec Dylan on ne s'adressait plus la parole depuis quinze jours.

– Elle est trop canon, commente-t-il. Elle aime aussi les mecs ?

Je hoche la tête mais me rends compte que personne ne me regarde, pas plus Taylor que les autres, trop occupé à contempler ses chaussures, avec autant d'intensité que s'il était plongé dans un bouquin sur Jacques DeSoir. Alors je lance :

– Je ne crois pas.

– Elle a une petite amie ?

– Oui.

– Elle est bonne ?

– Euh… dis-je en me balançant sur mes pieds. Ça me gêne un peu de parler de ça.

– Y a pas de raison. Réponds juste à la question. Alors ?

– Taylor, je vais t'attendre dehors, dis-je en sortant.

Je claque la porte derrière moi, mais il me rejoint bientôt.

– Désolé, soupire-t-il. D'habitude, Henry est plutôt cool.

– Pas de souci, dis-je d'un ton impassible.

Taylor lui-même ne doit pas savoir si je rigole ou non. En fait, je me sens complètement paumée. Au point de ne plus avoir envie de travailler à ma cabane ni de dormir dans ma voiture. Je n'ai même pas envie que Taylor m'embrasse. La seule chose qui m'intéresserait un peu serait de courir après Dylan pour lui présenter mes excuses et reconnaître combien ma conduite était irrationnelle. Un bruissement s'élève de l'allée et une Datsun jaune apparaît, avec Jayson au volant.

– Bon, il faut que j'y aille, dis-je d'un ton ferme.

– Mais tu dois essayer ce restaurant. Il est vraiment bon, tu sais. Tu ne le regretteras pas.

– Il faut que j'y aille.

Jayson ralentit et s'arrête en face de nous.

– Laisse-moi au moins te déposer, insiste Taylor.

Levant un pied, je descends sur la chaussée avant de me retourner vers lui avec un sourire forcé :

– J'ai envie de marcher. Mais merci.

Il a l'air d'un gamin qui n'a pas reçu le cadeau qu'il espérait pour Noël. Alors j'ajoute :

– Si tu ne manges pas tout, tu pourras toujours m'apporter tes restes au déjeuner, demain.

Là-dessus, je prends la direction du centre commercial.

J'entre dans le restau thaï. Ça sent bon la noix de coco et l'ananas. Elvis chante dans le juke-box. Dylan n'est pas là.

Je décide de prendre quand même une soupe et m'installe à notre place habituelle pour manger seule.

9

Je sors de cours lorsqu'on me tape sur l'épaule. C'est Alicia, ses cheveux roux enroulés n'importe comment au sommet du crâne. Encore que le résultat soit saisissant. Alicia a toujours l'air impeccable.

– Caitlin ! Contente de te trouver. Je ne te vois jamais au déjeuner. Où est-ce que tu t'installes ?

Je ne vais pas lui raconter que je passe mes repas planquée dans les toilettes.

– Ça dépend, dis-je en haussant les épaules.

J'espère que ça sonne assez décontracté pour ne pas révéler que je lui cache la vérité.

Apparemment, elle ne semble pas trop intriguée. En fait, elle promène son regard à droite et à gauche, l'air de vérifier que personne ne nous écoute. Une fois convaincue qu'il ne se passe rien d'important dans les parages, elle revient vers moi.

– Écoute, Caitlin.

Elle marque une pause, comme si c'était à moi de dire quelque chose.

– Euh… oui ?

Après une courte inspiration, elle se lance :

– Ça fait longtemps qu'on est amies, maintenant, vraiment très longtemps. Alors je me sens tenue de te dire que ça commence à jaser sur toi et, euh… cette fille.

– Dylan ?

Elle plisse le nez, secoue la tête avant d'ajouter :

– Je ne te dis pas que je crois à ces ragots, mais il faut vraiment que tu y réfléchisses. Je sais que tu vis un moment difficile, c'est juste que je me fais du souci pour toi. Je n'aimerais pas que tu te laisses embarquer par de mauvaises fréquentations.

Je préfère ne pas relever en notifiant qu'une personne ne constitue pas de mauvaises fréquentations à elle seule. Ou qu'elle aurait pu me dire ça plus tôt.

– Tu dois penser à ta réputation, conclut-elle dans un sourire.

Je regarde chacune de ses mèches laquées parfaitement positionnées, ses grands yeux verts qui se mettent à fixer autre chose, loin derrière nous. Et là, je lâche d'un coup :

– Alicia, tu te considères comme quelqu'un de superficiel ?

Son attention se reporte instantanément sur moi.

– Quoi ?

– Parce que je ne me considère pas comme quelqu'un de superficiel. Mais je crois que les gens qui jugent ceux qu'ils ne connaissent pas sont eux-mêmes assez creux, tout comme ceux qui lancent des rumeurs ; et je me fiche de ce que les êtres superficiels pensent de moi.

Elle écarquille les yeux et j'ai presque l'impression de voir les rouages de sa cervelle.

– Je te dis ça pour ton bien, proteste-t-elle. On est amies depuis le CP. Mais là, je vois que tu n'en as rien à cirer, alors tant pis, j'arrête de m'occuper de toi. Ça me compliquera moins la vie. Merci.

– Non, dis-je le cœur battant à tout rompre. Merci à toi, Alicia.

Là-dessus, je me détourne et m'éloigne d'elle, en direction des toilettes.

Je me plante devant le miroir. Je n'ai pas rendu mon autoportrait ce matin, je n'ai même pas fait de prise de vue. Mme Delani nous a dit de les préparer pour la fin du cours mais j'ai juste pris mon sac à dos et je suis partie alors que tout le monde faisait la queue pour déposer sa photo sur la pile.

Derrière moi s'alignent les portes argentées des toilettes. Je me penche sur le lavabo, au plus près de mon reflet, m'observe. J'ignore ce que je vois, je ne sais même pas ce que j'ai envie de voir.

Certains jours, j'aime me représenter comme profondément blessée – genre Melanie, en plus calme. J'imagine les gens autour de moi qui se demanderaient ce qui ne va pas dans ma vie. D'autres fois, j'ai plutôt envie d'être comme Dylan et Maddy et leurs amis, qui semblent avoir un peu vécu, un peu déraillé, tout en paraissant parfaitement bien dans leur peau.

En fait, je ne sais pas si je peux y changer quelque chose. Je recule sans savoir ce que je vois.

Après les cours, je suis Dylan du département de littérature à celui des sciences. On déverrouille ensemble nos casiers. Je la fixe sans baisser les yeux, essaie de lui dire bonjour, mais elle m'ignore. Une vibration retentit dans sa poche et elle sort son téléphone.

– Allô, lance-t-elle. Oui, je pars, là !

Elle claque la porte de son casier puis s'éloigne en continuant de discuter.

Et je me dis que tout ça est parfait ; pour une fois que j'étais prête à m'ouvrir franchement, pour une fois que je savais quoi dire, c'est pour une amitié qui n'existe déjà plus.

Je rentre chez moi par-derrière, très vite, je monte directement dans ma chambre, ouvre mon sac à dos et me mets à lire. J'ai besoin d'elle.

CHERS NUAGES,

Vous passez tellement bas au-dessus du sol, prêts à vous déchirer, à laisser la pluie tomber. Je vais enfiler mes bottes de pluie rouges et noires, celles que j'adore mais que je ne porte presque jamais, pour aller jeter du gravier sur la fenêtre de Caitlin et l'inviter à venir patauger dans les flaques. On ira au cinéma, crocheter la serrure et courir parmi les sièges en pensant à ceux qui venaient respirer ici. Hier, Jayson m'a dit qu'il aimait mon chapeau. Il a dit « il est cool » et il a tiré sur une des mèches qui en dépassaient et ça m'a fait du bien dans tout le corps. Il souriait de ses dents bien droites et d'une fabuleuse blancheur. Puis, quand la cloche a sonné, il s'est levé avant moi, il a posé la main sur mon épaule en disant « à demain ». J'ai dit à Caitlin que j'avais essayé d'étirer le récit de notre histoire autant que possible pour qu'elle dure plus longtemps. Elle a répondu en souriant « il est à fond sur toi ».
Et j'avais envie de reprendre mon récit depuis le début. Si on entre dans ce cinéma, je vais m'allonger par terre et parler au plafond, lui dire tout ce que je sais sur Jayson, lui demander son avis, le regarder encore et encore en attendant sa réponse.

BISOUS,
INGRID

En finissant de lire cette page, je tremble comme une feuille. Tout se brouille autour de moi. Je me cache la tête sous l'oreiller, saisis mon édredon, essaie de le déchirer mais ça ne marche pas. Je songe à l'endroit où elle se trouve en ce moment, dans un cercueil, enterrée dans un cimetière où je ne me suis rendue qu'une fois et où je ne retournerai jamais. Trop facile pour elle de ne plus rien ressentir, d'être juste complètement partie, de ne plus se trouver dans les parages pour constater l'état dans lequel elle m'a laissée. Elle est censée complètement disparaître et je me sens sur le point de déflagrer. Je fourre le coin de ma couverture dans ma bouche jusqu'à la remplir, ainsi je peux hurler de tous mes poumons, le son en sort complètement étouffé. Je me demande ce qu'il y avait de si affreux pour qu'elle n'ait rien pu faire, était-ce si atroce pour qu'elle ne puisse le surmonter ? Sur le point de suffoquer, je ressors la couverture et constate que mes dents n'ont laissé que de minuscules traces à peine visibles sur le coton. Je les devine plus qu'autre chose.

10

La nuit tombe lorsque je me réveille un peu plus tard dans la soirée, le journal d'Ingrid toujours ouvert à la dernière page que j'ai lue. J'entends mes parents en train de préparer le dîner. Il faut que je range ma chambre – Taylor va bientôt arriver – mais j'ai faim.

– Tiens, voilà la Belle au bois dormant, lance mon père lorsque j'entre dans la cuisine.

– Salut !

Maman vient me serrer dans ses bras mais je me penche subitement pour inspecter le cellier, si bien qu'elle retourne à sa cuisinière. Bon, ce n'est pas supersympa mais j'ai l'impression que si je la laisse me toucher, je vais m'écrouler en morceaux.

– Ça s'est bien passé, au lycée ? demande papa.

– Oui.

Je fouille parmi les drôles d'en-cas qui plaisent à mes parents : pommes séchées, flocons d'avoine, crackers de froment.

– Bien, dit mon père. Pour moi aussi, ça s'est bien passé au travail, merci d'avoir posé la question. Et voyons comment s'est déroulée la journée de ta mère. Margaret ?

– Très bien, chéri.

Elle lui répond sans la moindre agressivité, comme si tous deux se parlaient gentiment, sans chercher à me faire la leçon.

Je trouve un sachet de bretzels, l'ouvre, en fourre un dans ma bouche, savoure ce goût salé. Maman me regarde.

– Ma puce, tu as pleuré ?

– Taylor va venir travailler sur notre exposé de maths. Je ne vais pas pouvoir dîner avec vous.

– Il ne peut pas attendre la fin du repas ? demande mon père.

– Attends, c'est important, les devoirs.

– Oui, mais il peut se joindre à nous.

– Non, merci.

– Pourquoi as-tu pleuré ? reprend maman. Ça va ?

– La journée n'a pas été terrible, ça arrive, non ?

Bon, j'y suis allée un peu plus fort que prévu. Je remonte dans ma chambre avec mes bretzels, non sans avoir attrapé au passage un esquimau dans le congélateur.

À vingt heures quinze, la sonnette retentit et je me précipite pour faire entrer Taylor. Il regarde autour de lui, aperçoit mes parents assis à table, en train de manger un truc qui sent vraiment bon.

– Désolé d'interrompre votre dîner, commence-t-il.

Il a apporté son sac à dos et son skateboard mais, à l'évidence, il a essayé de se faire beau. Il sent le shampooing.

– Nous mangeons des pâtes et une salade de betterave, dit maman. Vous en voulez un peu ?

– Merci, j'ai déjà dîné, répond-il en ôtant sa veste.

– Tu veux qu'on monte ? lui dis-je.

– Oui, super. J'ai apporté la carte et des punaises.

On commence à s'éloigner lorsque mon père lance :

– Vous en avez une belle chemise, Taylor !

Ce dernier rougit jusqu'aux oreilles.

– Euh, merci... Monsieur...

Une fois ma porte fermée, il soupire :

– Holà ! Ton père me déteste. Il me prend pour un débile. Je savais que je n'aurais pas dû acheter cette chemise idiote.

– Tu devrais en mettre une autre, la prochaine fois, où il y aurait écrit quelque chose du genre « Je suis désolé. »

– Tu crois que ça marcherait ? demande-t-il en souriant.

– Peut-être.

– Alors je vais envisager de faire cet effort...

Il se tient tout près de moi, son haleine sent la menthe. Je n'arrive pas à me concentrer, alors je répète :

– Peut-être.

Et on reste là, sans plus savoir quoi faire ou dire, jusqu'à ce qu'il dépose son sac à dos par terre et commence à en sortir des affaires. Je m'assieds sur la chaise à côté de mon bureau. Je me relève et m'installe sur mon lit. Je me lève à nouveau et me plante en tailleur sur le tapis.

Taylor a déjà sorti tout ce qu'il nous fallait, pourtant il ne s'en tient pas là. S'ensuivent crayons et nappes en papier, carnets et bouquins qui viennent former une véritable masse à côté de lui. Je finis par lui demander :

– Tu cherches quelque chose ?

– Quoi ? Oh, non ! Non, je vérifie.

Il remet tout dans le sac. Une fois qu'il a tout rangé, il jette un coup d'œil sur mes murs.

– Sympa la chambre, commente-t-il.

Une seconde s'écoule et il ajoute un *oh !* carrément choqué, comme s'il n'avait pas voulu dire ça. Suivant son regard, je m'aperçois qu'il contemple une photo d'Ingrid, toute jolie, toute souriante près du réservoir.

– Elle doit beaucoup te manquer.

Je préfère contempler le tapis.

– Si tu ne veux pas en parler, c'est bon.

Je ne bouge pas d'un pouce, tâchant juste de ne pas me remettre à pleurer. Taylor déroule sa carte pour la déployer entre nous.

– Voilà, commence-t-il. Ça c'est Nice, où Jacques DeSoir a grandi. On devrait y mettre la première punaise. Maintenant, je vais regarder où il est allé ensuite.

Il feuillette le livre. Je n'ai pas envie de parler géographie ; je voudrais juste être à côté de quelqu'un. Je sais qu'un seul mètre nous sépare, que mes parents se trouvent à l'étage en dessous.

Pourtant, je me sens seule.

En silence, je passe mon tee-shirt par-dessus ma tête.

La gorge serrée.

Il ne lève pas les yeux de son bouquin.

– Bon, on dirait qu'ensuite il est parti pour les îles grecques.

Jamais aucun mec ne m'a encore vue en soutien-gorge. J'attends qu'il lève la tête.

Ce qu'il fait.

Son visage s'empourpre, il déglutit. Je m'approche de lui, parmi un millier de pays aux couleurs pastel, me pose sur ses genoux, lui enveloppe la taille de mes jambes, et l'embrasse.

Il a la bouche fraîche et ma langue goûte son chewing-gum à la menthe. Ses paumes tièdes me parcourent le dos et je me demande s'il a jamais fantasmé sur quelque chose de ce genre. J'espère bien, car je ne suis pas audacieuse à ce point. On s'embrasse encore et encore. J'attends qu'il essaie de détacher mon soutien-gorge comme tous les garçons dans les films, mais il n'en fait rien. Ses mains me caressent doucement le dos et je me sens encore loin de lui. Toute seule. Je commence à entendre ces paroles dans ma tête : *Je voudrais que tu me touches. Je voudrais que tu m'ôtes mes vêtements.* Je les entends sans cesse, tel un refrain, jusqu'au moment où je me rends compte que ce sont les paroles d'Ingrid, que je ressens ce qu'elle a ressenti ; alors je commence à paniquer. Je n'arrête pas d'embrasser Taylor. Je n'arrête rien. Je ne sais pas ce que je ferai quand ce sera fini et que nos regards se croiseront.

Et voilà que ça se produit.

Le corps de Taylor se crispe. Il cesse de m'embrasser. Je me détache de lui, m'assieds, me pose un bras sur la poitrine, regarde ses baskets, le bas effilé de son jean, n'importe quoi sauf son visage. Je regarde sa main qui attrape mon tee-shirt sur le tapis, qui le soulève et me le tend. Je le remets.

On ne dit plus rien.

Jusqu'à ce qu'il lâche :

– Il faut que j'y aille.

Je ferme les yeux. J'attends la fin du monde et je murmure :

– D'accord.

Là, je l'entends ranger ses livres dans son sac à dos, rouler sa carte, tirer une fermeture éclair, se lever. Et puis silence, car il ne bouge plus.

– On se voit demain, souffle-t-il.

Je rouvre les yeux, regarde le plafond.

– D'accord.

Il sort doucement de ma chambre. Je contemple son dos tandis qu'il referme la porte. Après quoi, je me prends la tête dans les mains. C'est là que la porte se rouvre et que Taylor revient. Il s'adosse au mur.

– Je voudrais quand même que tu saches que je tiens à toi. C'est juste que ça m'a fait bizarre.

Je devrais sans doute répondre quelque chose mais non. À cet instant, je n'ai plus les idées claires.

– Caitlin ? insiste-t-il.

Pour la première fois depuis un moment, je le fixe droit dans les yeux.

– Je tiens à ce que tu le saches. Ce n'est pas comme si je ne voulais pas être avec toi.

Il guette encore ma réaction, mais comme je reste murée dans mon silence, il se rapproche, vient s'agenouiller devant moi. J'ai l'affreuse impression qu'il va m'embrasser sur la joue, par pitié. Alors je préfère poser la main sur mon visage pour l'en empêcher.

– Tu sais, reprend-il, je craquais complètement pour toi en CE2.

– En CE2 ?

Je ne me souviens même pas de lui à cette époque.

– Oui, la classe de Madame Capelli. Tu te souviens ?

J'écarte la main de mon visage. Je revois Mme Capelli avec ses pulls multicolores qui sentaient la naphtaline ; on avait un hamster dans la classe.

– Ton bureau se trouvait devant le mien sur le côté, la meilleure place parce que je pouvais te regarder tout le temps sans que tu me voies.

J'essaie d'imaginer la tête qu'il avait enfant. Je le revois au collège, en train de s'entraîner au skateboard quand la cloche avait sonné, mais je n'arrive pas à le visualiser âgé de huit ans.

J'ouvre la bouche pour lui poser une question, me ravise.

– Quoi ? demande-t-il.

Alors je me lance :

– Qu'est-ce que tu aimais en moi ?

– Beaucoup de choses.

Il se rapproche un peu – sans me toucher, mais plus près.

– Mais ce que je me rappelle le mieux, c'est ce que tu faisais en arts plastiques.

– C'est-à-dire ?

– Je te regardais souvent pendant le cours, quand tu t'appliquais à coller des trucs. Tu travaillais très lentement, en faisant très attention, du coup tu ne terminais presque jamais rien. Tu te souviens, on avait ces boîtes à trésor sur nos bureaux, avec nos noms gravés dessus ?

Il a raison – ce cours me paraissait toujours trop bref.

– Quand Madame Capelli nous annonçait que l'heure était finie, la plupart des élèves jetaient tout à la poubelle : les papiers de soie colorée, les paillettes, les boules de laine bouillie qui n'avaient pas servi. Tandis que toi, tu les rangeais méticuleusement dans ta boîte.

Ça fait des années que je n'avais plus pensé à ça mais, maintenant qu'il le dit, je me souviens. Je me revois tout mettre de côté avec mes petites mains d'enfant.

– Les bâtonnets d'esquimaux, les chenilles cure-pipes… enfin, c'étaient des résidus sans importance. Mais toi, tu les rangeais comme des trésors, au milieu des paillettes et, tout d'un coup, ça prenait une autre allure. Ça me rendait dingue.

Il a l'air tout content et, malgré ma boule au ventre, je lui rends son sourire.

– Quand je dis « dingue », prends-le dans le bon sens, ajoute-t-il en se levant. Bon, j'y vais vraiment, maintenant. À demain.

Je l'entends descendre l'escalier ; une fois qu'il a fermé la porte, je me lève à la recherche de mon album de CE2. Il ne me faut qu'une minute pour mettre la main dessus. Je le fourre dans mon sac à dos puis crie aux parents :

– Je sors.

Inutile qu'ils s'affolent s'ils ne me trouvent pas, tout à l'heure.

Dans le garage, je récupère l'énorme lampe torche de mon père. Je l'allume et me dirige vers le pied de la colline, vers mon chêne. Jusqu'ici, j'y ai construit un escalier de trois mètres et vérifié l'état de six branches dans l'idée d'y fixer les murs de la cabane. J'oriente le rayon de lumière vers l'une d'elles, glisse quelques boulons dans ma poche, attrape mon marteau puis soulève une planche. Une fois en haut, j'enfourche une branche et hisse un bout de la planche sur une marche, de sorte qu'elles forment un angle de quarante-cinq degrés. Cette nouvelle planche sera le premier support et il faut que j'en accroche six pour soutenir les appuis. Je garde l'esprit clair, me concentre sur le son du marteau et le poids des planches. Une fois que j'en ai fixé la moitié, mes bras fatiguent. J'ai pourtant bien l'intention de terminer ce soir, je vais donc juste m'accorder une petite pause.

Je redescends, sors l'album de mon sac à dos. La lampe forme une lueur autour de moi – sur le tronc, l'herbe, les feuilles au sol, les brindilles et les cailloux. Je me sens bien.

Non pas que je sois heureuse. Je suis gênée, éperdue, furieuse de mon attitude envers Dylan. Pourtant, il y a quelque chose qui me fait plaisir envers et contre tout. Chaque fois que se lève une brise, l'air souffle autour de moi.

Je feuillette l'album jusqu'à trouver la classe de Mme Capelli. Là, en bas à droite, apparaît la photo de Taylor – petite, en noir et blanc, granuleuse et pourtant pleine de charme. Il sourit de toutes ses dents. Il avait beau ressembler au petit binoclard dans les films, du genre qui n'a que deux phrases à sortir et ne parvient pas à les énoncer correctement, tout le monde s'en fiche car il est trop mignon. Je trouve également ma propre photo où je souris, les cheveux retenus par des barrettes, le visage légèrement penché sur le côté. C'était moi quand je n'étais au courant de rien, quand toute ma vie se résumait à des paniers-repas et des cours d'arts plastiques et des jeux d'orthographe. Lorsque ma plus grande responsabilité était le seul week-end de l'année où venait mon tour de garder le hamster de la classe à la maison, de lui donner à manger et à boire.

Je rapproche la lampe, contemple encore mon visage de huit ans, change d'avis. J'étais une petite fille tellement tranquille et timide, vivant dans mon monde à moi. Bien sûr, je savais qu'on pouvait être triste. C'était sans doute pour ça que je conservais tous les objets que je trouvais jolis.

Après avoir ajouté deux renforts, je dois admettre que je suis coincée. Impossible d'attacher le sixième support à la sixième poutre ; les branches qui l'entourent sont soit trop hautes, soit trop basses. Je ne pourrai pas finir ce soir. Je vais bientôt grimper plus haut pour attacher une corde au sommet. Je fabriquerai une échelle pour pouvoir atteindre tous les endroits nécessaires.

11

Je sais que je devrais manger quelque chose, mais j'ai encore l'estomac noué après ce qui s'est passé avec Taylor. Je remplis une cuillère de céréales, la verse dans le bol. Mes parents lisent le journal sur la table de la cuisine et, quand mon père se lève pour récupérer sa sacoche dans la pièce voisine, ma mère s'éclaircit la gorge et se tourne vers moi.

– Caitlin, dit-elle de sa voix de directrice. Je suis contente de voir que tu passes du temps avec d'autres personnes. C'est important de te faire de nouveaux amis. Je voudrais pourtant te demander – et ce n'est pas grand-chose, juste une décision que nous avons prise avec ton père – de laisser ta porte ouverte quand tu reçois Taylor. Ou n'importe quel autre garçon. Pas béante, juste entrouverte.

Je regarde mes céréales se ramollir dans le lait.

– Pourquoi ?

Le journal de maman se froisse.

– Parce que c'est comme ça. Nous te faisons confiance, mais nous savons ce que c'est d'avoir ton âge. Nous comprenons que Taylor et toi veuillez passer du temps ensemble.

Elle marque une pause avant d'ajouter :

– C'est très bien de s'embrasser, ou de flirter, ou tout ce que tu voudras. Du moment que vous laissez la porte entrouverte pour vous empêcher d'aller trop loin.

La boule au ventre me revient et, un court instant, j'ai envie de lui dire ce que j'ai fait, mais ça ne dure pas.

Je finis par répondre :

– Mon amie Dylan est lesbienne, alors il faut que je laisse la porte ouverte avec elle aussi ?

C'est sorti d'un coup et je m'en veux un peu car maman fait son possible pour rester gentille.

– Ma chérie, soupire-t-elle, tu es lesbienne ?
– Non.
– Dans ce cas, je pense que tu peux fermer ta porte.
– C'est noté, dis-je en essayant de me montrer plus aimable.

12

Je ne peux pas aller au cours de maths. Toute la matinée j'ai essayé d'en trouver le courage, mais je ne vois pas comment je pourrais affronter Taylor maintenant.

À la fin de la deuxième heure, je me rends à mon casier. Quelques minutes s'écoulent, jusqu'à la cloche ; tout le monde disparaît alors des couloirs. J'ouvre et referme la porte de mon casier, regardant la photo d'Ingrid en me demandant si je pourrais jamais retrouver cette colline. Puis je me dirige vers les toilettes.

J'entre tranquillement, persuadée de les trouver désertes, comme d'habitude. Mais non. Dylan est là, qui me tourne le dos, en train de se laver les mains. Elle tressaille et je me fais l'effet d'un fantôme. Les néons du plafond rendent tout ce qui est dans la pièce bleu. Automatiquement, je demande :

– Qu'est-ce que tu fais là ?

Je m'attendais si peu à la voir que je ne peux m'empêcher de l'observer, de noter sa mâchoire crispée dans la glace, la façon dont elle courbe les épaules, cette minuscule cicatrice sur son front que je n'avais pas encore remarquée.

Les yeux fixés sur mon reflet, elle répond :

– Je ne savais pas que tu étais la propriétaire des toilettes.

Dans cet éclairage, sa peau paraît terriblement pâle sur ses vêtements noirs. L'eau cesse de couler. Dylan arrache un papier du distributeur, se retourne, le jette dans la corbeille puis me bouscule en sortant. Sur le coup, je ne bouge pas. Je me demande si je trouverai jamais un moyen de me faire pardonner.

Ce soir-là, avant d'aller me coucher, j'ouvre la fenêtre, me penche avec mon appareil photo dans la nuit noire. Je règle la vitesse d'obturation en mode rapide, ainsi l'objectif ne verra pas la lumière s'il y en a. Je prends la photo. Notre prochain devoir porte sur les contrastes. Je vais présenter un cliché parfaitement noir.

13

Samedi matin, je me réveille avec le souvenir des week-ends qu'on passait à prendre des photos avec Ingrid. On allait toujours dans les mêmes coins, on se parlait à peine, à la recherche de prises de vues parfaites. Après quoi, on se glissait ensemble dans la chambre noire pour tout développer.

Là, on passait la journée à sécher mon tirage à plat, tandis qu'Ingrid étalait ses clichés à travers la pièce. Je ne reconnaissais pas les images qu'elle avait prises de notre journée. L'entrée du centre commercial : j'avais vu un maigre bouquet de ballons devant un nouveau magasin, elle, un chariot vide. Ma chambre : j'avais vu une pile de magazines sur le tapis, elle, un message de ma mère, disant : *N'oublie pas la lessive.* Un parc à San Francisco : moi, des mouettes en vol, elle, une colline avec de l'herbe et des fleurs des champs.

Ça me manque, cette sensation de déposer le papier dans le bain d'arrêt acide, en retenant mon souffle, puis de voir l'image prendre forme. La partie sombre qui s'opacifie. En me disant que c'est moi qui ai fait ça.

J'ai une photo noire à développer, et aussi envie d'éprouver à nouveau ces sensations. Je voudrais quelque chose à afficher sur mon mur. Je cherche dans mon tiroir pour trouver la pellicule prise le soir de ma rentrée en première. Je ne compte pas trop ressortir les clichés de la lune, mais peut-être un de la maison.

Je me glisse par la fenêtre du labo pour filer droit vers la chambre noire. Dès que je contourne l'angle des éviers, je sens la différence : je ne suis pas seule.

J'attends que mes yeux s'habituent.

Au début, je ne la reconnais pas. Elle est en jean et sweat, les cheveux tirés en queue-de-cheval, et me tourne le dos, une photo à la main.

– Bonjour, Caitlin, lance Mme Delani.

– Bonjour…

Je m'attends à me faire virer. Cependant, elle ne me reproche pas d'être entrée en douce, ne menace pas d'appeler mes parents. Au contraire :

– L'agrandisseur est libre.

– D'accord.

Je m'en approche d'un pas hésitant. La lampe de sécurité est allumée, si bien que je ne peux pas encore ouvrir ma boîte de pellicule. La plus légère lumière pourrait l'embraser trop vite. Mais je ne veux pas demander à la prof de l'éteindre, et ce serait malpoli de ma part si je m'en allais quand elle vient de me proposer de rester. J'attends, sans bouger, en cherchant que faire.

– Vous développez ? me demande-t-elle.

– Oui.

Elle éteint sa lampe.

– Merci.

Je me hâte d'enrouler ma pellicule autour de la bobine et je boucle le haut pour ne laisser passer aucune lumière.

– Terminé, dis-je.

La lumière revient. J'essaie d'apercevoir ce qu'elle développe. Une série de motels illuminés par le panneau CHAMBRES LIBRES.

Pendant un moment, on jurerait que tout se passe bien entre nous. On travaille en silence, côte à côte. Je vérifie mon exposition sur une planche-contact pendant que la prof imprime tranquillement.

Quand elle remballe son matériel, je me rends compte que je ne pourrai pas rester ici sans elle. Je rassemble mes négatifs, sans trop savoir ce que donnera ma photo de la maison.

Mais Mme Delani me conseille :

– Fermez bien la fenêtre en partant. Il devrait pleuvoir, cette nuit.

14

Dimanche matin, 8 heures.

Je me réveille. Encore à moitié endormie, je tâtonne sous mon lit à la recherche du journal d'Ingrid. Je le mets près de moi sur l'oreiller, pose la main sur la couverture souple et me rendors.

8 h 27.

J'ouvre les yeux, regarde la première page. L'auto portait d'Ingrid me fixe. Je plonge dans un rêve silencieux où elle danse dans le parc en riant aux éclats. Qu'est-ce qui nous amusait tant ?

9 heures.

Je jette les couvertures et sors du lit.

À dix heures, je quitte la douche, m'enveloppe dans une serviette. Après avoir fouillé dans mon tiroir, je récupère mon annuaire scolaire, trouve le numéro de Jayson, le compose sur le téléphone.

Mon cœur palpite.

– Lô ? lance une voix de garçon.

– Salut, c'est Jayson ?

– Oui, qui est là ?

– Caitlin.

Pour un peu j'ajouterais mon nom de famille car je ne suis pas vraiment le genre de personne censé l'appeler à dix heures et quart un dimanche matin.

Mais il embraie déjà :

– Salut, Caitlin. Quoi de neuf ?

Il dit ça d'un ton enjoué, comme s'il était agréablement surpris.

– Je me disais qu'on pouvait se prendre un café.

– Bien sûr, répond-il. Quand ?

– Dans une heure ?

– Une heure ?

– C'est trop tôt ?

– Non, non. Ça peut se faire.

Je m'habille, me lave les dents et laisse un message aux parents que je ne vois nulle part. Le vélo de maman m'attend dans le garage et je saute dessus, enfile son casque un peu vieillot. Ça me rassure quand même.

Les rues sont tranquilles, ce matin. Je passe devant le parc et la caserne de pompiers. En tournant au coin de la rue, j'aperçois Jayson adossé à l'angle du café. Il lève une main dans ma direction. Je file vers lui, mets pied à terre.

– Salut !

– Salut !

On se sourit.

– Tu veux un café ? dis-je.

– Le café freine la croissance.

– Tu devrais dire ça à Dylan.

– Elle est accro, on dirait. En fait, je ne la connais pas très bien, mais on la voit tout le temps avec un café à la main.

– C'est vrai. Enfin, elle est déjà assez grande.

Au moins on se parle, il me répond au lieu de se demander ce qu'il fait là.

– Alors un chocolat chaud ? dis-je.

– Je vais trouver autre chose, grimace-t-il.

J'accroche mon vélo à un parcmètre et on pousse la porte d'entrée qui s'ouvre en grinçant. Je commande un moka chantilly et Jayson finit par se décider pour un thé vert.

– Sur place ou à emporter ? demande la caissière.

Jayson m'interroge du regard.

– À emporter, dis-je.

Une fois dehors, il me demande enfin à quoi je joue.

– Sans vouloir te vexer, ajoute-t-il. C'est juste par curiosité.

– Aujourd'hui c'est l'anniversaire d'Ingrid.

Ma respiration se bloque un instant : c'est la première fois qu'on parle vraiment d'elle tous les deux.

– Il me fallait quelqu'un pour le célébrer et, j'ignore si tu le sais ou non, mais elle était très amoureuse de toi.

Son sourire disparaît alors. Sans plus y réfléchir, je pose l'index sur le sillon qui vient de se former entre ses sourcils.

Il ne réagit pas, mais le froissement de sa peau est encore là quand j'enlève mon doigt.

– J'attendais toujours qu'il se passe quelque chose entre nous, finit-il par avouer. C'était trop bizarre, tu sais, parce qu'elle ne faisait pas partie de mon groupe d'amis, sans compter qu'une autre fille s'intéressait à moi et que je commençais à la trouver sympa moi aussi. Alors j'étais juste un peu… enfin je me disais que les choses allaient se résoudre d'elles-mêmes, tu vois ? Et puis, un jour, Ingrid nous a quittés. C'était horrible, tout le monde trouvait ça affreux, mais pour moi, ça ressemblait à…

J'attends qu'il termine, mais il se contente de secouer la tête.

– On y va, dis-je finalement.

Je lui tends mon moka et son thé, tandis que je pousse le vélo de ma mère en direction du cinéma. Tout en marchant près de moi, il essaie d'expliquer :

– Tout le monde a été très choqué, enfin, tu le sais.

– Non. Je ne sais pas ce que les autres ont pensé. Après ce matin-là, je ne suis pas retournée au lycée. J'ai raté les dernières semaines et, à la rentrée, plus personne n'en parlait.

– Ah… oui, enfin, ça a choqué beaucoup de gens. Ils se demandaient ce qui avait pu arriver, ils ne s'attendaient pas à un drame pareil, surtout pour une fille aussi douée. Ils auraient aimé en savoir plus. Bon, tu vois…

J'ai envie de lui demander : *Qui ? Qui disait ça ?* Je voudrais qu'il me donne des noms, car c'est trop dur à imaginer. Non pas qu'Ingrid ait été impopulaire, mais on a tendance à tout garder pour soi.

Bientôt, la route se transforme en chemin de gravier et les voitures cessent de passer, jusqu'à ce qu'on se retrouve seuls devant le cinéma.

– J'écoutais tout le monde, poursuit Jayson, et je me disais que c'était différent pour moi. Comme si… comme s'il devait bientôt se passer quelque chose entre nous… je pensais sans arrêt à elle, mais vraiment sans arrêt. Elle était adorable.

Je savais qu'il allait se passer quelque chose entre nous, j'attendais juste que ça s'arrête avec Anna, et voilà qu'Ingrid est morte ! Et tout le monde parlait d'elle et j'avais envie de leur dire que c'était différent pour moi mais ç'aurait été idiot de ma part. Je ne le méritais pas.

Je sais que si je pouvais me concentrer un peu sur une réponse adéquate, ça lui ferait beaucoup de bien. Alors j'essaie de chercher parmi tout ce que j'aimerais entendre et je me replonge dans nos conversations quand on se parlait encore avec Dylan. Il n'existe peut-être pas de formule toute faite, rien d'écrit qui doive nous tomber tout cuit dans la tête.

J'appuie mon vélo au guichet, contourne le bâtiment ; les pas de Jayson retentissent derrière moi. Arrivée à la porte de derrière, j'essaie de l'ouvrir mais, comme toujours, la vieille poignée de cuivre ne veut pas tourner. J'essaie la petite fenêtre latérale. Hermétiquement fermée. Par terre, je trouve un caillou.

– Qu'est-ce que tu fais ? demande Jayson.

Qu'est-ce que je fais ?

Je le regarde en haussant les épaules.

Puis je brise la vitre. Les éclats s'envolent, dont un qui se plante au bout de mon doigt.

– Merde !

Ça commence à saigner, alors je le lèche.

Jayson me dévisage comme si j'étais devenue folle.

– Attends, dis-je avant d'attaquer le reste de la fenêtre.

Après quoi, j'écarte le rideau. Puis prudemment, pour éviter les bouts de verre, je me hisse sur le rebord.

À l'intérieur, il fait froid et sombre. Ça sent le moisi, comme dans le département des sciences, comme dans le grenier de mes grands-parents. Je demeure un instant immobile, le temps d'habituer mes yeux à l'obscurité. Une fois que je commence à distinguer certaines choses, j'essaie encore d'actionner la poignée, mais elle a dû être fermée à clé. Je retourne vers la fenêtre.

– Je n'arrive pas à ouvrir la porte, dis-je à Jayson. Tu vas devoir passer par là.

Il paraît hésiter puis finit par me rejoindre et on se retrouve l'un à côté de l'autre dans cette petite pièce, à essayer de distinguer ce qu'il y a autour de nous : un canapé usé, deux armoires et un portemanteau. Mais aussi une échelle contre le mur.

– Ce devait être la salle de repos, dit Jayson.

L'échelle mène à une entrée avec un bar. Le plafond est plus haut que je n'aurais imaginé, le sol, poussiéreux, pavé de carrelage doré, vert et bleu, et les portes qui donnent sur la salle restent grandes ouvertes comme si un film allait bientôt commencer.

On entre et, devant nous, s'étalent les rangées de sièges de velours rouge, jusqu'à l'écran blanc.

– Avec Ingrid, on venait tout le temps ici, dis-je. C'était notre refuge préféré quand on voulait traîner un peu.

– Vous traîniez ici ? s'étonne Jayson.

Je hoche la tête.

– C'est dingue ! s'exclame-t-il. Tous les soirs je viens courir par ici, parce que je trouve l'endroit trop cool, mais je croyais que personne d'autre ne le connaissait.

– Et moi je croyais que personne d'autre que nous ne le connaissait.

– Dire qu'ils veulent le détruire !

En explorant les lieux, on tombe sur un mug cassé et un tas de fiches cartonnées où s'alignent les titres de centaines de films, les noms des réalisateurs et des interprètes. Puis on trouve l'étroit escalier qui mène à la cabine de projection. Il y a dedans un parapluie, des centaines de boîtes de pellicules, un sac de lettres noires pour le fronton, un chapeau d'homme. Lorsque nos yeux commencent à nous faire mal à force d'essayer d'y voir dans le noir, Jayson ressort par la fenêtre et je le suis.

On repart vers le café sans dire un mot. Une fois arrivé, il s'arrête devant la voiture de son père.

– Tu veux que je te ramène ? propose-t-il.

– Non, merci, j'ai le vélo.

Il ouvre la portière mais ne s'assied pas.

– Comme ça, Taylor me prend pour une ratée ?

Jayson me jette un regard inquiet. Je lève les yeux au ciel.

– Attends, il t'a parlé de l'autre jour, j'en suis sûre !

– Il ne m'a rien dit du tout.

Et moi je vois très bien qu'il ment. Donc j'insiste :

– J'en suis certaine.

Après un court silence, Jayson éclate de rire.

– Bon, d'accord. Mais c'est mon meilleur pote, tu sais. Alors ne va pas penser que tout le monde est au courant. Je suis le seul.

Je baisse les yeux vers la chaussée.

– C'est si gênant. Je ne sais pas pourquoi j'ai fait ça.

– Arrête, ne regarde pas les choses comme ça. Je trouve ça hypersexy !

– Ah, merci quand même ! dis-je en riant.

– Non, sérieux, Taylor t'aime beaucoup.

– D'accord.

– Alors ne t'en fais pas.

Je grimpe sur le vélo de ma mère.

– D'accord, je ne m'en fais pas.

On s'adresse chacun un signe et il reprend :

– Allez, merci pour tout.

– Pas de souci.

15

Un peu plus tard, ce même jour, je me dirige vers la maison de Dylan. Arrivée devant sa grille, je la vois sortir en salopette grise ; ça lui donne un air d'employée de station-service.

– Oh, tu t'en vas ?

– Je vais à la poste.

– Un dimanche ? C'est fermé.

– Je vais juste au distributeur.

– Je peux venir avec toi ?

Elle regarde le ciel, plisse les paupières, retrousse ses manches, hausse les épaules et se met à marcher.

Je la suis. On arrive au coin de la rue avant que je trouve le courage de m'excuser.

– Je suis en train de régler un tas de choses dans ma vie en ce moment, mais tu n'aurais pas dû en faire les frais.

– C'est vrai.

– Je te demande pardon.

On poursuit notre marche jusqu'au moment où on se retrouve devant le terrain vague où j'ai pris ma photo, sauf qu'il n'a plus rien de vague maintenant. Les fondations d'une maison viennent d'y apparaître.

– Oh, regarde !

– Oui, répond Dylan. Les propriétaires ont déjà engagé ma mère pour organiser la pendaison de crémaillère.

– Je me demande à quoi ça ressemblera quand ce sera fini.

– Au fait, joli travail avec ta cabane. Tu avances bien.

– Non mais tu m'espionnes, maintenant ?

Elle se met à rire avant d'expliquer :

– J'avais une question à te poser, alors je suis allée chez toi, mais il n'y avait personne. Comme je savais que tu construisais quelque chose, j'ai descendu la colline pour aller voir. Tes parents ont une énorme propriété.

– Qu'est-ce que tu voulais me demander ?

– En fait, c'était Maddy. Elle a le rôle principal dans une pièce. C'est vraiment une grande actrice, tu sais. Bref, elle voudrait que tu viennes la voir jouer, mais je ne suis pas sûre que ce soit une très bonne idée.

Mon cœur se serre. J'ai peut-être bel et bien bousillé notre amitié.

– Pourquoi ?

– Il s'agit de *Roméo et Juliette*. Je ne sais pas si tu as très envie de voir ça maintenant.

– Oh…

Je ne comprends pas trop où elle veut en venir. On traverse la route en direction de la poste. Dylan s'arrête devant la porte de verre.

– J'en ai pour une seconde.

Je me dirige vers un lampadaire, m'y adosse. Pourquoi Dylan pense-t-elle que je n'ai pas envie de voir *Roméo et Juliette* ? On a étudié Shakespeare en troisième. Je devrais même pouvoir en réciter quelques vers. J'essaie de me rappeler différentes scènes – celle du balcon, celle entre Juliette et sa nourrice, celle où elle se rend compte que Roméo a bu tout le poison… *Oh.*

Dylan revient et s'assied sur le bord du trottoir.

– Aujourd'hui, lui dis-je, c'est l'anniversaire d'Ingrid. Elle aurait dû avoir dix-sept ans.

Dylan se tait et, j'ai beau me sentir au bord des larmes, je souris.

– J'aimerais bien aller voir cette pièce. Quand est-ce ?

– Vendredi.

– On y va ensemble ?

– Je ne sais pas…

Elle colle les genoux sur sa poitrine. J'ai un million de questions à lui poser sur sa vie mais je ne crois pas que ce soit le moment.

– Alors, reprend-elle l'air narquois. Qu'est-ce que tu as fait, ces derniers temps ? À part croiser des gens ?

– La plupart du temps, je me cachais dans les toilettes.

– Intéressant.

– Ce sont de très belles toilettes. Oh, et tu connais Taylor Riley ?

– Oui, il est dans mon cours de chimie.

– Je l'ai embrassé.

Elle étire ses jambes devant elle.

– Ah oui ? Tant mieux pour toi.

– Non, je veux dire que je me suis jetée sur lui. J'ai ôté mon tee-shirt et je l'ai attaqué.

Dylan relève les yeux vers moi. Impossible de dire ce qu'elle pense.

– C'était le moment le plus humiliant de ma vie.

Soudain, un sourire étire ses lèvres.

– Désolée. Je me doute que ça n'a pas dû être drôle. Mais pourquoi ?

– Je ne sais pas. Je me sentais seule.

J'arrache une vieille publicité collée au lampadaire avant de reprendre :

– Alors on y va ensemble ? Vendredi ?

Sans la regarder, j'arrache une autre pub pour des meubles. J'attends qu'elle me réponde.

Mais non, elle ne dit rien. J'insiste :

– Je voudrais vraiment voir Maddy jouer.

J'essaie de me rappeler ce que celle-ci m'a dit à propos de la lumière, de l'aura, tout en formant des boules de papier que je fourre dans ma poche.

– Écoute, finit par soupirer Dylan. Je ne voudrais pas en faire toute une histoire, seulement j'aime bien dire les choses en face. Je ne sais pas ce qui t'est arrivé au déjeuner l'autre jour, mais j'ai l'impression que ça avait quelque chose à voir avec Ingrid. Alors je te le dis tout net : jamais je ne la remplacerai. Si c'est ce que tu cherches, on ne pourra pas être amies. Je n'y tiens pas, et tu ne devrais pas, toi non plus.

Je m'assieds à côté d'elle. Ses yeux sont fixés sur moi, comme elle seule sait le faire, avec cette intensité instinctive.

– Ce n'est pas ce que je voulais, dis-je.

Elle ne répond pas et je comprends que je dois me donner un peu plus de mal.

– Tu te rappelles le jour où je t'ai montré le cinéma ?

– Oui.

– Tu m'as dit que tu m'avais choisie pour amie.

– C'est vrai, souffle-t-elle sur la défensive.

– Eh bien c'est à mon tour. Je t'ai choisie pour amie.

– Quoi ?

– Je t'ai choisie. Tu es mon amie, maintenant. S'il le faut, je te harcèlerai jusqu'à ton casier, te supplierai de venir déjeuner avec moi, quitte à mourir dans ton jardin.

Elle commence par lever les yeux au ciel mais ça s'achève dans un sourire chaleureux.

– Très bien.

– Alors, demain on déjeune ensemble. De préférence pas dans les toilettes, même si elles sont très belles. J'aimerais mieux changer de décor.

– Attends, moi aussi j'adore les toilettes.

– Si Maddy rapplique par ici un de ces quatre, vous pourrez y aller ensemble, moi je préfère déjeuner sur le terrain de foot.

– Bon, d'accord.

– Et on va voir la pièce vendredi.

– Très bien, mais tu devrais amener Taylor, parce qu'avec Maddy, on voudra sortir ensuite.

– Ah… sortir…

– Tu as besoin d'être un peu divertie.

– OK…

– OK, très bien.

16

Dimanche, après le dîner, le téléphone sonne.

– Allô, c'est Caitlin ? demande une voix de femme.

– Oui ?

– C'est Veena.

D'un seul coup, l'appareil pèse une tonne.

– Veena Delani.

– Oh… Bonsoir…

– J'aurais souhaité vous voir demain. Avant le cours, ou juste après. J'aimerais discuter de quelque chose avec vous.

– Désolée d'être entrée en douce. Je ne recommencerai pas.

– Ce n'est pas de ça dont je voudrais vous parler.

– Ah bon… C'est juste que je ne voulais pas me voir comme ça.

– Pardon ?

– C'est pour ça que je n'ai pas fait mon autoportrait.

– Oui, j'avais remarqué. Mais, franchement, je m'inquiète plutôt pour votre participation au cours en général.

Je ne sais trop quoi répondre à ça.

– Alors, quand pouvons-nous nous voir ?

– Ça ira juste avant le cours.

– À sept heures et demie ?

– D'accord.

Je raccroche et reste dans ma chambre à contempler les murs, la photo d'Ingrid devant le réservoir, toutes les pubs de magazines que j'ai découpées parce que j'en adorais les photos.

17

J'arrive en avance au cours du lundi matin, et Mme Delani lève la tête de son bureau, me sourit.

J'ai envie de dire : *Allez-y, qu'on en finisse. Je suis une brêle en photo.*

Elle me désigne la chaise la plus proche et j'y prends place.

– Caitlin, ça a plutôt mal démarré entre nous, cette année, n'est-ce pas ?

Je hausse les épaules. Elle me dévisage patiemment et je commence à me demander où elle veut en venir.

– Franchement, j'espérais que vous ne choisiriez pas mon cours.

Sous son regard intense derrière ses lunettes à monture rouge, je me sens complètement hébétée, comme si mon sang gelait dans mes veines. Je ne vois pas quoi lui répondre. J'ai envie de disparaître.

– Avez-vous envisagé de devenir professeure ? demande-t-elle d'un ton paisible.

Comme si elle ne venait pas de déchirer mon cœur en deux.

J'arrive à faire non de la tête. Sans savoir si je parviendrai jamais à parler de nouveau.

Elle s'adosse à son siège. Si seulement elle pouvait cesser de me regarder. Je voudrais m'enfoncer dans le sol, trouver un endroit sombre et froid d'où ne jamais revenir.

– Quand on est professeur, on rêve de trouver l'élève parfait, plein de promesses. Bon, je reconnais que c'est plutôt égoïste. Nous, les professeurs, aimons à penser que nous jouons un rôle essentiel dans le développement de nos étudiants. Nous rêvons de marquer leur mémoire d'un souvenir inoubliable, comme l'être qui leur aura inspiré de grandes œuvres.

Je continue à secouer la tête.

– J'ai trouvé cette élève en Ingrid.

Je m'arrête.

– Et puis je l'ai perdue.

Je me sens nulle. Mon visage me brûle.

– Je peux quitter le cours si vous voulez. J'irai en salle d'étude.

– Laissez-moi terminer. J'ai eu de la chance. En fait, j'ai trouvé deux élèves de cet acabit. La deuxième, c'était vous.

– Oui, c'est ça ! Vous trouvez mon travail nul.

– Pourquoi dites-vous ça ?

– Regardez. Vous avez collé ma photo dans un coin, aussi loin que possible.

– Je vois que vous n'avez pas retenu trop d'éléments de ma leçon sur le mouvement des yeux en direction des œuvres d'art. Quand on regarde quelque chose, l'œil est automatiquement attiré vers le coin supérieur gauche. Les trois photos d'Ingrid sont au centre car elles sont les plus complexes, les plus évocatrices. Je voulais que les gens s'arrêtent dessus. Mais la vôtre est dans le coin gauche car elle frappe immédiatement, et je voulais qu'on la voie d'abord, dès qu'on entre dans la classe.

Ça me rappelle vaguement quelque chose, mais je ne suis pas encore certaine de la croire.

– Le talent naturel d'Ingrid surpassait celui de n'importe lequel de mes autres étudiants. Devoirs ou pas, elle me montrait toutes ses photos, presque chaque jour. Elle avait la passion, l'ambition. J'étais certaine qu'elle ferait carrière dans l'art.

J'ai envie de dire : *Moi aussi*, mais Mme Delani ne se tait pas assez longtemps pour me laisser prendre la parole.

– Tandis que vous, poursuit-elle, vous ne cessez de progresser. Même si vous ne voulez pas que je le voie. Je suis retournée dans la chambre noire, samedi, après votre départ. Non seulement c'était impressionnant d'un point de vue technique – vous pouviez capter une maison la nuit, en montrer les parties obscures sans négliger les détails – mais ça racontait une histoire. En pleine obscurité, deux lumières apparaissent dans une maison ; par la fenêtre, on aperçoit la silhouette d'une femme ; du coup je me demande ce qui se passe dans cette maison, pourquoi la femme ne dort pas, qui prend la photo, pourquoi elle n'est pas à l'intérieur… Tenez, restez là.

Elle se lève, gagne le bureau voisin, en revient armée d'un grand cadre dont je ne vois que le dos.

– Je ne sais pas si Ingrid vous l'a dit, mais je l'ai convaincue de participer à un concours national de photos d'étudiants. Ce n'était que quelques semaines avant son suicide.

– Non, je ne savais pas.

Je me sens dévorée d'amertume à l'idée de tout ce qu'Ingrid a pu me cacher.

– Elle avait compris quelque part que les juges méprisent les portraits, qu'il est considéré comme plus artistique de ne pas photographier de gens, alors, au début, elle a présenté ce joli cliché de la colline. J'aime bien cette photo ; je ne pense pas que ce soit sa plus belle image, mais elle me plaît. Puis, au matin de la date limite, elle m'a apporté ceci.

Là, je découvre le tableau, un immense portrait de moi en noir et blanc, au milieu de ma chambre en désordre. L'éclairage est fantastique, tamisé presque partout, excepté pour la lumière que la lampe jette sur moi. Autour, on aperçoit toutes mes coupures de magazines collées au mur, mes livres et mes CD, mais aussi mes vêtements répandus par terre. Mon dessus-de-lit est sens dessus dessous et ma commode disparaît sous les papiers. Je fixe l'objectif, l'air de dire : *Arrête de me regarder.*

Je n'en reviens pas. Ai-je jamais eu l'expression aussi intense ?

– Voyez, continue Mme Delani en me tendant un certificat. Elle a gagné.

Il y a écrit : *Premier prix :* Caitlin dans sa chambre, *par Ingrid Bauer.*

– J'ai tellement de photos de vous, et je n'en jetterai jamais une seule. Certaines ressemblent à celle-ci, vous y paraissez très consciente de vous-même, vous savez qu'on vous observe ; sur d'autres, plus du tout. Elle les a prises du fond d'une pièce, ou de plus loin, de l'extérieur. On vous y voit penchée sur un bureau, en train de lire, ou de marcher en lui tournant le dos, ou en train de rire à la plaisanterie de quelqu'un. Ou perdue dans vos pensées. Sur certaines, on vous voit même en train de dormir. Je ne sais pas si vous vous rendez compte à quel point vous l'avez inspirée. Toutes ces photos qu'elle a prises de vous… remplissent un tiroir complet de mon bureau.

J'essaie de capter ce qu'elle raconte. Je savais qu'Ingrid prenait beaucoup de clichés de moi, mais elle photographiait un peu de tout. Elle avait toujours son appareil sur elle.

– Son suicide m'a profondément choquée, reprend Mme Delani. Ça a complètement changé ma façon de voir les choses, et aussi de travailler. Comment vous dire ?

Dans un soupir, elle ôte ses lunettes, les pose sur le bureau.

– Qu'est-ce que vous écriviez, déjà, toutes les deux ? « Photographier Mme Delani en train de jeter du lait tourné dans l'évier. » « La photographier en pleine visite médicale. » « La photographier en train de vider la litière de son chat. »

J'en ai la bouche sèche, pourtant elle sourit.

– J'ai trouvé une de vos notes. Je me demandais toujours ce que vous vous écriviez avec tant d'ardeur.

– Désolée. C'était débile de notre part. Mais vous paraissiez toujours si parfaite…

– En tout cas, il y a du vrai là-dedans : je fais effectivement tout cela. Je ne sais pas combien de listes vous avez ainsi dressées, ni tout ce que vous avez écrit, mais j'imagine que vous ne vous êtes pas trompées sur mes activités.

– Je n'en suis pas sûre. On a imaginé beaucoup de choses.

– Bon, peut-être, mais je ne suis pas parfaite. La mort d'Ingrid devrait absolument souligner cela. Outre ses parents, j'étais l'adulte la plus proche d'elle. J'étais tellement aveuglée par son talent que je n'ai pas perçu la terrible souffrance derrière son travail. Elle me donnait des centaines de photos, autant de chances de voir qu'elle avait des problèmes. Je n'ai rien compris.

J'ai envie de lui dire qu'elle n'a rien compris avec moi non plus. Il me suffit de songer au jour de la rentrée – j'étais alors certaine qu'elle allait m'aider, me traiter aussi bien qu'auparavant.

– J'avais besoin de vous, dis-je les joues brûlantes.

– Oui, je sais, je suis désolée.

Je n'arrive à rien prononcer et, un court instant, elle non plus. Mais elle se reprend :

– Je savais que si vous preniez contact avec moi, ça me donnerait une responsabilité envers vous. C'est pourquoi, au début, je ne voulais pas de vous à mon cours. C'est très injuste, mais votre image évoquait trop le souvenir que je gardais d'elle. Lorsque j'ai appris le décès d'Ingrid, je me suis plongée dans ses photos, pourtant je n'y voyais que votre portrait.

Elle se tait, comme pour me laisser m'exprimer, mais je ne peux pas, les yeux rivés sur cette image ; jamais je ne m'étais regardée d'aussi près, juste moi, assise dans ma chambre.

– Vous ne vous rendiez pas compte de la complexité de votre personnage. Les photos qu'elle prenait de vous évoquaient autant le trouble, l'amour, la colère, la joie... une gamme complète d'émotions humaines.

Elle me tend une autre photo.

– C'est l'une de mes préférées, précise-t-elle.

Gouttes de pluie. Taches de lumière à travers les nuages. Moi, sur une balançoire, sur fond de ciel. Souriante. Moi souriante. Je ne savais pas qu'elle l'avait développée.

Et mes yeux s'emplissent de larmes. Je me balance. C'est la première fois que je sèche l'école et je m'envole dans le ciel et les nuages s'écartent. J'entends le vent. Je m'entends rire. Et crier :

Ingrid ! C'est la première fois que je désobéis !

Et elle : Ça fait quoi ?

La pluie qui tombe. Le froid qui me réveille.

C'est parfait.

Un brouhaha monte à l'extérieur de la classe. Les élèves s'apprêtent à entrer pour le cours, cependant je ne me sens pas encore prête. Je détache mes yeux du tableau mais ils tombent sur la photo où je fais la grimace, alors je m'en détourne également pour me concentrer sur la balançoire. Ce sourire.

Je serre contre moi cette reproduction artistique. Il me faut encore quelques minutes pour en digérer la portée.

Mme Delani pose une main sur mon épaule.

– Ça la fait un peu revivre. J'aimerais tant qu'elle revive vraiment.

J'ai envie de fermer les yeux, mais je ne peux pas, alors que la porte s'ouvre.

– Ça vous fait également revivre, ajoute Mme Delani.

Elle m'autorise à passer ce premier cours seule dans son bureau, pour que je puisse feuilleter sa collection de livres d'art. J'ai beaucoup de choses à rattraper si je veux réussir cette matière. Je l'entends parler aux autres, j'entends des élèves lui répondre, et je suis bien contente de me trouver loin de tout ça. Je ne réfléchis à rien – je tourne juste les pages, regarde les images en essayant de me calmer.

18

Maman est rentrée tôt du travail. Allongée sur mon lit, j'essaie de faire mon devoir de maths quand elle frappe à ma porte et passe la tête.

– Bonjour, ma chérie. Je vais faire quelques courses. Tu m'accompagnes ?

Je m'assieds, m'étire.

– Quelles courses ?

– Pressing, quincaillerie, supermarché. Tu pourrais acheter des en-cas pour tes déjeuners…

Il me faut aussi des outils pour ma cabane : boulons, papier de verre, pinces.

– D'accord.

À la quincaillerie, ma mère se dirige vers le rayon jardinage. J'attrape un panier que je remplis de tout ce dont j'ai besoin, et puis je me souviens du problème du sixième support. En matière de cordage, le magasin offre un choix époustouflant. J'hésite encore quand un vendeur en tenue kaki s'arrête devant moi.

– Je peux vous aider ?

– Je ne sais pas quelle corde choisir.

– Quelle épaisseur voulez-vous ?

– Il faut qu'elle soit très serrée. De quoi supporter le poids d'une personne.

– Qui pèse combien ?

– Il s'agit de moi.

Il regarde autour de lui, sort un rouleau jaune.

– Ça devrait faire l'affaire.

– Il faut que je la coupe moi-même ?

Là, il ne répond pas, apparemment interpellé par quelque chose derrière moi. Je me retourne et aperçois maman, à un mètre de nous, une main sur la bouche, le visage blême.

– Quoi ? dis-je.

Le vendeur recule nerveusement.

– Quoi ? dis-je encore.

Puis je m'aperçois qu'elle regarde mes mains, la corde. Et ça me revient – le matin où j'ai appris la mort d'Ingrid. Avant qu'on ne m'ait expliqué comment ça s'était passé, j'avais réfléchi à tous les outils qu'elle aurait pu utiliser pour se tuer. Le revolver que son père gardait dans son coffre, les couteaux de la cuisine, les pilules dans la pharmacie de sa mère. Une corde.

– Maman ! Tu ne penses pas…

Elle a les mains qui tremblent.

– Maman, ce n'est pas ce que tu crois !

– Tu as accumulé tellement de colère, gémit-elle. Tu ne veux pas voir le thérapeute. Tu ne nous dis jamais comment tu te sens. J'essaie de te parler mais tu me repousses sans arrêt. Je m'inquiète sans cesse pour toi.

– Maman… Je ne ferais jamais ça.

Et là, dans cette allée étroite d'une quincaillerie, avec ses millions de clous, de boulons, de crochets, de fils de pêche, d'ampoules électriques, de ficelles, de graines de fleurs, je m'avance vers ma mère, la prends dans mes bras pour la première fois depuis des mois. Ses mains s'accrochent au dos de ma chemise et je sens sa poitrine se gonfler alors qu'elle s'efforce de ne pas pleurer. Elle paraît soudain si petite, si fragile. Sans chercher plus loin, je murmure :

– C'est bon, je vais bien, ça va.

Et je le répète encore et encore, jusqu'à ce qu'elle se remette à respirer normalement, recule, me soulève le menton d'une main en soufflant :

– Jure-le-moi.

– Je vais bien. Juré.

19

En arrivant à la maison, je trouve mon père à son bureau et lui demande de nous rejoindre au jardin avec maman. On passe tous les trois devant ma sinistre petite voiture, on traverse le potager, on grimpe la colline, on contourne quelques arbres, jusqu'à mon chêne, si beau dans la lumière du soleil.

– Voilà à quoi je travaille.

Les marches de mon escalier paraissent bien solides, les poutres que j'ai réussi à accrocher s'étendent à près de deux mètres du tronc, soutenues par de robustes supports.

– Il y aura une dernière poutre ici, dis-je. Ensuite, je pourrai installer le plancher. Je n'ai pas commencé à le construire. Tu vois, maman, c'est à ça que va me servir la corde.

Elle me serre la main.

Mon père émet un sifflement d'admiration.

– Une cabane dans un arbre ! Fantastique ! J'en ai toujours rêvé quand j'étais gosse.

– Ce n'est pas que pour les enfants, tu sais. J'ai trouvé ça là-dedans.

J'ouvre ma boîte à outils, en sors le livre sur lequel je me suis basée, le leur tends.

Ils le feuillettent ensemble, s'arrêtent sur les cuisines équipées de fours, de tables et de casseroles ; sur les salles de bains à baignoires et lavabos sur colonne ; sur les salons avec cheminées, canapés et tapis.

Mon père s'arrête sur une page montrant une cabane plus simple, assez grande et rustique mais sans électricité, bâtie par deux frères qui aiment juste s'y retrouver pour admirer la rivière en contrebas.

– La tienne ressemble à celle-ci, bien que tu aies réussi à la personnaliser. J'aime bien cette idée de placer le tronc au milieu.

– Je trouvais ça cool.

– C'est magnifique, commente maman.

– Impressionnant, approuve mon père.

Ils paraissent tout fiers. J'aurais aimé pouvoir prendre leurs visages en photo.

PRINTEMPS

/

Les matins se réchauffent. Les fleurs de mes parents s'épanouissent lentement et leurs légumes sortent du sol. Je passe devant la rangée de plantations, escalade et redescends la colline pour rejoindre mon chêne. Là, je grimpe sur les branches en cherchant ce que je vais dire à Taylor tout à l'heure. Je ne peux me taire davantage.

J'arrive sur la balançoire que mes parents m'ont aidée à installer. Hier, après avoir vu Dylan, j'ai hissé toutes les planches qui restaient sur la partie du plancher que j'ai commencé à installer, ainsi, il m'est plus facile de scier et clouter sans devoir me taper cinquante voyages pour les récupérer.

Je travaille trois heures sans plus penser à rien, perdue dans les bruits du matin : les oiseaux et le vent à travers les feuilles, et mon marteau heurtant le bois et le métal. J'achève ainsi tout le plancher puis me lève et marche dessus afin d'en vérifier la solidité. Une fois convaincue qu'il est assez résistant pour me supporter, je le traverse dans tous les sens

– il est bien de la taille que je rêvais, trois mètres cinquante de diagonale.

Je tape du pied, je saute.

Les planches restent fermement accrochées sous moi.

2

Avant le premier cours, j'aperçois Taylor, Jayson et Henry en train de venir vers moi de l'autre côté de la cour. Ça me donne des frissons.

Taylor et Jayson me saluent en souriant.

– Salut, dis-je à mon tour.

Je regarde Henry en me disant que, maintenant que je suis allée chez lui, il pourrait au moins reconnaître mon existence, mais il garde les yeux fixés au sol.

– Attendez, leur lance Taylor.

Là-dessus, il se rapproche de moi, me fait signe de m'éloigner un peu du groupe.

– Je me demandais si tu voulais qu'on fasse quelque chose vendredi.

– En fait, j'allais te poser la même question.

Derrière nous, Henry laisse tomber d'un ton agacé :

– Taylor, on y va !

– Une seconde, lui répond-il. Tu pensais à quelque chose de précis ?

– Oui. Tu connais Dylan ? Sa…

– C'est bon, lance Henry. Je m'en vais, vous n'aurez qu'à me rejoindre.

– J'arrive ! crie Taylor en levant les yeux au ciel. Bon, Caitlin, on fera ce que tu voudras. On se voit après les cours. Tu me diras ce que tu auras choisi.

3

Je ne sais pas quoi porter le soir de la pièce, si bien que je me pointe chez Dylan avec un sac rempli de vêtements que j'étale sur son lit.

– C'est un spectacle de lycéens, commente-t-elle perplexe, donc pas la peine d'en faire trop. En même temps, c'est en ville, c'est une première, donc ça demande quand même un petit effort. Et c'est aussi un rendez-vous galant, non ?

– Plus ou moins… Enfin, je crois.

– Je suis de ton avis.

Comme d'habitude, elle est vêtue de noir, quoique sa tenue soit un peu plus recherchée, l'épaule dégagée.

– Cette jupe, dit-elle en se redressant. Et ce pull. Attends, je vais te prêter une ceinture.

J'attrape les fringues qu'elle a choisies et me dirige vers la salle de bains.

– Oh ! reprend-elle. Avec l'écharpe orange. Elle est adorable.

– D'accord ! dis-je en fermant la porte.

Je me regarde dans le miroir de Dylan. Mon but : paraître tout sauf adorable. Je veux parcourir la ville comme si je connaissais ses rues par cœur, comme si j'avais parfaitement ma place à côté d'une fille comme Dylan. Puis je repense à la photo qu'Ingrid a prise de moi, celle qui a gagné un premier prix. Mme Delani avait raison : j'avais l'air intéressante. Et j'étais simplement assise dans ma chambre, je ne ressemblais qu'à moi-même.

J'ôte mon pantalon pour enfiler la jupe verte que Dylan a choisie. Elle ne me va plus aussi bien qu'avant. Elle pend un peu. J'ai dû remplacer trop de repas par des esquimaux, ces derniers temps. J'ôte ma chemise, passe le pull marron foncé que j'ai pris dans l'armoire de maman. Il est très doux, très soyeux, laissant deviner mon soutien-gorge. Puis j'enfile la large ceinture que Dylan m'a prêtée, couverte de clous dorés. La tenue est jolie, peut-être un peu plus recherchée que je n'aurais voulu.

– Tu es canon ! s'exclame Dylan lorsque je reparais dans sa chambre.

– Merci, dis-je sans la regarder. Mais tu vois bien que la jupe flotte.

– C'est ça, fais ta difficile. Moi, je te dis que Taylor va te trouver fantastique.

Il arrive cinq minutes plus tard et on grimpe dans sa Datsun jaune. Avant d'entrer sur l'autoroute, on doit s'arrêter pour que Dylan puisse s'offrir un café. Et puis c'est parti, jusqu'à l'entrée en ville, où il faut encore faire une pause-café. Cette fois, on s'en commande un aussi, Taylor et moi, et il insiste pour nous inviter.

– Quel gentleman ! commente Dylan en lui souriant.

– Tu as entendu, Caitlin ? s'exclame-t-il. Elle me trouve gentleman.

La serveuse l'appelle et c'est moi qui me rends au bar, histoire de prendre un peu plus de lait et de sucre au passage.

– Caitlin ?

C'est une voix de garçon mais pas celle de Taylor. Je me retourne.

Davey et Amanda sont en train de récupérer leurs tasses à côté de moi. Il s'est laissé pousser la barbe, sans moustache, genre Abraham Lincoln. Amanda s'est coupé les cheveux très court. Ça me donne un peu le tournis.

– Oh là ! souffle Amanda. Caitlin !

Elle s'approche de moi mais s'arrête net. Avant on se jetait dans les bras l'une de l'autre chaque fois qu'on se voyait, si bien que l'espace entre nous paraît maintenant infini.

– Salut, dis-je.

Ils semblent tout aussi stupéfaits que moi, elle au bord des larmes, lui totalement figé, comme en état de choc.

– Alors là… finit-il par marmonner. Tu as l'air…

Il n'achève pas sa phrase.

– Tu as grandi, conclut Amanda.

Lorsque Davey se remet à bouger, c'est pour me passer doucement une main sur l'épaule.

– Désolé, dit-il. C'est dur, non ? Mais merde, ça fait trop plaisir de te voir. Ce sont tes amis, là ?

Il désigne Dylan et Taylor, dehors en train de bavarder tranquillement, mais je ne sais quoi répondre. Comment dire oui sans donner l'impression que je me suis totalement remise d'Ingrid ? Pourtant, je ne vois pas quoi dire d'autre.

– Oui.

Ça ne semble pas les indigner.

– Qu'est-ce que tu fais là ? s'enquiert Amanda.

– On va voir une pièce de théâtre.

– Tu devrais passer un de ces quatre.

– D'accord.

– Ce serait super, renchérit Davey.

– Oui, je viendrai, promis.

Je ne sais pas trop comment conclure cette conversation et ils ne semblent pas plus fixés que moi. Je recule vers la porte.

– Tu sais que j'écoute toujours la cassette que tu m'as donnée ? Genre, tout le temps.

– C'est vrai ? demande-t-il.

– Oui. Et j'écoute The Cure, dis-je à Amanda, presque tous les soirs.

Elle sourit.

– Bon, mes amis m'attendent, je…

Tous deux hochent la tête.

– Amusez-vous bien, dit Davey.

4

Dylan nous explique que ce théâtre est très connu en ville, car soutenu par une célébrité qui a financé la transformation de cet ancien gymnase. Certes, quand on entre, on ne se croit pas dans un lycée. Ça grouille de gens, tous bien habillés. Une femme devant la porte nous tend des programmes. J'ouvre le mien et aperçois une photo de Maddy, aussi sérieuse que gracieuse.

Je la montre à Taylor.

Dylan sourit.

– Elle est trop chou, lui dit Taylor.

Le sourire de Dylan ne pouvait s'élargir davantage.

– Je sais, murmure-t-elle.

On s'installe au troisième rang et je m'assieds entre Dylan et Taylor. Alors que la salle est presque pleine, je vois arriver le groupe d'amis de Dylan, ceux qu'on avait rencontrés au parc l'autre après-midi.

– Regarde, lui dis-je.

Elle leur adresse un signe mais ne se lève pas, préférant rester auprès de Taylor et moi pour attendre que l'éclairage baisse et que le rideau se lève, ce qui me rend particulièrement heureuse.

En regardant de nouveau le programme, je reconnais aussi l'acteur qui joue Roméo.

– Hé, dis-je à Dylan. C'est ton ami, non ? Celui avec sa serveuse ?

– Oui. Il est excellent, lui aussi.

Une sonnette retentit, le silence se fait dans la salle, les lumières s'éteignent, puis on entend le froissement du rideau et une lueur apparaît sur la scène, au milieu de trois personnages.

Ils lancent ensemble :

« Deux familles, égales en noblesse,

Dans la belle Vérone, où nous plaçons notre scène... »

Je me tasse sur mon siège.

Les Capulet et les Montaigu se battent avec de vraies épées qui se heurtent dans un bruit métallique. L'ami de Dylan fait son entrée :

« Le jour est-il si jeune encore ? » demande-t-il à Benvolio. « Oh ! que les heures tristes semblent longues ! »

C'est Roméo, il a le cœur brisé et prononce des paroles si mélancoliques. Quand il dit : « Oh ! apprends-moi comment je puis cesser de penser », je comprends pour la première fois la grandeur de Shakespeare.

Il semble qu'un temps infini s'écoule avant l'entrée de Maddy. Je vois bien que Dylan s'impatiente mais je suis contente d'entendre Roméo raconter sa tristesse, même si c'est à propos d'une femme qui ne l'aime pas. Mais, bientôt, la scène change, la nourrice et Lady Capulet réclament Juliette, et voilà enfin Maddy, parfaitement sûre d'elle dans sa longue robe blanche à la ceinture dorée.

« Eh bien, qui m'appelle ? » demande-t-elle.

Dylan me saisit le poignet et le serre, me désignant Taylor de la tête comme s'il fallait que je lui signale immédiatement que c'est Maddy, la seule, l'unique. Ce que je fais.

Taylor se penche vers moi.

– Oui, souffle-t-il, j'ai vu sa photo.

Ses lèvres frôlent mon oreille et mon corps en frémit.

Roméo et Juliette font connaissance. Ils tombent amoureux. La femme qui avait brisé le cœur de Roméo disparaît aussitôt de sa mémoire. Tous les acteurs sont excellents. Ils connaissent parfaitement leur texte, semblent tout ressentir. Juliette boit le poison. Nous savons qu'elle fait semblant, mais pas sa nourrice qui s'écrie :

« Elle est morte. Décédée, elle est morte. Ô jour lamentable ! »

Et la mère de Juliette, qui ne sait pas non plus, fait écho aux paroles de la nourrice d'une voix stridente :

« Mon Dieu ! Elle est morte ! Elle est morte ! Elle est morte ! »

– Ça va ? murmure Dylan à mon oreille.

Je m'aperçois alors que mes mains tremblent. Je les remets sur mes genoux, hoche la tête. Oui, ça va.

Lorsque se produit le vrai suicide, je me rappelle que ce sont des comédiens et contemple les lumières de la scène alors que Roméo se lamente sur le corps de Juliette.

« Ici, ici, je veux rester avec ta chambrière, la vermine ! Oh ! c'est ici que je veux fixer mon éternelle demeure. »

Je me dis : *C'est juste un garçon qui était amoureux d'une serveuse dans un restaurant de Church Street.*

« Un dernier regard, mes yeux ! Bras, une dernière étreinte ! et vous, lèvres, vous, portes de l'haleine, scellez par un baiser légitime un pacte indéfini avec le sépulcre accapareur ! »

J'essaie de ne pas penser à Ingrid, de ne pas voir ses bras saigner dans l'eau du bain, son corps émergeant de la baignoire, glissant vers la mort. Roméo boit le poison et j'essaie de me le représenter sans son costume, assis dans un restaurant, en tee-shirt et en jean.

Lorsque Juliette se réveille pour le trouver mort, la voix de Maddy est si bouleversée que je fais mon possible pour ne pas entendre ses paroles. Et je me rends compte que j'avais beau savoir ce qui allait se passer, je ne veux pas le voir. Je ne veux pas voir une fille s'enfoncer un couteau, même faux, dans le corps. Je me tourne vers Dylan dans l'espoir qu'elle réagisse, mais son regard demeure fixé sur la scène, sur Maddy, fasciné.

C'est Taylor qui me prend la main. J'essaie de m'emplir l'esprit de paroles, n'importe lesquelles ; j'essaie de me rappeler d'anciennes leçons de biologie mais je ne les entends pas. Un truc sur les gènes dominants ? Sur les yeux bleus ou marron ? C'est là que Taylor se penche en murmurant :

– Tourne-toi, regarde les autres.

Ce que je fais. Les mères se tamponnent les yeux avec leurs mouchoirs ; les pères clignent des paupières. Les filles de notre âge s'essuient les joues avec la manche et les garçons remuent sur leurs sièges.

– Je crois que c'est la preuve d'une grande représentation, murmure-t-il. Tu es déjà allée au festival Shakespeare d'Orinda ? Ça se passe en plein air et chaque fois que ma mère m'y emmène, je suis tout retourné. J'y ai vu une version d'*Henry V* qu'ils avaient transposée en western. Le roi portait un chapeau de cow-boy. Caitlin, tu peux regarder maintenant. C'est fini.

Après la pièce, on attend dans le hall d'entrée que tout le monde soit sorti.

– Caitlin ! lance Maddy en venant vers moi.

On se prend dans les bras et elle me glisse à l'oreille :

– Je suis si contente que tu sois venue ! Merci beaucoup !

– Tu es fantastique. Je n'aimais pas particulièrement Shakespeare jusque-là.

– Tu aurais dû voir tous ces gens qui pleuraient, intervient Taylor. Tu étais vraiment renversante.

En sortant dans la rue, Maddy et Dylan sont interpellées par d'autres personnes, alors on attend discrètement que la foule s'écarte. Là, elles s'embrassent, sous le regard de deux passants, mais aussi de Taylor et moi.

Comme il hausse un sourcil, je me racle la gorge.

– Euh… elles ne se voient pas si souvent.

– Non, c'est cool. Elles paraissent vraiment tenir l'une à l'autre. Je les aime bien, tes amies.

– Moi aussi j'aime tes amis… enfin, du moins Jayson.

Ça le fait rire.

– Ah oui, Jayson ! Il est comme un frère pour moi. C'est mon meilleur ami sur terre.

Je commence à avoir froid alors je tire les manches du pull de maman sur mes poignets, tandis que Dylan et Maddy continuent leurs embrassades.

On se regarde, avec Taylor, et au bout d'un moment, on s'embrasse à notre tour.

5

Taylor apporte la carte. Moi, mes notes et les haut-parleurs pour mon iPod. Quand M. James demande s'il y a des volontaires pour passer les premiers, on agite les mains. On déteste parler en public ; autant s'en débarrasser le plus vite possible.

– Taylor, Caitlin, content de vous voir si enthousiastes.

L'air satisfait, il prend une place au premier rang.

Tandis qu'on s'avance vers l'estrade, j'essaie d'ignorer le regard noir des pom-pom girls.

Voilà un peu plus d'une semaine qu'on s'est embrassés après la pièce. Depuis, on s'est téléphoné six fois, on est sortis trois fois – avec Dylan et Jayson, bien sûr. On s'est embrassés une fois avant les cours, dans le parking, trois fois dans le couloir après les maths et tous les soirs à la sortie du lycée. Mardi, pendant la pause, Bethany, l'ex d'Henry, est venue discuter avec Taylor tandis qu'il m'attendait près du département de littérature ; quand je suis arrivée, il a dit : *Bethany, vous vous connaissez ?* C'est tout juste si elle m'a jeté un regard, avant de secouer la tête. *Alors,* a-t-il repris, *je te présente ma copine, Caitlin.* Et il m'a caressé le bras, juste sous le coude ; Bethany a dit bonjour, mais c'est tout juste si j'ai pu l'entendre.

À présent, je branche les haut-parleurs, y relie mon iPod, puis lance une chanson d'Édith Piaf. Ma mère en est totalement fan. Ça crachouille un peu, exactement ce qu'il nous faut. C'est presque aussi vieux que Jacques DeSoir, ça met dans l'ambiance.

Avec Taylor, on accroche notre carte de l'Europe devant le tableau. Il m'interroge du regard, comme pour savoir si on peut commencer, et je hoche la tête. Il s'éclaircit la gorge puis se lance :

– Jacques DeSoir était beaucoup de choses à la fois : mathématicien, citoyen français, amoureux des escargots et pirate.

Ça fait rire doucement la classe. Je jette un coup d'œil sur mes notes pour ajouter :

– Né dans la ville portuaire de Nice, il a toujours été fasciné par l'eau. En fait, ses premières activités mathématiques ont consisté à compter les secondes qui s'écoulaient entre chaque vague sur la plage la plus proche de sa maison. Ça l'obsédait tellement que sa mère devait venir le chercher à la nuit tombée et que les Niçois ont fini par le surnommer *le garçon de la mer.*

Les élèves se taisent, apparemment très intéressés. M. James lève le pouce avec un sourire.

– Nous avons cette carte de l'Europe, enchaîne Taylor. Toutes ces punaises représentent les endroits fréquentés par Jacques DeSoir. Ses voyages ont commencé en toute innocence ; il travaillait sur des bateaux dans la journée mais, la nuit, il se livrait à ses folles expériences.

– Jusqu'au jour où il a fait de mauvaises rencontres.

Tout le monde éclate de rire.

Et on poursuit, avec Édith Piaf en musique de fond. On ne parle pas vraiment mathématiques mais ça semble convenir à M. James. Au bout d'un quart d'heure, l'histoire se termine sous les applaudissements. J'éteins mon iPod, Taylor replie sa carte, et on regagne nos places. Après quoi, on peut écouter l'exposé de nos camarades. Ceux qui nous suivent prennent plus de temps pour mettre leurs ordinateurs en route que pour nous raconter les vies ennuyantes de leurs mathématiciens. Une fois que tout le monde a terminé, je m'aperçois que personne n'a parlé aussi longtemps que nous. En fait, je n'ai jamais passé autant de temps sur aucun autre devoir.

– Tu veux toujours faire un tour ce soir ? me demande Taylor après le cours.

Bien que ça me paraisse une excellente idée, je réponds :

– En fait, j'ai un truc qui m'attend.

6

L'auto-école est installée dans un bâtiment plutôt ordinaire, pourtant j'ai l'impression de me trouver face à une brochure de luxe pour une résidence tropicale, genre : *Jetez un coup d'œil à l'intérieur et vous verrez ce que vous manquez.*

J'ai pris rendez-vous pour passer mon permis il y a quelques semaines. Je ne savais pas si je m'y rendrais, pourtant me voilà en train de franchir les doubles portes de verre, de passer devant le gardien et tous les gens qui n'ont pas pris rendez-vous. L'examinatrice s'appelle Bertha, et elle a les cheveux rose-orangé, couleur qui n'a rien de naturel. C'est à peine si elle me regarde par-dessus son bloc-notes, mais elle articule mon nom et se met aussitôt à cocher quelques cases. Puis elle me conduit par une porte arrière vers une petite voiture, me fait signe de prendre place au volant. Ce que je fais tandis qu'elle s'installe à côté et claque sa portière.

D'un seul coup, je m'avise que j'aurais peut-être pu reprendre quelques leçons.

À part l'épisode avec Taylor, l'autre jour, je n'ai pas conduit depuis des mois. Et avant cela, je n'ai pas pris le volant très souvent. Mon père m'a emmenée une ou deux fois au parking du supermarché et maman une fois sur l'autoroute, avant de constater que je me débrouillais bien. Sauf que, durant les dix minutes où j'ai dépassé les cent kilomètres heure, elle s'est accrochée à son siège comme à un radeau de sauvetage. Après quoi, il y a eu Sal, mon moniteur, un type complètement nul. Un matin, il m'a emmenée autour de Los Cerros et, quand il a vu que je restais sagement dans ma file, que je mettais mon clignotant et tout, il a lancé :

– Pas de souci, vous savez conduire, ma petite. Si je notais sur ce papier que vous avez bien effectué vos quinze heures et qu'on n'en parlait plus ?

Après, comment s'étonner que je me sente soudain un peu nerveuse ici, en compagnie de Bertha, à tâcher de me rappeler comment effectuer un demi-tour, quand on peut tourner à droite à un feu rouge et, par-dessus tout, quelle pédale pour l'accélérateur, quelle pédale pour le frein ?

– Nous allons rouler par ici, dit Bertha en désignant une rue déserte. Ensuite nous tournerons à droite, vous ferez demi-tour et nous remonterons par là.

– D'accord, dis-je sans bouger.

Je me demande : *Accélérateur ou frein ? Accélérateur ou frein ?* J'essaie de me rappeler ce que mon père a dit dans le parking. Je me souviens qu'il faisait beau la plupart du temps, qu'il portait sa veste de tennis et qu'ensuite on allait boire un chocolat, mais je ne me rappelle pas quelle est la pédale de frein.

– Vous pouvez mettre la voiture en route.

– Très bien.

En regardant mes pieds, j'ai l'impression de me rappeler quand mon père me disait à quel point il était difficile de décrire tout ce qu'on faisait en conduisant, qu'une fois qu'on a commencé, le corps s'enclenche et qu'on n'a plus besoin d'y réfléchir. J'entends Bertha remuer sur son siège et j'ai l'impression qu'elle va dire quelque chose, alors je me lance. Je pose le pied sur la pédale de gauche et espérant que c'est le frein. Puis je me rappelle à quel point ça s'est bien passé avec Taylor l'autre jour ; je n'avais pas besoin de cogiter. Je tourne la clé de contact et, miraculeusement, le moteur se met en marche et la voiture ne bouge pas. Je passe la vitesse, appuie sur la pédale de droite et c'est parti.

Je fais ce que me dit Bertha en descendant la rue déserte, j'effectue mes demi-tours et créneaux sans la moindre difficulté. Puis on finit par repartir en direction de l'auto-école et je me gare devant.

Je coupe le contact, me souviens de tirer le frein à main.

Bertha coche encore quelques cases sur son bloc-notes, fait quelques commentaires. Puis elle se tourne vers moi.

– Félicitations.

Elle me dit de la suivre à l'intérieur et, en entrant, je me sens vibrer d'amour pour cette auto-école aux plafonds bas et au sol crasseux, aux files de clients impatients et, par-dessus tout, Bertha qui risque sa vie quotidiennement pour que des gens comme moi puissent accéder aux autoroutes.

– Vous savez que vous ne pouvez pas conduire avec un autre mineur dans la voiture pendant un an, n'est-ce pas ? me demande-t-elle.

Ses yeux se plissent. Elle me fait un clin d'œil ou quoi ?

– Bien sûr, dis-je pour lui faire plaisir.

Elle arrache une feuille de son bloc-notes et me la tend en me disant d'aller faire la queue. J'attends, j'attends, puis on me prend en photo, je l'aperçois sur l'écran. J'ai l'impression que je ferme un peu les yeux, mais qu'importe ? Avant de partir, je reçois un autre papier, permis temporaire qui me servira jusqu'à ce que je reçoive le définitif par courrier. Je sors m'asseoir sur le bord du trottoir et appelle maman pour qu'elle vienne me chercher.

Quand elle arrive, je me dirige vers sa place au volant.

Elle abaisse sa vitre.

– Bonjour ma chérie, lance-t-elle d'un ton interrogateur.

– Ferme les yeux, dis-je.

– Quoi ?

– Ferme les yeux !

Elle s'exécute.

– Tends les mains.

Elle rouvre les yeux, met la voiture au point mort, les referme, présente les paumes sur la fenêtre. J'y pose mon permis temporaire en couinant :

– Rouvre les yeux !

Elle regarde, cligne des paupières, me sourit.

– Quand est-ce que tu…

Sans aller jusqu'au bout de sa question, elle détache sa ceinture et sort. Debout devant la portière ouverte, elle me fait pompeusement signe de prendre sa place.

– Merci, dis-je d'un ton solennel.

Et je m'installe au volant.

Une fois arrivée à la maison, j'essaie de joindre Dylan mais elle ne répond pas. Alors j'appelle Taylor.

– Je viens d'obtenir mon permis ! lui dis-je.

– Tu ne l'avais pas ?

– Non, je te l'avais dit !

– J'ai dû oublier. Mais c'est super ! Tu vas devoir m'emmener faire un tour.

Je perçois un bip, regarde mon écran et vois que c'est Dylan qui m'appelle.

– Je te laisse, dis-je à Taylor. Je voulais juste t'annoncer ça.

– Alors tu m'emmènes bientôt ?

– Peut-être. Oui.

Puis je prends l'appel de Dylan.

– Je sais que tu considères que les voitures sont la déchéance de l'humanité, mais je viens d'obtenir mon permis.

– C'est génial ! Félicitations ! Tu m'emmènes au lycée, demain ?

Soudain, j'ai le trac.

– Oui… Mais ma voiture a une boîte manuelle et je l'ai à peine conduite. J'ai passé mon permis sur une automatique.

– Moi je sais conduire une voiture manuelle. Je viens chez toi demain matin pour qu'on s'entraîne ensemble. Comme ça, si tu cales à un carrefour, je pourrai prendre le relais.

– Non mais c'est vrai ? Tu sais conduire une manuelle ?

– Oui, pourquoi ?

Comme si ça allait de soi.

– Mais tu n'as pas ton permis.

– Mais si !

– Je croyais que les voitures étaient la déchéance de l'humanité !

– Oui, sauf que c'est quand même pratique d'avoir son permis. Parfois on en a besoin. Alors je serai chez toi vers sept heures et quart, d'accord ?

7

Dylan se pointe à ma porte à sept heures, une thermos dans chaque main.

– Tiens, marmonne-t-elle. Ajoute-toi du sucre et du lait.

– Bonjour quand même.

Elle avale une gorgée, essuie avec sa manche quelques gouttes de café sur son menton, puis entre chez moi.

Mes parents sont dans la cuisine et je les vois tout excités quand ils aperçoivent Dylan derrière moi. Ils n'ont pas eu beaucoup l'occasion de lui parler et savourent encore la nouvelle que leur fille dépressive ait pu se faire une amie.

En guise de bonjour, Dylan lève une main tout en bagues et en bracelets de cuir. J'ouvre le réfrigérateur pour en sortir le lait demi-écrémé. Quand je me retourne, je me rends compte qu'on forme un joli cercle de quatre personnes en train de se dévisager. Mes parents sourient à Dylan qui les considère d'un air abasourdi. Elle finit par leur décocher un demi-sourire tandis que je vais attraper du sucre dans le placard.

– Alors, demande maman, comment était la pièce ?

– La pièce ? répète Dylan en se frottant le front. Oh, la pièce !

Elle avale une gorgée de café avant de conclure :

– Très bien !

– Qu'est-ce que c'était ? demande papa.

– *Roméo et Juliette*, répond maman.

Je verse une cuillerée de sucre dans ma thermos.

– Oui, c'était dans mon ancienne école.

Je verse une autre cuillerée.

– Et vous aviez des amis qui jouaient ?

– Sa petite amie, dis-je en mélangeant.

– Merveilleux ! s'exclame mon père. J'ai toujours eu envie de jouer la comédie.

Ils l'observent un instant, et on les observe, Dylan et moi.

– Un toast ? propose ma mère.

– Avec plaisir, répond Dylan.

On termine notre petit déjeuner avec ces parents trop gentils mais un peu encombrants, avant de filer vers le patio de briques, de dépasser les pieds de tomates pour déboucher sur l'allée de l'entrée. Là, je m'écrie :

– Salut, petite voiture. Prête pour l'aventure ?

Dylan plisse les yeux.

– Quand est-ce qu'elle a été conduite pour la dernière fois ?

– Sais pas. Mais je la mets souvent en route. La batterie fonctionne.

J'ouvre ma portière, m'assieds derrière le volant puis me penche pour déverrouiller la place passager. Dylan se glisse à côté de moi, attache sa ceinture. Alors que j'enfonce la clé de contact, elle attrape toute la fourrure que j'ai arrachée des housses de sièges et la range, morceau par morceau, dans une poche de son sac à dos.

– Il va falloir traiter ta voiture mieux que ça.

Je préfère ne pas répondre.

– Et tu boucles ta ceinture ! ajoute-t-elle.

– Oui, madame.

Je démarre et la voiture toussote, revient à la vie. La cassette braille à plein tube mais Dylan ne tressaille même pas. Je pose un pied sur l'embrayage, l'autre sur l'accélérateur et on dévale la rue. Dylan serre les poings.

– C'est bon, on avance, mais ralentis un peu, sérieux ! hurle-t-elle par-dessus la musique.

Ça me fait rire, je suis contente de pouvoir nous emmener quelque part. Je m'arrête à un croisement, baisse le volume.

Quand le feu passe au vert, j'embraie trop vite et on cale.

– Merde ! dis-je en tournant la clé de contact.

Ça klaxonne derrière nous.

– C'est bon, déclare Dylan, pas de problème. Ils n'ont qu'à te contourner s'ils ne sont pas contents.

– Merde, merde, merde !

J'ai beau actionner la clé, ça ne redémarre toujours pas. Pire, la voiture ne réagit même plus.

– Putain !

– Tu as réussi il y a une minute, tu peux recommencer, dit-elle en me posant une main sur l'épaule. Respire.

Je respire. Puis j'essaie à nouveau de démarrer, ôte mon pied du frein pour le poser sur l'accélérateur. Lentement, je relâche l'embrayage tout en appuyant le pied droit et la voiture toussote puis repart doucement. Je couine et Dylan s'adosse à son siège, enfin détendue.

8

On a formé plusieurs groupes dans la classe de M. Robertson, pour réfléchir sur l'hypocrisie dans *La Lettre écarlate*, quand la mine de mon crayon se casse. Il faut que j'aille le tailler.

– Qui se sert encore de ce genre de crayon ? raille Dylan avant de se replonger dans le livre.

Je passe devant sa chaise, me fraie un chemin entre les bureaux en me rapprochant des amis d'Henry et d'Alicia. Les filles flirtent avec lui, comme toujours. ENFANT GÂTÉE lui passe un doigt sur l'oreille, ANGE lui caresse la main. Je trébuche sur un sac à dos et entends Dylan éclater de rire derrière moi.

– Désolée ! dis-je en poursuivant mon chemin.

Les doigts d'ANGE remontent maintenant sur le bras d'Henry. Il a l'air agacé.

– Je peux amener mon nouveau copain à ta fête, vendredi ? demande ENFANT GÂTÉE. Il est plus âgé. Il pourrait se charger des boissons.

Pendant quelques instants, le taille-crayon couvre leurs voix. Tandis que je regagne ma place, Henry proteste :

– Qui a dit que j'organisais une fête vendredi ?

Je m'assieds à côté de Dylan et lui demande :

– Ça te dit, une soirée ?

– Chut ! Je compte combien de fois Hawthorne utilise le mot *ignominie* dans ce chapitre.

– Tu crains.

– J'ai envie de l'analyser chapitre par chapitre pour mesurer les niveaux d'humiliation et d'ignominie.

– Tu ne vas pas résumer ce livre sous forme d'équation ?

– Je vais essayer.

– Et sinon, une soirée chez Henry. Ça te tente ?

– Pourquoi pas.

– Tu veux que je te confie un secret ?

Elle repose son livre.

– Oui.

– Ce sera ma première.

Elle cligne des yeux.

– Pardon ?

– Je ne suis jamais allée à une soirée de lycée.

– Tu ne t'es jamais servi de bière dans un baril ?

– Non.

– Tu ne t'es jamais installée parmi des jeunes qui avaient trop bu et qui parlaient de cul ?

– Non.

– Tu ne t'es jamais enfermée dans la chambre des parents d'un mec pour t'envoyer en l'air ?

Je penche la tête, comme si j'essayais de me souvenir.

– Jamais.

Poussant un soupir, elle se met à griffonner quelques mots et quelques chiffres dans son carnet. Puis elle se redresse sur sa chaise pour mieux me contempler.

– Caitlin, c'est la honte.

9

Taylor m'appelle un peu plus tard dans la soirée.

– Tu peux sortir ? demande-t-il d'un ton doucereux.

– Je vais voir. Je te rappelle.

Je trouve mes parents dans le jardin.

– Regarde ! lance mon père en me faisant signe.

Il brandit un artichaut dans chaque main, tels des trophées.

– Ce sont les premiers de l'année.

– Qu'est-ce que tu en penses ? demande maman. On les met à griller, avec juste un peu d'huile d'olive et de sel pour mieux en apprécier le goût…

Je danse d'un pied sur l'autre. Je ne voudrais pas les blesser mais je ne tiens pas à rappeler Taylor avec un refus.

– Tu veux les faire cuire ce soir ?

– Oui, dit mon père. Pourquoi attendre ?

– En fait, je me demandais si je pourrais dîner avec Taylor…

Je n'en dis pas davantage pour évaluer la réaction des parents. Mon père a l'air carrément déçu mais ma mère sourit, un peu trop fort. Je me hâte d'ajouter :

– En même temps, je ne voudrais pas manquer les premiers artichauts de l'année.

– Ce serait dommage, approuve mon père.

– Et puis je suis sûre que Taylor adore ça.

Ils semblent ravis. Dylan et Taylor le même jour ? Le paradis pour des parents de jeunes en difficulté.

– On vous attend à vingt heures quinze, précise maman. Richard, cueille-nous un peu de basilic, tu veux ? Je vais me changer.

De retour dans ma chambre, j'appelle Taylor.

– Ça te dirait, des artichauts ?

– Des artichauts ?

– Au dîner.

– Mes parents sont très classiques en matière de légumes. Tu sais, carottes, petits pois, maïs… Je crois que je n'ai jamais mangé d'artichauts.

– Alors c'est ton jour de chance. C'est le menu du soir de la maison.

Je retiens mon souffle, guette sa réponse. Quelque part, je sens que s'il montre la moindre réticence, ça m'anéantira.

– Ils m'ont invité ? reprend Taylor d'un ton presque joyeux.

– Oui.

– Attends, c'est toi qui leur as proposé et ils ont répondu : « Bon, on n'avait pas prévu ça, il n'y en aura donc pas beaucoup mais si tu tiens vraiment à ce qu'il vienne, va ajouter son couvert » ?

Ou plutôt : « Nous aimerions vraiment faire la connaissance de Taylor et ça nous ferait plaisir de l'avoir à dîner » ?

Il a énoncé tout ça si vite que j'éclate de rire.

– La deuxième formule, dis-je alors.

– À quelle heure ?

– Huit.

– Bon.

Là, j'entends du bruit autour de lui.

– Mince ! s'écrie-t-il. J'ai à peine une heure. J'arrive.

Il arrive avec quelques minutes d'avance, fleurant bon l'eau de Cologne comme la dernière fois. Mon père lui serre la main, ma mère le prend dans ses bras. J'ai l'impression qu'elle va éclater de joie, mais je me trompe peut-être.

– Salut ! me lance-t-il en m'adressant un petit signe de la main.

– Salut.

J'ai envie de l'embrasser.

Quand on s'installe pour dîner, on ne prend pas nos places habituelles. Une quatrième personne, ça change tout. Si bien que je me retrouve sur la chaise de mon père, maman, en face de moi, les messieurs au milieu. Au début, on parle de tout et de rien, sans trop entrer dans les détails.

– Vous pratiquez un sport ? demande mon père.

– Pas vraiment, répond Taylor. Je skate un peu.

Je me crois obligée de préciser :

– Il parle du skateboard.

– Nous avions compris, dit ma mère en riant.

Taylor aime les artichauts, il demande aux parents des précisions sur leur potager en disant qu'il aimerait bien cultiver des légumes, lui aussi.

– Joignez-vous à nous, dit mon père. Vous êtes le bienvenu. On y passe presque toutes nos soirées et nos week-ends.

Il semble avoir complètement oublié sa mauvaise impression du début.

– C'est vrai ? s'écrie Taylor. Génial.

Je m'efforce de ne pas le toucher. Il est si près…

Quand on a terminé, je file dans la cuisine ouvrir le congélateur et m'exclame :

– Gros problème ! Il n'y a pas de dessert.

Maman et papa échangent un regard.

– Vous voulez aller acheter de la glace, tous les deux ? proposent-ils.

– Oui, dis-je d'un ton qui se voudrait neutre. Qu'est-ce que je dois prendre ?

– Comme vous voudrez.

Alors qu'on s'en va, maman s'approche de moi.

– Direct au supermarché et retour illico, me souffle-t-elle.

Je me sens rougir.

– Bien sûr…

Dès qu'on entre dans la voiture, je pose la main sur la jambe de Taylor, me penche vers lui.

– Attends ! dit-il. Ils pourraient nous voir !

Il démarre lentement, sagement, descend la rue, passe le carrefour et se gare.

Ôtant ma ceinture, je saute sur ses genoux. Il pose les mains sur mon visage et on s'embrasse passionnément, comme dans les films, alors que ce genre de scène me met plutôt mal à l'aise. J'ouvre les yeux, vois le reflet de ses phares dans la fenêtre d'une maison.

– Éteins les lumières.

Il éteint les lumières.

Ses mains remontent doucement sur mon tee-shirt, le long de mon dos. Je l'embrasse dans le cou, lui trouve un petit goût salé qui ne fait que me tenter davantage. Je l'encercle de mes jambes.

– Il faudrait qu'on aille au magasin, indique-t-il en me caressant les cheveux.

Le volant me rentre entre les côtes mais je le sens à peine, d'autant que les mains de Taylor sont maintenant sur mes cuisses, traçant le creux de mes genoux.

– Oui, dis-je, il faudrait.

On s'embrasse jusqu'à ce que ma bouche en soit toute gonflée.

Lorsque je quitte ses genoux pour regagner ma place, épuisée, heureuse, la pendule indique 21 h 55.

– On est partis à quelle heure ?

– Je ne sais pas, dis-je. On devrait se dépêcher.

Il rallume ses phares, redémarre. Je le regarde conduire, tire une petite boucle sous son oreille, à fleur d'épaule, juste au-dessus du bras qui repose sur moi.

Son bras si parfait.

– Taylor.

J'ai dû prononcer ce nom un million de fois, mais là, ça sonne différemment, comme si j'étais la première personne à le dire, comme s'il était le seul au monde à s'appeler ainsi.

– Oui ?

J'enlace mes doigts avec les siens. Il gare la voiture. Je ne réponds pas. Tout ce que je voulais, c'était dire son nom.

– Quel parfum ? demande-t-il.

– N'importe pourvu qu'il y ait du caramel.

Il me serre la main et la lâche, ouvre sa portière puis sort dans la lumière de l'entrée du supermarché.

10

– Je crois que vous feriez mieux de vous concentrer sur l'avenir, me dit Mme Delani en inspectant son carnet de notes.

Elle m'a convoquée dans son bureau à la fin du cours. Je contemple les étagères remplies de livres, les boîtes à thé sur la table, ses photos du motel sur le mur.

– J'aime bien, lui dis-je.

Suivant mon regard, elle finit par répondre :

– Merci. Mais elles ne représentent pas encore grand-chose. Enfin, si. Juste un début.

– Que voulez-vous dire ?

Je n'ai jamais considéré une photo comme un début de quoi que ce soit. J'ai besoin d'explications.

– Tout mon travail se rapporte au besoin de me comprendre, explique-t-elle. Ma dernière série, celle que vous avez vue à la galerie, traitait de fragmentation et d'unification.

Elle ouvre un tiroir dans un grand placard puis étale quelques photos devant moi.

– Celles-ci forment le début de cette série.

Chacune représente une femme différente dans différentes pièces. Je reconnais Mme Delani dans notre salle de classe, adossée au tableau couvert de schémas et de mots de vocabulaire. La suivante a été prise dans une petite cuisine désordonnée. Une fille est assise devant une table ronde remplie de journaux. Son visage me dit quelque chose, mais je ne la reconnais pas.

– C'est la cuisine de mon père, dit-elle.

Je contemple la fille de plus près. Avec son grand pull au logo d'une université et ses cheveux tirés en queue-de-cheval, elle est accoudée sur la table.

– C'est vous, dis-je.

– Oui.

– Quand vous étiez à la fac ?

– Non. Il y a deux ans. Vous me connaissiez déjà.

– Sérieux ?

Je dois écarquiller les yeux, car elle éclate de rire. Je ne l'avais jamais vue aussi gaie. Elle paraît plus jeune, comme quelqu'un qui pourrait s'asseoir à une table voisine dans un restaurant, ou derrière moi au cinéma. Comme quelqu'un qui serait amie avec Davey et Amanda. Je passe à la photo suivante. De nouveau, je la reconnais à peine. Cette fois, elle a relâché ses cheveux qui retombent avec souplesse sur ses épaules. En nuisette de satin, elle est assise au bord d'un lit, face à l'objectif. Sur les tables de nuit brûlent des bougies. Pour peu, je me sentirais gênée de surprendre ma prof à moitié déshabillée, et puis je me rappelle les innombrables portraits de nus que j'ai pu voir en trois années de cours avec elle.

– Je me suis inspirée de Cindy Sherman, dit-elle. On en a parlé en cours, vous vous souvenez ?

– Très bien. Elle se met en scène dans différents personnages.

– Voilà, cependant je n'ai pas cherché à me montrer différente de moi-même, j'essayais plutôt de concilier mes différents aspects : la professeure, l'artiste, l'amante, la fille, l'amie. Etc.

– C'est surprenant.

– Il ne s'agit bien que d'un début. Un peu comme ces clichés de motel. L'autoportrait me semblait trop littéral. C'est pourquoi je me suis reportée sur des objets de la vie quotidienne, mais ils étaient trop statiques. J'ai fini par me rabattre sur les poupées. Encore des objets, mais qui représentaient intrinsèquement la figure féminine. En séparant chaque partie, puis en les rassemblant, j'ai pu mieux analyser les difficultés auxquelles j'étais confrontée.

– Quelles difficultés ?

Elle regroupe ses photos, les remet dans le tiroir. Je commence à me dire que j'ai posé une question trop personnelle.

– Eh bien, Caitlin, soupire-t-elle, j'imagine que nous partageons ces difficultés, ce sentiment obsédant qu'il nous manque quelque chose. Cette obscurité. Ce vide.

Ses photos au mur semblent répercuter ses paroles, tels des témoignages de « vide » scintillant dans l'obscurité.

– Je commence toujours trop littéralement, reprend-elle. Mais, comme je vous disais, ce n'est qu'un début de projet. Bien, maintenant, revenons à vous. Qu'allez-vous photographier pour réparer une année de travail bâclé et de devoirs oubliés ?

Ses paroles sont dures, pourtant elle les prononce en souriant.

– Vous n'allez pas me donner un autre devoir ?

– Je ne crois pas. Je préférerais voir ce à quoi vous parvenez seule. Si vous désirez consulter mes livres, allez-y. Servez-vous.

Je feuillette quelques ouvrages, signés Sarah Moon, Walker Evans, Mona Kuhn. Que des photographes que j'aime.

– En fait, dis-je, si ça vous va, je préférerais regarder le tiroir dont vous m'avez parlé. Celui avec toutes les photos d'Ingrid.

– Bien sûr. Voyez dans le bas du placard. Je retourne dans ma classe. Prenez tout le temps qu'il vous faudra.

Elle m'autorise à utiliser le téléphone pour avertir mes parents que je rentrerai après le dîner ; après quoi, je m'installe par terre, ouvre le tiroir. Comme elle me l'a dit, il y a là des centaines de photos de moi. J'en reconnais certaines, j'ignorais jusqu'à l'existence des autres.

J'en trouve une de la chambre d'Ingrid – lanternes de papier accrochées à différentes hauteurs, projetant de douces lumières sur ses magazines et ses vêtements jetés n'importe comment. Je la place devant moi, pose à côté un cliché de sa mère et de son père assis au bord de leur piscine. Dans le fond, j'en trouve un de son bureau avec ses crayons de couleur, un soda et son journal, à présent le mien, ouvert sur une journée lointaine. Je prends aussi la photo du comptoir de sa salle de bains pleine de produits de maquillage, de laque et de barrettes. Et puis celle de son reflet – quand elle s'est prise en gros plan dans la glace. La moitié de son visage est cachée par l'appareil photo. Je touche le bout de son menton. Puis la place à côté des autres.

Mme Delani apparaît sur le seuil du bureau.

– Je vais me préparer du thé. Une tasse pour vous ?

Je hoche la tête sans cesser de chercher.

Son tourne-disque. Ses doigts de pied roses dans le gazon. Un coin du salon de Davey : vu par la fenêtre, avec des gouttes d'eau qui pendent aux fils téléphoniques.

Mme Delani contourne les différents tas pour venir déposer un mug brûlant sur le rebord de la fenêtre. Puis elle s'éclipse.

Ses jambes avec une coupure sur le genou. Son père, endormi sur le canapé. Je découvre, classe, regarde, tellement concentrée que je ne remarque pas à quel point il fait nuit jusqu'à ce que Mme Delani allume la lumière. Je cligne des yeux. Me lève. Examine le sol de son bureau, couvert de clichés de la vie d'Ingrid.

Je rassemble tous ceux que j'ai choisis et me dirige vers la classe. Mme Delani sirote son thé en lisant un roman. La pendule indique presque vingt et une heures.

– Oh non ! dis-je. Pardon, je ne m'étais pas rendu compte de l'heure.

– Pas de souci. Vous avez trouvé l'inspiration que vous cherchiez ?

– Pas encore.

Elle ferme son livre.

– Parfois ça vient d'un seul coup ; parfois, il faut la pourchasser.

– Je peux vous les emprunter ?

Elle prend le paquet de photos, en regarde deux ou trois.

– Je vais vous donner une chemise pour les emporter, dit-elle.

Une fois la classe fermée, on se dirige ensemble vers le parking, on prend chacune notre voiture et on se dit bonne nuit.

11

Quand j'ai fini le dîner que papa m'a réchauffé, je m'installe sur le plancher de ma cabane, m'adosse au seul mur que j'ai édifié. De là, je distingue les collines dans le lointain, quelques lumières de maisons à deux ou trois kilomètres. Je m'allonge pour regarder les étoiles, puis enfile mes écouteurs pour me passer de la musique mélancolique. Quand il se met à faire trop froid, je sors le journal d'Ingrid de mon sac à dos, l'ouvre à la page suivante. Ça fait trop longtemps que je n'en ai rien lu – la plupart du temps, je le transporte pour rien. J'allume ma lampe de poche, m'assieds en laissant pendre mes jambes au-dehors, dans le ciel noir.

CHER JAYSON,

Aujourd'hui, j'ai eu envie de mourir. Je me suis réveillée mais je ne voulais pas ouvrir les yeux. J'ai essayé de rester dans la même position, de me forcer à me rendormir. Ça n'a pas marché.

Quand Caitlin m'a appelée pour savoir si je voulais faire un tour avec elle, je n'ai pas été très sympa, j'ai répondu que j'avais trop de trucs à faire et j'ai raccroché. Je me suis remise au lit et j'avais mal partout. Pourtant je n'arrivais toujours pas à dormir alors j'ai eu cette idée pourrie et j'ai appelé ces abrutis avec qui on avait passé l'après-midi avec Caitlin une ou deux fois. J'ai pris un ton bien aguicheur pour leur dire de me retrouver au parc au bord du ruisseau. Et je ne voulais pas me dégonfler à la dernière minute, alors je leur ai dit d'apporter des préservatifs.

Et je ne ressentais rien. J'étais comme morte.

Et ils m'attendaient quand je suis arrivée, assis sur ce rocher, en train de jeter des cailloux dans l'eau vaseuse. L'un d'eux m'a décoché un sourire salace. Je ne savais pas s'il fallait que je sois gentille ou pas. L'autre n'arrêtait pas de regarder ses mains.

Je ne me rappelle pas grand-chose.

Si un jour je grandis et que j'ai une fille, je ne sais pas ce que je lui dirai quand elle me demandera comment ça s'est passé la première fois. Je sais juste ce que je ne dirai pas : en fait c'était avec deux garçons à la fois, que je ne connaissais même pas et qui n'étaient même pas beaux, et ça s'est passé sur un putain rocher dans un jardin public, au bord d'un sale ruisseau. Et je ne lui dirai pas que je n'ai même pas enlevé mes vêtements, que j'ai juste fourré ma culotte dans mon sac et que j'ai remonté ma jupe, et je ne lui dirai pas que ça n'a pas fait mal autant que j'aurais voulu. Que ça a fait très mal, mais pas assez, et au moment où le premier mec a fini et quand le deuxième m'a pénétrée c'était assez désagréable mais pas insupportable. Je ne dirais pas douloureux.

Mais Jayson, je voulais te dire que je suis désolée d'avoir tout foiré. Et je sais que si jamais j'ai la chance de te toucher, ce ne sera pas comme il aurait fallu, pourtant j'y crois encore.

On va se revoir dans quelques années, ça me donnera assez de temps pour me préparer, me débarrasser des médicaments et de mon traitement. Toi, tu représenteras notre pays aux jeux Olympiques. Tu courras si vite qu'on ne verra que ton ombre. Et je serai là pour te prendre en photo pour le New York Times ou je ne sais quoi, pour te capter à l'instant pile où tu passeras la ligne d'arrivée avec tout le monde loin derrière toi. Et ce soir-là, on dormira dans ton hôtel cinq étoiles. On dira qu'on fait l'amour. Et tu ôteras tous tes vêtements et j'ôterai les miens, et tu prendras le temps de m'embrasser. Et je ne voudrais pas que ça me fasse encore mal. Je serai comme une personne normale. Quand tu me toucheras je trouverai ça bien. Et peut-être que si un jour j'ai une petite fille ce sera l'histoire que je lui raconterai à la place de l'autre. Je lui parlerai de la vue de l'hôtel et de la façon dont tu as caressé mes lèvres avec tes doigts avant qu'on s'embrasse.

BISOUS,
INGRID

Je regarde le ciel noir et j'essaie de comprendre comment Ingrid peut avoir fait ça. J'essaie de me rappeler ces mecs, de me les représenter plus clairement. Je crois que l'un d'eux s'appelait Kevin. Kevin et Lewis, peut-être ? Kevin et Leroy ? Quand était-ce au juste ? Que s'est-il passé d'autre dans ma vie ce jour-là ? Je n'arrive pas à croire que j'aie pu revoir Ingrid après tout ça, le lendemain ou peut-être le soir même, sans rien deviner. Pourtant c'est exactement ce qui a dû se passer. Elle devait savoir qu'elle pourrait se comporter comme si de rien n'était ; elle était peut-être assez douée en comédie. Ou alors, elle s'est dit que j'avais remarqué et que j'étais déçue, sauf que pas du tout.

À travers quelques branches, je vois une lumière s'éteindre dans ma maison. Celle de la chambre des parents, et je les imagine en train de s'installer au lit, de s'inquiéter pour moi. Je sais que je devrais rentrer pour qu'ils puissent dormir, mais je n'y arrive pas pour l'instant. Il me semble pourtant préférable de descendre, de quitter la fraîcheur de la nuit et d'essayer d'oublier tout ça pour un moment. Au lieu de quoi je continue à lire. Les lettres sont courtes, cette fois, elles se succèdent.

CHER AUJOURD'HUI,

Je passe mon temps à me dire que tout va bien alors que non, à faire comme si j'étais heureuse, alors que non, à raconter des craques à tout le monde.

BISOUS

INGRID

CHÈRE MAMAN,

Je te déteste.

BISOUS

INGRID

CHER PAPA,

Désolée.

BISOUS

INGRID

CHER JAYSON,

Pourquoi tu ne m'aimes toujours pas ?

CHÈRE MAMAN,

Je retire ce que j'ai dit.

Je continue à tourner les pages jusqu'à ce que j'en trouve une plus remplie qui commence ainsi : *Chère Caitlin, voici une vraie lettre.* Mon cœur s'arrête, je ferme le journal.

Il n'y avait pas de lettre de suicide. J'en suis sûre. Sa maman a appelé mes parents pour leur dire qu'elle n'avait reçu ni mot d'adieu, ni lettre.

Jusqu'à maintenant. Après tant de mois.

La nuit est froide. Il m'est difficile d'intégrer qu'après avoir lu ceci, je n'aurai plus rien à découvrir. J'éteins ma lampe de poche et il ne reste que la lumière du salon, outre celle de la lune. Un coup de vent souffle. Toutes les feuilles s'envolent. C'est le bruit de la défaite, ou d'un nouveau départ. Je ne sais pas.

J'allume ma lampe. Je lis.

CHÈRE CAITLIN

Ceci est une vraie lettre. J'espère que tu l'ouvriras mais je ne t'en voudrais pas si tu préfères ne pas la lire. C'est ce que je voulais, alors ne sois pas triste. Tu pourrais chercher des raisons mais il n'y en a pas. Le soleil a cessé de briller pour moi, voilà tout. Ça se résume à une seule chose : je suis triste. Tout le temps triste, d'une tristesse si lourde que je ne peux plus la supporter. Jamais. Au début, il y avait certains jours où je croyais aller bien, du moins que ça pourrait aller mieux. Qu'on pourrait aller traîner quelque part, et que tout se passerait bien, et que je me dirais que les choses pourraient être ainsi pour toujours mais bien sûr rien n'est immuable.

Je ne veux pas te faire souffrir, ni toi ni personne, alors s'il te plaît oublie-moi. Essaie. Trouve-toi une meilleure amie. Je n'ai jamais ri aussi fort qu'avec toi mais maintenant même le rire ne me soulage plus.

BISOUS,
INGRID

Durant un temps qui paraît être un million d'années, je reste étendue sur le plancher froid de ma cabane. Et puis je finis par descendre l'escalier, trouve mon chemin à travers le jardin obscur, éteins toutes les lumières à la maison et me rends dans ma chambre.

J'ai son journal. J'ai ses photos. N'empêche. Il manque encore tant de choses. Je me glisse sous mes couvertures, me pelotonne de toutes mes forces, frémis et me frotte les pieds. Je fais mon possible pour me réchauffer.

12

Au matin, je descends l'escalier et trouve mes parents dans la cuisine.

– Je ne crois pas que j'irai au lycée aujourd'hui, dis-je.

Ils se regardent tandis que je trace du doigt le contour de la poignée.

– Je voudrais rester à la maison pour terminer ma cabane.

Baissant les yeux, je remue ma chaussette bleue sur le carrelage gris. Je sais que mes parents échangent des messages silencieux.

– Et tes devoirs ? finit par demander papa.

– Tu pourrais demander à Dylan de te les communiquer ? suggère maman.

Je hoche la tête.

– Alors d'accord, répond mon père.

– Mais juste aujourd'hui, ajoute maman.

– Merci !

Et je fonce à l'étage.

Une fois que mes parents sont partis travailler, je redescends dans la cuisine, me prépare un bol de céréales, m'assieds à table, où mon père a laissé un tas de journaux. Sur la première page du *San Francisco Chronicle* apparaissent des photos de guerre – une femme en train de hurler, une ville lointaine bombardée. Je prends ensuite le *Los Cerros Tribune*, à la recherche d'infos plus rassurantes.

Je les trouve, mange une cuillerée de corn flakes et lis les titres : NOUVEAU PLAN DU PARCOURS DE GOLF APPROUVÉ, UN CHIEN LOCAL GAGNE UN CONCOURS NATIONAL, DATE DE DÉMOLITION FIXÉE. J'écarte le journal, me verse du café. Bon, je n'aime pas le café noir, mais je crois savoir ce qui va être démoli et il me faut une minute pour me reprendre.

Je bois une gorgée et jette le reste.

Je retourne à table, rassemble mon courage pour tout lire :

Après des mois de débat au sujet du cinéma depuis longtemps fermé entre Cherry Avenue et Magnolia Avenue, dans le quartier ouest de Los Cerros, les propriétaires du terrain, avec un promoteur privé, ont prévu la démolition pour le 25 juin prochain…

13

À dix heures, j'attaque la cabane. J'ai les bras et les jambes ankylosés mais je me force à les remuer. Ce n'est qu'à quatorze heures que j'achève le quatrième mur, cependant ça va plus vite pour les deux derniers. Tout en soulevant et en martelant, j'essaie de garder l'esprit clair, mais il ne s'écoule pas une minute sans que je pense à elle.

Je devais lire un discours à son enterrement. J'étais trop triste et bouleversée pour écrire quelque chose de convenable, pourtant je savais que si j'étais morte, j'aurais aimé qu'Ingrid raconte notre amitié. Je me suis avancée sur le podium, j'ai posé le papier devant moi, de façon à pouvoir le lire, mais les lettres dansaient sous mes yeux, illisibles. J'arrivais bien à déchiffrer certains mots comme *amie, talent, souvenir*, mais tout le reste se fondait dans le vague. Je ne sais pas combien de temps je suis restée là avant que Davey vienne me prendre par le bras. *Viens,* m'a-t-il dit, *ne t'en fais pas*. Et il m'a conduite vers mes parents, parce que c'était plus facile d'être avec eux que toute seule là-haut.

Je dessine de larges ouvertures au centre des murs. À quoi bon une cabane dans les arbres sans une belle vue ? J'accroche devant de longs rideaux de toile et j'ajoute des crochets dans le bas pour pouvoir les fixer en cas de tempête.

Plus tard dans la journée, alors que le cercueil d'Ingrid allait descendre dans sa tombe, je me suis couvert les yeux. Je croyais que ça me soulagerait mais c'est là qu'a retenti ce son terrible émis par sa mère. Ce n'était pas un cri, ni un gémissement, quelque chose que je ne saurais décrire et qui est resté des mois dans mes oreilles, tout le temps qu'on a passé en forêt avec ma famille.

Lorsque mon père rentre du travail, je lui demande son aide. Il enfile un survêtement et vient me rejoindre à la cabane pour voir ce dont j'ai besoin.

– Tu as bien progressé ! s'exclame-t-il en applaudissant.

Sur le coup, je n'entends plus que ça. Il attend que je lui donne des instructions mais je reste là, les bras ballants.

– Ma chérie ! Ma chérie !

Il essuie mes larmes et ma morve directement avec sa main. Il m'aime tant !

– Le toit, dis-je alors.

– Quoi ?

– Je voudrais que tu m'aides à le construire.

Aussitôt, il s'en va chercher une planche.

– Tu veux grimper la première pour que je te la passe ?

Au cimetière, en rouvrant les yeux, j'ai vu le père d'Ingrid étreindre sa mère qui sanglotait doucement maintenant, tandis que lui restait totalement silencieux, alors qu'il vibrait de tous ses membres, comme pris dans un tremblement de terre personnel.

Mon père semble un peu égaré dans son survêtement et ses baskets, en attendant ma réponse.

– Oui, dis-je. Je grimpe la première.

14

Après le dîner, j'enfile mon pyjama, entre dans mon lit et je reste là. À vingt heures, Dylan appelle.

– Tu veux les devoirs de littérature ?

– Vas-y.

– On doit lire les trois premiers chapitres de *Frankenstein* et rédiger une page de commentaires sur la relation entre l'amour de Mary Shelley pour son père et l'analyse des relations parentales dans le bouquin.

– D'accord.

– Tu veux que je répète ?

– Pas la peine.

– Tu veux que je vienne ? Tu veux qu'on discute ?

– Je suis juste un peu fatiguée.

– Je sais qu'il y a autre chose.

Je contemple la photo d'Ingrid sur le mur en balbutiant :

– Désolée…

J'ai du mal à en dire davantage, ma voix tremble de plus en plus.

– S'il te plaît, ne m'en veux pas. Je n'arrive pas à parler pour le moment.

Je remonte les couvertures sur ma tête, ouvre les yeux sous le drap dont je distingue à peine les dessins étoilés.

– Caitlin, souffle-t-elle. Il va bien falloir que tu en parles un jour.

– Je sais.

Je hoche la tête, même si elle ne peut pas me voir.

15

Le garage n'est qu'un terrifiant foutoir d'objets que mes parents refusent de jeter mais, pour le moment, je fouille dedans et me sens plutôt l'âme d'un gagnant à la loterie. C'est trop beau pour être vrai : ce vieux globe terrestre sur lequel l'Union soviétique existe encore, les cinq tapis persans qui remontent à l'époque où maman était accro aux ventes aux enchères, les innombrables chandeliers, les santons des années soixante-dix de papa… je peux tout prendre.

Je meuble ma cabane, récupère sous des cartons de disques poussiéreux un tapis bleu et vert à la jolie bordure ambrée. En écartant d'autres boîtes sur une étagère, je trouve certains vieux objets ayant appartenu à mon père, lis quelques citations salaces dans ses albums de promo et tombe sur sa photo de classe de première. Avec ses cheveux un peu longs autour des oreilles et son collier de cuir, il a l'air carrément cool. Après, je trouve une mangeoire pour colibris, en verre et bois sculpté. Je la tends vers l'ampoule du plafond pour mieux la voir et admirer les oiseaux incrustés aux becs jaunes, aux yeux bleus, aux pointes des ailes rouges. Je la prends avec le tapis.

Bientôt, j'ai du mal à respirer. Il y a trop de poussière. J'attrape une radiocassette qui fonctionne sur piles, ainsi que deux casiers à bouteilles vides et je sors respirer un peu. Avant de fermer la porte du garage, je saisis une vieille boîte en carton, en arrache un morceau. Dans la maison, je prends un marqueur et un ruban de scotch et, comme un gosse, j'écris DÉFENSE D'ENTRER.

Une fois que j'ai tout monté dans la cabane, je suis trop fatiguée pour faire autre chose. Je déroule le tapis et m'allonge dessus. Il est un peu poussiéreux mais, au point où j'en suis, ça m'est égal. Je reste là, à regarder par la fenêtre, et je me sens un peu comme dans une forêt. Je ne ferme pas les yeux, je ne m'endors pas. Je me contente de contempler le ciel et d'écouter le bruit lointain des voitures.

Plus tard, j'entends des pas et j'ai peur que ce ne soient mes parents car j'ai encore décidé de sécher les cours aujourd'hui. Le bruit s'arrête au pied de mon arbre. J'espère que mon écriteau est assez explicite.

Là, j'entends la voix de Dylan :

– Sérieusement ?

Je ne me lève pas car je n'ai pas envie qu'elle me voie, je crie seulement :

– C'est juste une blague.

– Alors je peux monter ?

– Non.

J'attends qu'elle dise autre chose, mais non, ses pas s'éloignent. Alors je crie :

– Attends !

Elle s'arrête. Je descends.

– On va se balader ? dis-je.

16

Au restau thaï, on s'installe l'une en face de l'autre, dans notre box préféré.

– J'ai son journal.

Dylan arrête son mug de café devant sa bouche.

– Elle l'a glissé sous mon lit avant de se tuer. Je suis au moins sûre de ça.

Elle repose son mug, me fixant d'un regard dont elle seule est capable, le genre qui me fait normalement frémir mais, cette fois, je le soutiens, avant de répéter :

– J'ai son journal.

Elle boit.

Garde le café dans sa bouche.

– Putain, finit-elle par murmurer. Pourquoi tu ne me l'as pas dit ?

Et elle me saisit le bras.

Elle a encore la main dessus quand le serveur apporte nos soupes ; il considère la table d'un air anxieux, sans trop savoir où déposer nos bols géants, jusqu'à ce que Dylan me lâche. Je me tourne alors vers mon sac à dos, en sors le journal – couverture bleue, oiseau peint au Tipp-Ex. Je le lui tends par-dessus la vapeur qui s'échappe de nos soupes.

Elle le prend dans ses mains tremblantes, même si ses mains sont toujours agitées. Ce doit être le café, ou je ne sais pas.

Elle tourne la première page. Je la connais par cœur maintenant, j'ai dû en mémoriser chaque lettre. Elle examine l'autoportrait d'Ingrid, lit ce qu'elle a écrit dessus : *Moi un dimanche matin.* Je ne cesse de me demander : *Quel dimanche ? Qu'est-ce que je faisais quand elle dessinait ça ? Où est-ce que j'étais quand elle regardait sécher le Tipp-Ex ?*

– Et toi ? dis-je alors.

Dylan paraît ne pas comprendre.

– Je voudrais savoir ce qui t'est arrivé. Je sais qu'il s'est passé quelque chose.

Elle se remet à feuilleter le journal.

– Une autre fois, dit-elle.

– Quand ?

– Plus tard.

– Plus tard ce soir ?

Elle ne répond pas, se plonge dans la dernière lettre, tandis que je déchire soigneusement ma serviette en lanières.

17

Plus tard, on se retrouve dans ma chambre.

Dylan s'est assise par terre en tailleur, les mains ouvertes sur ses genoux.

– J'avais un frère, dit-elle. Il s'appelait Danny. Tu te rappelles la photo dans ma chambre ? C'était lui.

Je me contente de hocher la tête sans rien dire.

– Quand j'avais onze ans, il en avait trois, et il est tombé gravement malade.

Elle s'interrompt, regarde ses mains, demeure silencieuse le temps de reprendre son souffle. Elle porte un débardeur, si bien que je peux voir à quel point les muscles de ses bras sont tendus. Ses yeux me paraissent plus grands, plus verts que jamais.

Quand elle reprend la parole, c'est d'une voix si basse que je l'entends à peine :

– On a fait tout ce qu'on a pu. À la fin, il était tellement faible…

Je ne peux plus soutenir son regard alors j'examine le tapis. Je repense au portrait du petit garçon sur son bureau et je me rappelle lui avoir demandé qui c'était, sauf que je ne sais plus comment j'ai dit ça. Difficile d'admettre que je n'aie pas remarqué qu'il lui ressemblait, ni que je ne me sois pas étonnée qu'elle se taise.

– Dylan…

Je ne sais pas ce que je vais déclarer mais il faut que je parle :

– Ça a dû être…

Elle m'interrompt d'un mouvement de la tête.

– Après, on se sentait tous tellement seuls. J'étais certaine que mes parents ne pouvaient pas comprendre ce que je ressentais. Et que papa ne se rendait pas compte à quel point maman souffrait, car il continuait d'aller au travail tous les jours. Mon père pensait qu'elle ne saisissait pas l'épreuve qu'il subissait en perdant un fils. Ils se sont séparés une année avant de pouvoir enfin comprendre la souffrance de chacun.

Allongée au bord du lit, je ne la quitte pas des yeux. Je voudrais lui prendre la main, comme elle l'a fait tout à l'heure. J'essaie mais elle recule, doucement, juste ce qu'il faut pour me faire comprendre que je ne dois pas chercher à la consoler.

Je me redresse.

– Dis-moi trois choses sur lui.

Ma demande paraît la surprendre, néanmoins elle trouve exactement comment y répondre :

– Il aimait courir après les pigeons. Chaque fois qu'il récitait l'alphabet, il inversait le *B* et le *D*. Il disait *A-D-C-B-E-F-G*.

Je souris et attends la suite. Au bout d'une minute, je lâche :

– Encore une.

– Il avait de petits bras très forts. Il me serrait le cou à m'en faire mal.

La nuit tombe vite. Dylan lève les yeux vers le plafond et son visage en devient tout bleu.

– Je sais ce que tu ressens, dit-elle. Crois-moi. Mais il n'y a pas que toi qui souffres à cause d'Ingrid.

J'ai l'impression qu'elle va ajouter quelque chose mais non. La voilà qui descend du lit, me serre dans ses bras, très fort, sans me laisser la possibilité de lui rendre son étreinte. J'en reste essoufflée, sans voix, tandis qu'elle descend déjà l'escalier et ouvre la porte d'en bas.

Je demeure un long moment sur place. Je sens encore la pression de son corps sur le mien. Au rez-de-chaussée, mes parents discutent, se lavent les dents, fouillent dans des tiroirs. J'ouvre mon sac à dos, sors le journal d'Ingrid, le dépose sur mon bureau. Lorsque mes parents sont endormis, je me rends à ma fenêtre, regarde ma voiture, et puis le ciel.

Une idée me vient. J'attends le lever du jour.

18

L'espoir revient. À huit heures, je sors dans le patio, laisse aux parents un mot que je dépose devant la machine à expresso, où je leur explique tout ce que je vais faire ; et j'emporte avec moi un sac rempli de ce dont j'aurai besoin pour aujourd'hui. Je passe devant le dernier tas de planches, les jardinières de fleurs jaunes, les tomates qui rougissent sur leur pied.

En me glissant dans ma voiture, je sens la fausse fourrure du siège toute douce sous mes jambes. Je porte une jupe que je n'ai plus mise depuis l'année dernière, avec des carreaux verts et jaunes, assez courte pour laisser apparaître mes genoux pâles. Je mets le contact en repensant aux doigts de Taylor sur mes cuisses, ça me serre le cœur. De plaisir.

Je passe la première et sors lentement vers la rue. Je ne veux pas réveiller mes parents le seul matin de la semaine où ils peuvent dormir.

Même si j'adore la cassette de Davey, j'ai envie d'écouter autre chose, cette fois, si bien qu'à chaque feu rouge en direction de l'autoroute je cherche de bonnes chansons à la radio. Ça crachouille dans les haut-parleurs, ensuite ça discute, ensuite ça fait la morale, puis ce sont de vieilles musiques gnangnan, jusqu'au moment où je tombe sur ce que je voulais – la parfaite chanson du matin. Je descends ma vitre, monte le volume et chante à mon tour, à travers les rues endormies.

Je tourne à gauche sur la bretelle d'autoroute, accélère, passe la cinquième vitesse. Au début, la voie est à peu près déserte, mais à mesure que je me rapproche des faubourgs, il y a de plus en plus de voitures. J'essaie de deviner où elles se rendent.

Un Asiatique dans une Lexus – au bureau un samedi ? J'imagine sa fille en train de dire : *Papa, tu travailles trop.* Je jette un autre coup d'œil vers son visage. Il a l'air tout content, il doit aimer son boulot. Puis j'aperçois une vieille dame accrochée à son volant – qui rejoint son groupe de tricot après le petit déjeuner, en se disant : *Aujourd'hui, je termine la première manche du pull de mon mari.*

À l'approche du poste de péage, je me crispe un peu, essaie de masquer toute forme de panique. Je vais conduire sur ce pont pour la première fois de ma vie et ça me donne un peu l'impression de plonger d'une falaise. Le type dans sa cabine porte un casque dont doit sortir une musique entraînante. Je lui passe un billet de dix, il me rend la monnaie. À présent, c'est à moi de jouer. Je dois me débrouiller avec un million de voitures de chaque côté et je laisse échapper un couinement de terreur mais, miraculeusement, je survis. La suite s'avère terrifiante ; en même temps ce doit être également le moment de plus exaltant de ma vie.

Je suis souvent passée sur ce pont, pourtant ça ne m'a jamais fait cet effet. Le paysage disparaît sous moi. De chaque côté, il y a de l'eau et quelques bateaux, si lointains qu'on dirait des jouets pour enfants flottant sur la baie. Au-dessus de moi se dressent les câbles épais qui retiennent le pont. Au-dessus encore : le ciel. Un coup de vent m'accroche davantage à mon volant. J'arrive sur Treasure Island, la traverse pour n'en voir bientôt plus qu'une image dans mon rétroviseur, tandis que je me retrouve au-dessus de l'eau et que la ville apparaît devant moi, pleine de promesses.

Je débouche sur Duboce Street, tourne à gauche, prends les directions que j'ai relevées ce matin, traverse des rues que je ne connaissais pas encore. Avec Dylan on se baladait ailleurs mais je m'efforce de ne pas dévier de ma route. Bientôt, je trouve le parking prévu, me gare et coupe le moteur.

Je verse quelques pièces dans le parcmètre, puis me dirige vers Copy Cat.

C'est Maddy qui me repère la première et elle m'adresse un signe derrière le comptoir. Je souris, soulagée – je ne savais pas trop si elle travaillait ce matin. Elle finit de s'occuper d'un client et je l'attends dans un coin car je ne suis pas certaine qu'elle ait le droit de recevoir des visites d'amis. Je ne veux pas lui causer d'ennuis avec son patron. Pourtant, dès qu'elle a terminé, elle s'approche de moi, me prend dans ses bras.

– Qu'est-ce que tu fais là ?

– Il faut que je fasse des photocopies, dis-je comme si ça allait de soi.

Ça la fait rire.

– Il n'y a pas de machines à Los Cerros ?

Je sors de mon sac le journal d'Ingrid.

Je ne sais pas si Dylan lui en a parlé, si ça signifie quelque chose pour elle. Cependant, elle le tient d'une main, pose l'autre sur mon bras en soufflant :

– Oh, bien sûr !

Elle demeure pensive un instant puis :

– Je vais demander au directeur si tu peux utiliser l'arrière-boutique. C'est là qu'on prépare les grosses commandes, tu y seras beaucoup plus tranquille.

Ici, au moins, la lumière brille par la fenêtre et on entend de la musique en sourdine ; une femme aux bras couverts de tatouages utilise une des machines, un homme aux cheveux blancs, les doigts pleins de bagues, étale d'innombrables papiers devant lui. Entre eux, une machine attend, ainsi qu'une table collée à la paroi de la vitrine.

– Merci, mais je crois que ça ira très bien ici.

– D'accord, gazouille Maddy. Je vais te montrer.

Elle me désigne un paquet de feuilles plus épaisses que la normale.

– Tiens, prends ça. C'est de la bonne qualité. Un peu chère mais tu n'as qu'à utiliser mon compte, j'ai droit à une réduction.

Je cherche du regard un éventuel directeur, cependant tous les gens autour de nous paraissent jeunes et gentils.

– Bon, d'accord, dis-je à voix basse.

Devant la machine, je respire l'odeur du papier et de l'encre.

Elle me montre comment m'y prendre et, une fois que j'ai compris, elle retourne derrière son comptoir.

Par la vitre, je vois passer des gens qui poussent des caddies, promènent leur chien ou boivent du café. Plusieurs couples font tranquillement la queue devant un restaurant. J'ouvre la première page du journal d'Ingrid en me demandant combien d'heures j'ai passées dessus, dans l'espoir d'y trouver un réconfort.

Je le place sur la vitre éclairée, abaisse le couvercle, appuie sur IMPRIMER.

Une seconde plus tard, une copie parfaite sort de la machine. Je la prends, la contemple. Ce petit sourire en coin, ces cheveux blonds.

J'appuie de nouveau sur IMPRIMER.

19

Une heure plus tard, j'ai terminé. J'apporte mon épaisse pile de copies vers le comptoir de Maddy.

L'air pensif, elle les range dans un grand dossier brun.

– Alors, Dylan t'a raconté pour Danny. C'est fou. Elle n'en parle jamais.

Elle semble hésiter, prend son temps avant de poursuivre :

– Elle ne se laisse pas trop approcher par les gens, elle est très réservée. Elle tient beaucoup à toi et elle sait ce que tu as traversé.

Le dossier brun entre dans un grand sac de papier. Mais je n'ai pas envie de le prendre, de quitter cette boutique. Tout me semble parfait, ici – le soleil, la musique, la femme et ses tatouages toujours en train de photocopier un ouvrage interminable, Maddy qui me sourit gentiment derrière son comptoir – et là, je comprends.

Voilà l'effet que produit l'amitié.

Ça n'a rien de fugace, ça ne s'achèvera pas au moment où je franchirai cette porte.

Je prends le sac, l'ouvre, trouve une copie d'un dessin d'Ingrid représentant la jupe et les jambes d'une fille. Elle a inscrit dessous : *Courage.*

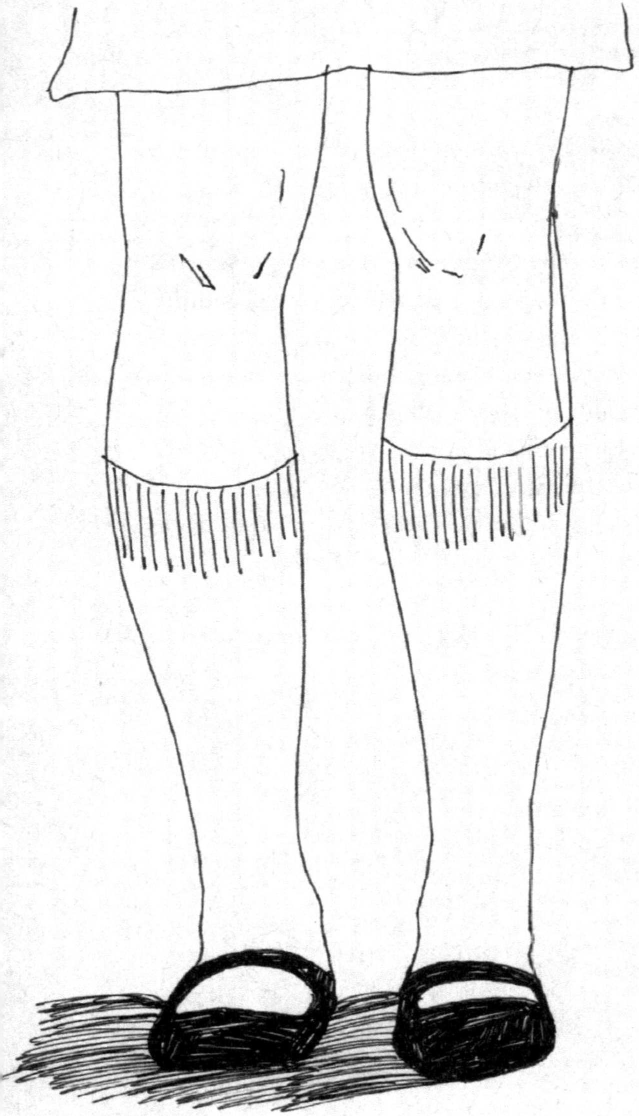

COURAGE

– Je voudrais te donner ça.

Maddy saisit la feuille des deux mains, la soulève devant elle.

– Raconte, dit-elle sans la quitter des yeux.

Je me penche vers le comptoir pour mieux la voir moi aussi.

– C'est au milieu de son journal, quand elle paraît complètement éperdue dans ses lettres. Mais il semble qu'elle ait encore eu de l'espoir à ce moment-là. Enfin, je n'en sais pas beaucoup plus.

Je repense à ma conduite pour arriver ici, l'homme en train d'aller au bureau, la vieille dame au tricot.

– On pourrait essayer d'imaginer, dis-je alors.

– Voyons voir. Elle se trouvait quelque part dans votre ville.

– Devant le Starbucks.

– En train de t'attendre.

– Maman allait venir me déposer.

– Et elle regardait les gens, elle s'occupait.

– Et elle a vu une fille.

– De onze ans.

– Et elle l'a trouvée mignonne.

– Mais elle ne voulait pas que la gamine la voie en train de l'épier.

– Alors elle n'a dessiné que le bas de son corps.

– Et là... Ta maman s'est garée et tu as sauté de la voiture.

– Et elle a fermé son journal car elle est toujours très discrète à ce sujet.

– Mais, plus tard dans la nuit, elle l'a rouvert et elle a trouvé qu'il manquait quelque chose à cette image.

– Alors elle y a réfléchi...

Là, tout en inventant complètement le reste, je crois vraiment voir Ingrid assise à son bureau avec ses crayons, ses aquarelles.

– Et elle s'est rappelé ce qu'on ressentait à onze ans, quand on était trop maigre et qu'on n'avait pas encore de poitrine.

– Qu'il était difficile d'oser dire à sa mère qu'on avait besoin d'un plus grand soutien-gorge.

– Et elle s'est dit que c'était dur.

– Vraiment dur.

– D'avoir onze ans et d'être une fille.

– Alors elle a sorti son stylo noir…

– Et elle a écrit le mot *courage*.

Maddy repose l'image en souriant. Je lui rends son sourire.

– On se voit bientôt ? demande-t-elle.

– Oui. Très bientôt.

20

Dans la voiture, j'ouvre mon carnet à la deuxième page de mon circuit, de Copy Cat à l'appartement d'Amanda et Davey, à Hayes Valley. À présent, il y a beaucoup de monde sur les routes et je suis coincée au milieu des embouteillages une bonne vingtaine de minutes avant d'arriver chez eux. Cette fois, j'ai plus de mal à trouver un endroit où me garer et quand, enfin, je vois quelqu'un qui s'en va, je dois bloquer la circulation avec mon clignotant, le temps qu'il laisse la place libre.

– Désolée, désolée, désolée, dis-je à toutes les voitures qui me contournent.

Il me faut une dizaine d'essais avant de parvenir à faire mon créneau et, le temps que je sorte de la voiture, la rue s'est à peu près vidée. Je remonte deux pâtés de maisons, passe devant un café empli de clients distingués, croise un homme maigre en train de fumer, longe un million d'appartements victoriens, tout autour de moi. Un sans-abri au chandail gris usé me demande une pièce et je sors un dollar de mon sac.

– Dieu vous bénisse ! dit-il avant de s'éloigner.

Quelques pas plus tard, il ajoute :

– Vous êtes généreuse.

Au coin de la rue suivante, il crie :

– Soyez gentille. Écoutez vos parents ! Travaillez bien à l'école !

Je trouve leur appartement, dans un immeuble bleuté et plein de dorures, cherche le dernier étage mais ne vois rien de spécial par les fenêtres. Je ne sonne pourtant pas, préférant imaginer ce qui se passerait si tout le monde échangeait ses regrets contre des conseils et se mettait à les crier. Les feux de circulation changeraient aux carrefours et les passants s'interpelleraient en se croisant – *Terminez vos études ! Faites de l'exercice au moins trois fois par semaine ! Ne commencez jamais à fumer ! Dites à votre mère que vous l'aimez ! Mettez un préservatif ! Réconciliez-vous avec votre frère ! Ne signez rien avant d'avoir vu un avocat ! Sortez votre chien dans le parc ! Gardez le contact avec vos amis !*

J'appuie sur la sonnette de Davey, guette les pas dans l'escalier, la clé qui va tourner dans la porte.

Rien.

Je sonne de nouveau, au cas où.

Au bout d'une minute, je m'assieds sur les marches du perron, sors les pages que je voudrais leur donner – sa première lettre, celle adressée au pion, car je sais que ça leur rappellera combien Ingrid avait de l'énergie ; deux pages tendres sur Jayson car je suis certaine qu'ils ne l'ont jamais connue sous cet angle ; et une de ses dernières lettres, bien que je m'en veuille un peu, comme si je jetais une bombe sur leurs meilleurs souvenirs. En même temps, je fais ça pour honorer sa mémoire, ce qu'elle était vraiment – Ingrid l'énergique, l'optimiste, la triste, la violente, celle qui me détestait parfois.

Après avoir rassemblé toutes ces pages, j'arrache une feuille de mon carnet pour leur écrire un message. Puis j'agrafe le tout et le glisse dans leur boîte à lettres.

Chers Davey et Amanda,

Je sais que j'ai promis de passer il y a un moment déjà. Désolée que ça m'ait pris tant de temps. Voici quelque chose que je voulais vous donner. Si vous êtes tristes, n'hésitez pas à en parler !

bisous,
Caitlin

Il est déjà midi et j'ai faim, alors je retourne à ce café que j'ai repéré tout à l'heure, commande un sandwich et un latte puis m'assieds à une table entourée de gens plus âgés, vêtus de noir et qui discutent de choses importantes.

Une fille en robe rétro appelle mon nom depuis le comptoir, si bien que je lui fais signe. Tout en mangeant, je regarde les copies que j'ai faites, pour décider lesquelles je vais donner à mes parents. J'avale une gorgée de mon latte tout en décidant de leur donner une copie de chaque. Je bois une autre gorgée, puis une autre. Même une fois que la mousse a disparu, ça me semble toujours bon, bien laiteux, pas trop amer. Peut-être que je réagis trop fort, mais je suis contente – voilà une année que je cherche un café qui me plaise et je l'ai enfin trouvé !

21

Il est deux heures de l'après-midi. Je suis de retour à Los Cerros.

Un homme ouvre la porte de Jayson, vêtu d'un jogging et d'un tee-shirt. Il est aussi grand que Jayson, en moins athlétique. Derrière lui apparaît un petit salon avec un vieux canapé et une chaise longue. Des pubs passent à la télévision.

– Monsieur Michaels ?

– C'est moi.

– Je suis Caitlin. Une amie de Jayson…

Il ouvre la porte en grand.

– Entrez. On regarde le match, avec Jayson. Jayson ?

À son appel, celui-ci émerge de ce que je suppose être la cuisine, armé d'un grand bol de pop-corn.

Il m'en offre, tandis que son père me fait asseoir dans son fauteuil en disant qu'il est réservé aux invités très spéciaux. Jayson lève les yeux au ciel.

Je n'y connais rien en base-ball et commence à m'impatienter. J'ai encore tellement de choses à faire, mais je ne vois pas comment donner ses lettres à Jayson sans alerter son père. J'essaie de capter son regard et, quand j'y parviens enfin, je lui fais signe de me rejoindre à la porte. Sans doute trop subtilement car il ne paraît pas comprendre et demande :

– Tu veux encore du pop-corn ?

– S'il te plaît, dis-je en lui tendant mon bol.

Et ça continue… Je me mets à espérer qu'il a appris à reconduire leurs hôtes à la porte. J'annonce alors que je dois y aller.

– Je t'accompagne, dit Jayson.

Là, j'ai envie de le serrer dans mes bras.

Une fois dehors, il me dit :

– Mon père va me cuisiner à mort quand je vais revenir. Tu t'en doutes ?

– Désolée.

Ça doit faire drôle en effet que je me pointe à l'improviste juste pour regarder la moitié d'un match avec eux.

– Non, c'est cool, dit Jayson. On est amis, tu viens quand tu veux. Sauf que mon père va croire que tu veux sortir avec moi. Il va être dégoûté quand je lui dirai que non. Il y a plein de filles qui sont déjà venues, et il ne leur avait jamais cédé sa place. Sérieux, il t'aime bien.

– Oh non ! dis-je en riant. Désolée de décevoir ton papa. Il est trop gentil.

Jayson attend que j'ouvre ma voiture et là, il aperçoit mon énorme sac sur la place passager.

– Qu'est-ce que tu transportes comme ça ?

– Trop de trucs. Il y en a une partie pour toi.

– Ah bon ?

Je sors ses pages, les lui donne.

– Ce sont des copies que j'ai faites du journal d'Ingrid.

Là, il se glisse sur mon siège, allume la lumière. Je reste à l'extérieur pour lui laisser le temps de lire un peu.

J'ai tenté de rester loyale sur ce que j'allais montrer à chacun mais, après mûre réflexion, j'ai décidé de ne remettre que des extraits positifs à Jayson. Je ne pense pas qu'il aimerait voir le reste et je suis certaine qu'Ingrid n'aurait pas voulu non plus.

J'attends pas loin d'une heure avant de revenir vers lui. Et là, je le trouve effondré sur le volant, la tête dans ses mains.

– Jayson !

Il ne bouge pas.

D'un seul coup, je suis prise de remords, comme si je venais d'accomplir le pire acte de ma vie.

– Jayson ?

Je pose la main sur son épaule, cherchant un moyen de réparer les choses. Je croyais bien agir. Je songe encore à ce qu'il a déclaré à l'anniversaire d'Ingrid : *J'avais envie de dire à tout le monde que c'était différent pour moi mais ç'aurait été idiot de ma part. Je ne le méritais pas.* J'ai vraiment cru qu'il fallait le faire et je me rends compte que j'avais tort. C'était trop pour lui. Au fond, il ne la connaissait pas bien. Ils s'asseyaient à côté en bio et, une fois il lui a dit qu'il aimait bien son chapeau, mais ça s'arrêtait là. Et voilà que je viens de l'anéantir avec ça.

– Jayson.

Je lui secoue l'épaule.

– Jayson !

D'un seul coup, il se redresse, sort de la voiture, le visage baigné de larmes.

– Tu ne te rends pas compte de ce que ça me fait.

J'ouvre la bouche pour lui dire que je suis désolée, mais il a déjà repris :

– Merci.

22

Je connais trop bien l'endroit suivant où je me rends, presque autant que ma propre maison. Je me gare à l'ombre des arbres de la rue et reste un instant immobile.

C'était dur de sonner chez Davey, ce matin, mais là, ça me semble encore pire – impossible. J'essuie mes mains sur ma jupe, regarde l'allée de l'entrée. La voiture de sa maman est là, celle de son père aussi. J'ai l'impression d'évoluer en altitude, là où l'air commence à se faire rare, glacial.

Je prends mon sac sur la place passager.

En remontant la pelouse qui mène à leur maison, je me rends compte que j'aurais dû les prévenir. J'aurais dû au moins appeler une heure avant, histoire de vérifier que je ne tombais pas trop mal. Sauf que si je m'en vais maintenant, je ne sais pas combien de temps il me faudra pour retrouver le courage de venir ici. J'hésite devant la porte d'entrée, me représente le dessin d'Ingrid, me murmure, *courage.*

Je frappe – trois coups brefs, suivis de deux plus longs. Comme avant, juste pour annoncer ma présence –, et je n'attendais pas qu'on m'ouvre la porte, j'entrais. Le chien d'Ingrid se met à aboyer et j'entends Susan le calmer. Je me prépare à la trouver totalement différente de ce que je connaissais, me promets de ne pas lui montrer mon effroi quand j'apercevrai sa silhouette, un squelette, une ombre.

La porte s'ouvre.

Ses cheveux ont blanchi, poussé. Elle a dû prendre quelques kilos mais, dans l'ensemble, elle n'a pas trop changé.

J'ouvre la bouche mais ne sais que dire. La dernière fois que je suis venue ici, je suis sûre d'être passée devant elle sans pour ainsi dire la remarquer, pour monter directement dans la chambre d'Ingrid.

– Oh, mon Dieu ! souffle-t-elle en se couvrant la bouche d'une main.

Pourtant, elle sourit.

– Bonjour, Susan.

Elle me caresse l'épaule.

– Entre. Quelle surprise ! Quelle heureuse surprise !

Je la suis dans le salon mais me fige sur le seuil.

Au milieu du mur principal, au-dessus de la cheminée, apparaît mon portrait par Ingrid, celui qui a remporté un prix.

– Ça te fait drôle de te retrouver là ? demande Susan en souriant.

– Un peu…

– C'est Veena qui nous l'a donné.

Je hoche la tête.

– Elle nous l'a apporté un soir, après te l'avoir montré.

Ça fait bizarre de l'entendre parler de Mme Delani, de savoir que Susan connaît certaines choses à mon propos, comme le jour où j'ai découvert cette photo. Depuis ce temps, je faisais mon possible pour ne pas penser aux parents d'Ingrid, au point que j'en arrivais à faire comme s'ils n'existaient pas.

– Tu es magnifique, commente Susan.

Sur la photo, je suis en jean et débardeur, les cheveux en bataille, l'air fatigué – je ne sais plus quel soir Ingrid l'a prise, mais je n'étais pas au top de ma forme.

– Je veux dire maintenant, reprend-elle. Tu as l'air plus mûre.

Je sais qu'elle ne veut pas vraiment dire ça, mais je ne peux m'empêcher de songer : *Plus mûre qu'Ingrid n'en aura jamais l'air.* Je sens mes yeux s'embuer. J'aurais vraiment dû me donner du temps pour me préparer à cette visite. Au moins un an.

– Mitch fait une petite sieste. Il vient de passer une semaine difficile au travail. Mais assieds-toi, je vais le chercher. Il sera content de te voir.

Je prends place sur le canapé de cuir, ôte mes chaussures, plie mes jambes sous moi. J'ai sorti les lettres que je comptais leur donner mais, en les parcourant de nouveau, je me rends compte que ça ne suffira pas. J'aurais dû les envelopper, en faire une sorte de livre.

Des pas résonnent dans le couloir et voilà le père d'Ingrid qui apparaît devant moi, me prend dans ses bras. Je ne sais comment réagir – Mitch ne s'était encore jamais comporté ainsi avec moi. Il était gentil mais sans plus. Là, il ne dit rien, se contente de m'étreindre, désespérément ; par-dessus son épaule, je vois le mascara couler des yeux de Susan. C'est pire que tout ce à quoi je m'attendais et je m'en veux trop car, j'ai beau ressentir la désolation du moment, je n'ai qu'une envie : qu'il me lâche. Ses bras me serrent davantage et je me mords la joue pour m'empêcher de crier : *Je ne suis pas elle, je ne suis pas votre fille, arrêtez de faire comme si j'étais votre fille.* Mais il continue. J'en ai du mal à respirer. Je suis là, je suis dans cette maison, je vois les choses avec les yeux de Susan et de Mitch. Ils se sont réveillés un matin au bruit de l'eau qui coulait de la salle de bains, croyant qu'Ingrid prenait une douche un peu tôt, essayant de se rendormir, pour se réveiller à nouveau au signal d'alarme, Mitch demandant : *Suzy, tu entends ça ?* Et elle répondant, *Oui.* Dans l'escalier, le bruit de pas dans des pantoufles. *Mitch, attends là, je vais voir si elle prend sa douche.* Petit coup sur la porte de la salle de bains. *Ingrid ?* Autre coup, plus fort. *Ingrid !* Le grincement des gonds, l'eau, l'odeur – mélange d'urine, de douleur, de métal. *Oh mon Dieu !* Ce rouge partout. *Suzy, quoi ? Suzy, je monte !* Leur fille, nue – les seins, le pubis, les hanches, ces coupures, ce sang, cette peau, ces yeux mi-clos, fixes. Et mes jambes tremblent, et les bras de Mitch forment comme un carcan, et Susan pleure sur le seuil, et j'avale le sang dans ma bouche, force ma voix à rester calme lorsque je prononce :

– Salut, Mitch.

Pour lui rappeler que ce n'est que moi.

23

J'ai repris ma place sur le canapé, les jambes repliées sous moi car je n'ai plus l'habitude de porter des jupes, surtout courtes.

Mitch s'est installé en face, l'air un peu choqué. De temps à autre, il me jette un coup d'œil, décoche un sourire nerveux dans ma direction. Susan revient de la cuisine, armée d'une carafe de limonade et de trois verres.

Elle remplit le mien, le pose sur la table basse.

– Je l'ai faite avec les citrons cultivés par tes parents. Ta mère m'en a donné tout un sac la semaine dernière.

– Je ne savais pas que vous l'aviez vue ces derniers temps.

Elle m'explique alors qu'elles déjeunent ensemble presque toutes les semaines, et ça me fait drôle de l'ignorer totalement.

Alors que j'ai à moitié vidé mon verre et que notre conversation ralentit, je sors les pages que j'ai choisies pour eux.

Je ne sais où entamer ces explications, alors je leur dis tout – comment j'ai découvert le journal d'Ingrid sous mon lit, que je l'ai lu petits bouts par petits bouts, jusqu'au moment où j'ai trouvé un message d'adieu à la fin. Susan et Mitch ne me quittent pas des yeux. À un moment, elle lui étreint la main.

– Il y a certaines pages, dis-je en déposant les copies sur la table basse, que je voulais vous donner.

À la façon dont ils se regardent, avec tendresse, dont ils me regardent, avec gratitude, puis prennent les copies une à une, je sais qu'ils n'espèrent plus rien. Ils commencent par *Moi, un dimanche matin,* passent à *Chère maman, je retire ce que j'ai dit* et *Cher papa, désolée.* Puis ils lisent le message final. Je reste sur place immobile, les laisse tout assimiler ; bien que les lettres soient explicites, j'ai encore l'impression que ça ne suffit pas. Après tout, ce sont ses parents, ce sont eux qui ont perdu le plus, plus que moi, et j'ai l'impression qu'ils devraient tout prendre. Je saisis le sac, prête à le leur abandonner.

L'oiseau sur la couverture est presque complètement effacé. Curieusement, la suite me semble aller de soi lorsque je dépose le journal d'Ingrid sur la table basse.

– Ceci vous revient également.

Et là…

D'un seul coup, je me souviens de tout ce qui est écrit à l'intérieur – la façon dont elle voulait que Jayson lui fasse mal, sa colère contre sa maman, le ruisseau, les mecs. Elle ne souhaitait pas que ses parents sachent. Je me sens blêmir, prise de nausée. Comment revenir en arrière maintenant ?

Mitch étudie mon expression, s'éclaircit la gorge.

– Nous avons déjà tellement de journaux d'Ingrid ! Tu devrais les voir. Elle en tenait depuis son plus jeune âge. Nous en possédons deux cartons dans le garage.

Susan effleure la couverture mais ne l'ouvre pas.

– Nous en avons lu quelques-uns de son enfance, avant qu'elle ne tombe malade. Ça nous a fait du bien de la revoir sous cet angle – jeune et heureuse de vivre.

Secouant la tête, elle reprend le journal, me le tend.

– Si Ingrid voulait qu'il reste chez toi, il te revient, dit-elle en le déposant dans mes mains.

Je le récupère, soulagée, le range dans sa poche habituelle. Mais, plus tard, en sortant de chez eux, je sens mon sac à dos peser comme jamais sur mes épaules.

24

À la nuit tombée, je me pointe chez Dylan mais elle est en pleine révision pour ses partiels ; je la convaincs de ressortir avec moi et on laisse ma voiture devant sa clôture blanche pour nous rendre à pied au cinéma. Un million d'étoiles brillent dans le ciel.

À mon grand soulagement, la fenêtre n'a pas été barricadée. J'écarte le rideau et on entre à l'intérieur.

– On n'y voit rien, maugrée Dylan.

J'ouvre mon sac à dos, sors une lampe de poche, l'allume.

– Alors, ça faisait partie de ton grand projet pour la journée ? raille Dylan.

Je fais oui de la tête. Malgré ma lampe, on doit faire attention pour se frayer un chemin entre les sièges. On en choisit deux au milieu et là, je lui raconte ma journée, du réveil à maintenant.

– Et moi ? demande-t-elle lorsque j'ai terminé.

Je sors deux dossiers, lui en dépose un dans la main.

Elle ne l'ouvre pas.

– Ça t'ennuie si je garde ça pour plus tard ?

– Je t'en ai donné beaucoup. Tu pourras les lire quand tu voudras.

Elle glisse le dossier dans sa sacoche. J'ouvre le deuxième, le lui tends et l'éclaire de ma lampe pour qu'elle puisse voir les photos que j'ai empruntées à Mme Delani.

– Ce que je voudrais, dis-je en éclairant directement l'écran, c'est les voir là-dessus. Tu crois qu'il y aurait une possibilité ?

Comme elle plisse les yeux, j'insiste :

– Enfin, tu vois, ce n'est peut-être pas possible, mais ce genre de chose, c'est plutôt ton domaine, non ?

Pour un peu, je verrais les idées se bousculer dans son cerveau, parfaitement nettes et logiques.

– Tu pourrais en faire des diapositives ? finit-elle par demander.

– Oui.

– Il va nous falloir un petit générateur sur batterie, mais ça se trouve…

Elle réfléchit encore un peu, avant d'ajouter :

– Pas de problème.

Puis, prenant ma lampe, elle longe la rangée de fauteuils, remonte dans l'allée. Je l'entends grimper l'escalier menant à la cabine de projection. Au-dessus de moi, par la fenêtre, apparaît le léger rayon de ma lampe – et la voilà, en train de remuer des affaires, de détacher des cordes, de fabriquer mille choses à partir de rien.

L'ÉTÉ, ENCORE

/

Comme elle l'a fait le premier jour, Mme Delani nous appelle à son bureau selon nos places, si bien que je serai la dernière, mais tout va bien. Elle a récupéré toutes les photos qui décoraient la salle pour laisser la place à celles qu'on vient de réaliser. En attendant, je feuillette un livre, entièrement consacré aux portraits de la mère du photographe.

Lorsque vient mon tour, il ne reste que quelques minutes avant la fin du cours. Mme Delani nous remercie tous pour l'année fructueuse qu'on vient de passer et dit aux élèves qu'ils peuvent s'en aller avant de lancer :

– Caitlin, c'est à vous.

Serrant mon dossier contre ma poitrine, je la suis dans son bureau.

Elle ferme son carnet de notes. On sait toutes les deux qu'à côté de mon nom s'alignent un bon nombre de zéros. Mais j'ai douze nouvelles photos entre les mains.

Elle me dévisage d'un air inquiet à travers ses lunettes.

– Dites-moi que vous avez quelque chose de bien à me montrer.

Reportant tout mon poids sur un seul pied, je reste là telle une autruche.

– J'ai une série.

– Vous n'avez pas idée du plaisir que j'ai à entendre ça ! soupire-t-elle. Si vous les disposiez sur la table ? Appelez-moi quand vous aurez fini.

Si bien que je retourne dans la classe pour les étaler sur la grande table sous la fenêtre, dans un éclairage parfait qui permet de souligner le moindre détail. Après quoi, j'annonce à Mme Delani que je suis prête.

Je ne regarde pas son visage, préférant me concentrer sur mes photos en même temps qu'elle les examine.

J'ai tiré des diapositives de clichés d'Ingrid et utilisé mes économies pour acheter un petit générateur. Dylan a tout réglé afin qu'une seule image puisse occuper tout l'écran. C'était incroyable de les voir aussi impeccables, brillantes, gigantesques. Elle s'était installée dans la cabine de projection tandis que je travaillais en bas avec mon appareil sur trépied. Il fallait que j'expose un bon moment chaque image car, à part l'écran, la salle était plongée dans le noir.

– Celles-ci sont…

Mme Delani n'achève pas sa phrase.

– Au début, je ne savais pas si ça marcherait, dis-je. Vous savez… photographier une photo…

– Mais vous avez fait beaucoup plus que ça. Ne serait-ce déjà qu'en les agrandissant, vous avez donné à ses clichés une importance accrue. Ils ne demandent qu'à être vus.

– Merci. Et le cinéma compte beaucoup aussi. C'était son endroit préféré, pourtant elle n'en a jamais vu l'intérieur. J'ai pensé que ce serait un moyen de l'y faire entrer.

– Certes. En examinant toutes ces images les unes à côté des autres, je vois d'abord celles qui ont été éclairées. Le tourne-disque. La chambre. La fenêtre éclaboussée de pluie. Les pieds nus. Et puis émergent les détails de la salle et je vois qu'il s'y passe encore plus de choses. Les rangées de sièges vides en disent long ; elles laissent entendre que, malgré ces clichés énormes et imposants, ils resteront vides. Il y a un genre de secret là-dedans, quelque chose d'intime échangé entre le photographe et l'image.

– Il y a aussi les rideaux. Vous voyez celui-ci ?

Je désigne l'autoportrait d'Ingrid avec son appareil. J'ai un peu tiré les épais rideaux rouges de chaque côté afin qu'ils détachent l'image, rapetissent l'écran.

– Je voulais montrer qu'elle se cachait.

– Oui. La lumière apparaît encore sur le drapé mais les plis obscurcissent l'image. Comme si le film s'achevait avant la fin.

– À croire qu'il aurait pu en dire davantage si on ne l'avait pas interrompu.

On examine encore un peu mes photos.

– Vous leur avez donné un titre ?

– Oui, dis-je. *Fantômes.*

– Caitlin ! C'est un travail extraordinaire.

Ça me fait tellement de bien que ça m'en fait mal – pas juste parce qu'elle vient de le dire, mais parce que je sais que c'est vrai.

– Attendez.

Elle disparaît dans son bureau et je me rappelle la lettre que j'ai apportée pour elle, celle où Ingrid raconte comment Mme Delani l'a inspirée. J'avais l'intention de la lui donner aujourd'hui mais je n'y tiens plus trop. C'est sans doute égoïste de ma part, seulement j'aimerais que cet après-midi m'appartienne. Alors je sors la lettre de mon sac, la retourne contre la table.

Quand Mme Delani me rejoint, armée d'une boîte à punaises, je dis seulement :

– Tenez, c'est pour vous, mais pour plus tard. Je vous la laisse là.

Elle hoche la tête puis rassemble mes photos et tire une chaise vers l'avant de la classe. Là, elle les accroche une par une, au milieu du mur central.

Les premières photos de l'année prochaine.

2

Perchée au bord du plongeoir d'Henry, je lève les bras.

– Plonge ! crie Dylan.

– Ou pas, intervient Taylor. Tu es très bien comme ça. Regarde-moi ces bras !

– C'est une charpentière, lâche Dylan.

– Quoi ?

– Tu ne savais pas ?

Je plonge. L'eau est si tiède que je sens à peine la différence avec l'air ambiant mais je reste un moment en immersion, ouvre les yeux vers le ciel bleu, vois apparaître des jambes de garçons sous des shorts, des bikinis et des ongles rouges, des murs carrelés de turquoise. Je refais surface.

– Alors, demande Henry à Dylan, elle est bonne ta copine ?

– Canon, répond Dylan.

Les examens sont terminés. C'est le dernier jour de classe dont j'ai toujours rêvé.

– Souviens-toi, m'a lancé Dylan en arrivant chez Henry il y a une heure : bois de la bière, parle de cul et enferme-toi un peu avec Taylor dans la chambre des parents.

– Sérieux ?

– Bon, si tu préfères juste te baigner…

Je me baigne. Lentement, je plonge à en caresser le fond de la piscine du bout des doigts. Quelqu'un m'effleure le dos. Taylor. On s'embrasse sous l'eau. Quand on remonte, il a des gouttes au bout des cils.

– Ne bouge pas, dis-je.

Il ferme les yeux et je lui lèche les paupières. Ça sent le chlore, l'été.

– Tu es une charpentière ?

– Oui.

– C'est ce que Dylan vient de me dire. Et photographe ?

– Oui.

Je me dis : *Et fille, et amie.* Je ferme les yeux pour mieux me visualiser dans ces rôles. Et je m'y vois presque. Je les rouvre, souris.

– Tu es belle, dit-il.

– Tu es beau.

On nage ensemble jusqu'à l'autre bord. Dommage que je n'aie pas d'appareil photo étanche, j'aurais bien pris sa tête avec ses cheveux en pagaille, ou le mouvement de ses chevilles quand il traverse la piscine.

Les heures passent. Taylor et Jayson sont installés sur des transats et discutent bêtement de superpouvoirs.

– Tu cours hypervite, lâche Taylor. Je te verrais bien faire le tour de la ville en une milliseconde.

– Les zeptosecondes ça va encore plus vite, m'informe Dylan.

On est toutes les deux étalées dans la pelouse du fond.

– Comment ça se passe quand tu es au lit avec Maddy ?

Elle hausse un sourcil.

– Question inattendue !

– Ça ne devrait pas. On a parlé de tout le reste, pourquoi pas de ça ?

Elle hausse les épaules.

– Toutes les amies en parlent, dis-je encore. Vas-y.

Elle se retourne sur le dos, lève les yeux vers le ciel. Le soleil se couche, lâchant des rayons orange sur les collines.

– Donne-moi deux adjectifs pour décrire sa façon d'embrasser.

Dylan se couvre le visage en riant. Je me rapproche d'elle.

– Confiante, dit-elle. Gracieuse.

Elle me regarde entre ses doigts. Là, je m'écrie :

– Tu rougis ! C'est la première fois de ta vie !

– Pas vrai ! s'esclaffe-t-elle.

– Pourquoi elle rougit ? lance Taylor de sa place.

– Et Taylor ? murmure-t-elle.

– Miraculeux. Doux.

Quelques heures passent encore. Les gens s'en vont. La maison s'apaise. Avec Taylor, Jayson, Henry et Dylan, on partage une pizza dehors en riant et bavardant ; sauf Henry qui mange les yeux perdus dans la nuit. À la fin du dîner, il fait de plus en plus frais, alors je rentre à l'intérieur. J'y trouve Henry, assis au bord de la fontaine sous le portrait de sa famille. Je n'avais même pas remarqué qu'il n'était plus avec nous. Je prends mon pull jaune enroulé dans mon sac à dos et, au lieu de ressortir, je vais m'asseoir près de lui.

On ne dit rien. Il contemple ses mains ; je tire sur le bas de mon pull. Là, il plonge la paume dans la fontaine, envoie de l'eau sur le tableau.

– La vie, ça craint, marmonne-t-il.

– Peut-être…

Il a le visage rouge de colère ou d'embarras, je ne sais pas trop. Je lève les yeux vers le portrait, reviens vers Henry et constate qu'il me regarde. Alors j'ajoute :

– Mais pas tout le temps. Je ne crois pas.

3

Ma cabane est achevée. Enfin, « achevée » serait présomptueux, disons plutôt qu'elle est complète.

Devant, j'ai planté une large échelle bien robuste. Il y a donc six murs et une ouverture en guise de porte. Le tronc du chêne s'élève au milieu avec son écorce bien solide. Le plafond est à deux mètres – j'ai dû grimper sur une échelle pour le placer et mon père m'a aidée pour les coins les plus difficiles en tenant les planches que je clouais, en soulevant les parties plus lourdes.

Maman a fait nettoyer le tapis persan pour moi et, maintenant, les couleurs en sont encore plus éclatantes. Sur une petite branche, devant la fenêtre, j'ai installé la mangeoire pour colibris, en verre et bois sculpté. J'ai aussi acheté un fauteuil bien confortable que j'ai installé dans un coin. J'ai utilisé les casiers à bouteilles du garage en guise de tables, avec des fleurs sur l'un, près de l'autoportrait d'Ingrid encadré, et deux bougies dans les vieux chandeliers hippies de mon père. J'ai acheté seize cadres tout simples pour ma série *Fantômes*, et je les ai tous accrochés, trois sur chacun des cinq murs, le dernier au-dessus de la porte. Quand j'ai fait venir les parents, papa a carrément pleuré et maman a tout regardé d'un air si fier qu'on aurait cru que je venais de peindre *La Joconde.*

Demain, on démolit le cinéma. C'est aussi *le jour de la crémaillère de la cabane,* comme les parents aiment l'appeler.

Ils préparent une tarte à la rhubarbe directement cueillie dans leur potager. Maddy va venir spécialement de la ville et Dylan apportera un des étonnants plats de sa mère ; il y aura aussi Taylor et Jayson. J'ai laissé un message à Mme Delani pour l'inviter. Elle m'a répondu qu'elle acceptait avec grand plaisir.

J'ai déjà choisi la musique, apporté les assiettes et les couverts, comme ça je n'ai plus rien à faire. Je mets la musique pas trop fort, m'étends sur le tapis et m'endors à moitié. Chaque fois que je me réveille, je regarde le ciel pour voir comment les nuages ont bougé.

4

Je me réveille à deux heures du matin, juste cinq heures avant le début de la démolition, et je décide de me rendre une dernière fois au cinéma. Je laisse un message aux parents sur mon lit, enfile un jean, un sweat et mes Converse vertes, puis sors en douce.

Il fait nuit noire quand j'arrive sur place et je remercie intérieurement mon père de m'avoir forcée à garder une lampe torche dans mon coffre. Je me gare devant la bibliothèque puis me faufile jusqu'à la fenêtre cassée, jette mon sac à l'intérieur et me hisse sur le rebord.

Sortant le journal d'Ingrid, j'en arrache la première page, aussi soigneusement que possible. Je dépose le dessin *Moi, un dimanche matin* dans une poche de mon sac. Puis je grimpe dans la cabine de projection à la recherche des lettres noires. Il faut que je lui envoie un message

Si je n'avais pas passé toute l'année accrochée aux branches du chêne, je serais morte de peur à l'heure qu'il est.

Je grimpe au sommet de l'échelle bringuebalante, ma lampe sous le bras, le sac de lettres sous l'autre. Heureusement, il y a une corniche sous le fronton, d'où je peux tout disposer. La nuit est tiède, paisible. J'ignore comment je vais parvenir à rédiger dans ce petit espace tout ce que j'ai à lui dire. Je récupère l'inscription AD EU & ME CI et réfléchis à ce que je vais écrire.

Tant de choses me viennent à l'esprit : ses boucles d'oreilles en boutons rouges ; ce que je ressentais quand elle m'examinait dans l'objectif : bizarre, jolie, indispensable ; les jours où on séchait les cours pour ne rien faire ; ses veines bleues, sa peau claire ; la lumière rouge de la chambre noire sur son visage concentré ; la colline tranquille, l'herbe humide sous nos pieds nus ; la cicatrice *moche* ; les yeux bleu clair ; *où tu iras j'irai ;* les coupes de champagne ; *tiens bon ; on est canon* ; danser en robe jaune ; le ruisseau ; *tu pourrais chercher des tas de raisons mais il n'y en a pas ;* le vernis à ongles dans les poches ; *je ne veux pas te faire souffrir, ni toi ni personne, alors s'il te plaît oublie-moi.*

Je fouille parmi les lettres, sors ce dont je vais avoir besoin. Elles se mettent facilement en place mais j'ai beau les économiser, dès la première phrase, je me rends compte que je n'ai pas de quoi aller plus loin.

TU ME MANQUES.

Je redescends prudemment, rapporte le paquet dans la cabine de projection où m'attend mon sac à dos. J'en sors de nouveau le journal. L'oiseau peint au Tipp-Ex a complètement disparu. Je le dépose sur une étagère entre quelques ouvrages et de vieilles bobines de film. Je me dirige vers la porte, braque une dernière fois le faisceau sur la couverture bleue. Vu d'ici, il ressemble à n'importe quel livre.

5

Je me réveille, dans mon jean et mon sweat. Quand je pense à la nuit passée, je n'y vois qu'un nuage lointain.

Je vérifie mon sac à dos, juste pour être certaine que je n'ai pas rêvé. La poche zippée est vide.

En arrivant dans la cuisine pour le petit déjeuner, je trouve un bol de céréales que mes parents ont déposé à ma place. Ils sont assis l'un à côté de l'autre, en train de lire leurs journaux.

– On t'a préparé de quoi déjeuner, m'annonce papa.

Maman me tend un sachet beige. Je jette un coup d'œil dedans. Sandwichs confiture et beurre de cacahuète, une pomme, une barre granola.

– Waouh ! On croirait un repas pour un CM2.

Maman lève les yeux au ciel. Papa ma caresse la tête.

Je n'ai que deux minutes avant de m'en aller. J'avale mes céréales, me lave les dents, dis au revoir aux parents et pars une dernière fois à pied, vers le cinéma.

Au coin de la rue, j'entends un grondement sourd. Une file de semi-remorques arrive dans ma direction. Je les regarde passer, telle une procession funéraire. Un conducteur au béret rouge me fait signe. Je lève la main.

Il n'est qu'un peu plus de sept heures, pourtant le soleil chauffe déjà bien. Loin devant moi, les camions tournent sur la droite, vers le cinéma. Je les suis.

Le temps d'arriver, je trouve une foule qui s'assemble déjà autour du pâté de maisons, et les camions arrêtés, en train d'être déchargés. Le tout dominé par une grue orange, un dinosaure de métal. Sur le coup, j'en oublierais presque les gratte-ciel et les montagnes. Il m'a l'air plus énorme que tout alentour.

Je me fraie un chemin parmi la foule de personnes âgées, de types armés de leurs chaises pliantes, de mères avec leurs gamins, jusqu'à me retrouver devant le ruban de signalisation. C'est trop bizarre de voir tous ces gens ici, dans cet endroit que j'avais toujours considéré comme secret. Je me demande combien sont déjà venus là et ce que cette démolition signifie pour eux.

Je m'assieds en tailleur au milieu de la foule.

Et la machine orange se met en route.

Elle commence par mugir, s'avance lourdement vers nous. Son cou mécanique s'élève vers le ciel, à au moins dix mètres de haut avant de s'abattre sur le cinéma.

Après, tout se passe très vite. De puissantes mâchoires de métal avalent le mur en quelques minutes, puis la machine entre dans la salle pour l'attaquer de l'intérieur, réduisant la paroi en miettes. Le sol tremble. À l'aide d'un tuyau d'incendie, un homme se met à arroser la poussière pour l'empêcher de s'envoler vers nous. Ça sent fort mais, à l'instant où je me couvre le visage, je me rappelle un détail sur Ingrid que j'avais complètement oublié.

Un jour, maman nous emmenait quelque part et il avait fallu faire le plein ; Ingrid a baissé sa vitre tandis qu'on entrait dans la station-service. Elle a sorti la tête pour respirer un grand coup.

Qu'est-ce que tu fais ? lui ai-je demandé.

J'adore l'odeur de l'essence, a-t-elle répondu en humant l'air.

J'ai fait la grimace. Je ne savais que deux choses à propos de l'essence : elle était trop chère, comme disaient les parents. Et maman détestait s'en mettre sur les mains.

Ingrid s'est redressée. *Essaie,* m'a-t-elle glissé. *Tu vas adorer.*

Mais non. *Tu as un problème,* lui ai-je dit. Ça l'a fait rire et elle a encore reniflé.

Je reconnais l'odeur, maintenant, mélangée à la poussière et, tandis que les machines digèrent le cinéma, que les murs achèvent de s'effondrer, j'inspire à mon tour. Ce n'est pas si désagréable que ça, ou alors ça l'est tellement que ça en devient enivrant – je ne sais pas trop. Derrière moi, un bébé pleure mais je l'entends à peine au milieu de tout ce bruit.

D'un seul coup, je vois la machine s'approcher de l'avant du cinéma pour s'arrêter juste sous le fronton, dresser le cou, ouvrir la mâchoire. Là j'ai le cœur gros, ma vision se trouble et tout s'effondre, le toit s'écroule. J'imagine le journal d'Ingrid en train de tomber de son étagère, battant des pages comme si c'était des ailes, pour heurter le sol, ouvert à tous les vents. L'eau du tuyau vient le noyer, mélangeant les couleurs de l'encre, effaçant les dessins, rendant les mots indéchiffrables.

Une main me serre l'épaule. Je lève la tête. C'est Jayson.

Il se penche vers moi, sort un paquet de mouchoirs de sa poche.

Je ne crois pas pouvoir encore parler. Je m'efforce de sourire et c'est plus facile que je n'aurais cru. La pression se dissipe un peu. Il me rend mon sourire. Le dernier mur s'écroule et je souris encore, épongeant mes larmes, regardant le bois éclater sous l'énorme machine, le cinéma achever de disparaître.

Maintenant que c'est terminé, maintenant que le sol ne tremble plus, une dizaine d'hommes foncent sur le chantier pour emporter les débris vers les camions. La foule commence à s'éparpiller.

– Tu as tout vu depuis le début ? demande Jayson.

– Oui, et toi ?

– Presque tout.

Bientôt, il ne reste plus que nous deux.

– Bon, dit-il, je vais courir maintenant.

Je contemple le chantier vide ; c'est déjà difficile de croire qu'il y ait jamais eu un cinéma à cet endroit.

– Je vais rester encore un peu.

– On se retrouve chez toi.

Il s'éloigne à petites foulées et je me remets à regarder les ouvriers charger le bois dans un camion, les tuyaux de cuivre dans un autre. Ils cassent le béton des fondations, emportent tout. Je mange mon repas en les regardant travailler. Ça fait longtemps que l'heure du petit déjeuner est passée mais je n'avais pas faim jusque-là. Lentement, le chantier se vide, les ouvriers s'en vont. Il n'est pas loin de seize heures quand un homme vient enlever le ruban de signalisation.

– Le spectacle est terminé, me dit-il avec un sourire. C'était votre première démolition ?

– Oui.

– Alors… qu'en pensez-vous ?

Je ne sais pas trop qu'en penser, cependant je trouve le moyen de dire :

– C'était fantastique.

Sincèrement.

– N'est-ce pas ? Ça fait plus de vingt ans que je fais ça, et ça me donne toujours des frissons.

Puis il me regarde en se grattant la tête. Je sais exactement comment il me considère : une ado cinglée qui traîne là sans raison.

Ramenant mes jambes sur ma poitrine, je lève la tête vers lui et tends une main pour me protéger du soleil.

– Ça m'évoque plein de souvenirs…

Apparemment, ça lui suffit et il retourne vers le chantier comme s'il voyait le spectacle de ce que je viens de lui dire se projeter dans les airs.

6

La nuit qui a précédé la mort d'Ingrid, on a révisé en vue de nos examens de biologie, allongées par terre dans ma chambre. On n'arrivait pas à se concentrer et on se disait : *J'adore cette chanson* à chaque morceau qui passait à la radio, mettant plus fort en oubliant nos livres et nos cahiers.

– Rien à foutre de la bio ! s'est écriée Ingrid. Si on parlait plutôt d'avenir ?

Il y avait cette conviction dans sa voix, cette fausse légèreté que j'ai à peine remarquée.

J'ai fermé mon bouquin en annonçant :

– Bon, tu commences.

– Toi, tu commences.

Je me suis alors retournée sur le dos, les yeux au plafond.

– Je voudrais changer de décor à la fac.

– Sur la côte Est ?

– Plutôt l'Oregon ou le Montana.

– Tu préfères la neige ou l'océan ?

– Il y a un glacier dans le Montana. J'ai entendu dire qu'en Amérique ils commençaient tous à fondre. Ils auront disparu avant qu'on soit adultes.

– Alors la neige ?

– Je ne sais pas. J'ai entendu dire que la côte de l'Oregon était extraordinaire.

– Alors l'océan ?

– Je ne sais pas. Je n'arrive pas à me décider.

– Dans quelles études tu voudrais te spécialiser ?

– Aucune idée.

– Tu aimes la littérature, non ?

– Oui, mais plutôt lire pour moi-même.

– Bon, mais tu aimes les arts plastiques.

– Oui, tout à fait.

– Alors lance-toi.

– D'accord.

– Tu finiras peut-être par exposer.

– En tout cas je visiterai beaucoup d'expos.

– Tu es brillante, a conclu Ingrid. Tu seras peut-être professeure ou quelque chose comme ça, et tous tes étudiants t'adoreront.

Je me suis tournée vers elle en souriant.

– Et toi ?

– Tu sais… Moi c'est la photo et les voyages.

– Mais quelle fac ?

Je l'ai dévisagée en attendant sa réponse. S'il y avait le moindre doute dans son expression, je ne l'ai pas capté.

– Où tu iras j'irai, a-t-elle fini par dire.

J'ai jeté le livre de bio sur ses genoux.

– Encore faut-il qu'on soit acceptées quelque part.

Ça l'a fait rire, et moi aussi. Je l'écoutais à peine, pas un instant je n'ai pensé : *C'est la dernière fois que je l'entends rire.*

– On sera acceptées, a-t-elle répondu. Ce sera génial. Tu seras géniale.

Et là, quand elle s'est levée pour partir, j'ai dû regarder ailleurs et elle a dû glisser son journal sous mon lit, et j'ai dû me perdre dans mes pensées, sans savoir ce qui m'attendait.

7

Je reste un long moment sur le chantier. L'homme au ruban s'en va, suivi de tous les autres, emportant leurs machines géantes, les vestiges du cinéma, jusqu'à ce qu'il ne reste que la lumière du soir, la poussière dans cette rue vide.

Ce n'est pas la fin heureuse dont nous rêvions Ingrid et moi, mais ça fait partie de ce que je surmonte aujourd'hui. Les changements de la vie. Les gens, les choses qui disparaissent. Et réapparaissent, sans crier gare, et vous étreignent.

Je me lève, ouvre mon sac, en sors le trépied, prépare mon appareil : une rue qui vient de se vider. Dans le lointain, les collines en friche de Los Cerros. La poussière de miroitements évanouis. J'ajuste mon objectif jusqu'à ce qu'il se fixe à quelques pas de l'endroit où je me trouve.

Je règle le chronomètre puis me dirige dans le champ de vision, m'avance vers le point que je me suis fixé – assez proche pour que j'emplisse presque tout le cadre, assez loin pour que mon corps apparaisse tout entier sur la photo. Le chrono semble s'accélérer, prêt à partir et je reste droite, inspire un coup, respire à l'instant où le tic-tac s'arrête. Je ne bouge plus. Je le sens presque, l'obturateur qui s'ouvre, la pellicule qui gagne en sensibilité, absorbe la lumière, et me voilà.

C'est bien moi : une ado de presque dix-sept ans, saisie debout, les bras le long du corps, les pieds à plat sur le gravier, au milieu d'une rue déserte. Cheveux auburn raides, qui n'ont pas été coupés depuis un an, dont les mèches commencent à fourcher. Une dizaine de taches de rousseur sur le nez, restes de l'enfance. Coudes et genoux pointus, bras puissants à force de marteler et de soulever. Bretelles de soutien-gorge qui dépassent d'un débardeur blanc, jean sali par la poussière de la journée. Petite bouche, sans brillant à lèvres, sans sourire. Yeux bruns écarquillés et confiants, alertes malgré une suite de nuits sans sommeil. Une expression difficile à déterminer – à la fois nostalgique, éplorée et pleine d'espoir.

Note de l'auteure

Ce n'était pas ma tragédie,
disais-je.

Mais je me trompais.

J'étais en troisième au lycée et il y avait un garçon.

On se trouvait l'un près de l'autre devant nos chevalets, à l'atelier, avec des tabliers pour protéger nos vêtements, un pinceau entre les doigts et de la peinture qui nous coulait sur les mains et sur les bras. Des écouteurs aux oreilles, reliés à nos lecteurs de CD sur le tabouret voisin. La professeure avait quelque chose à dire, alors on a appuyé sur pause pour interrompre les chansons qu'on écoutait.

Je ne me souviens pas de ce qu'elle a raconté – rien d'important, sans doute – mais je me souviens que, quand elle a terminé, le garçon s'est tourné vers moi.

– J'aime ta peinture, a-t-il dit.

J'ai regardé mes ébauches prudentes, à côté de ses vibrants tracés multicolores.

– J'aime la tienne, ai-je répondu.

On a échangé un sourire. J'étais tellement timide. Et lui, si doux, si gentil. Et puis on a remis nos musiques et poursuivi nos tableaux, sans un mot, l'un à côté de l'autre.

Je reprends.

J'étais en troisième au lycée et je connaissais un garçon. Il s'appelait Scott.

Il était fin et doux avec ses cheveux noirs brillants, ses lèvres pleines et ses grands yeux marron. Son nom de famille se rapprochait du mien dans l'ordre alphabétique, autrement dit, on se retrouvait assis l'un près de l'autre, et j'en étais ravie.

Avec le reste de la classe, on se pointait à l'école d'art le matin. On prenait des notes, on répétait des pièces, on faisait de la peinture et on révisait pour les partiels, on effectuait des tours de piste. On faisait de notre mieux pour apprendre à bien grandir, mais on n'avait que quatorze ans, ça nous laissait tout le temps.

Un jour, à l'atelier, Scott s'est tourné vers moi en souriant.

– J'aime ta peinture, a-t-il dit.

Et j'ai répondu :

– J'aime la tienne.

Et on a remis nos chansons et passé le reste de l'heure l'un à côté de l'autre, chacun dans son monde.

On était en troisième, deux cents élèves, tous ensemble. On jetait des coups d'œil aux terminales sur leur terrasse ensoleillée. On mangeait les pizzas de la cafétéria dans leur boîte de carton, on buvait des canettes de Cherry Coke. On s'envoyait des messages. On bavardait, on se consolait, on était amoureux dès que des lèvres se posaient sur les nôtres. On pleurait dans la salle de bains. On riait aux éclats. On essayait de se faire remarquer. On avait peur de se tromper. On aiguisait nos crayons au cours de maths, on se changeait dans les vestiaires et on partait attendre le bus.

Et les jours se suivaient ainsi, jusqu'à ce matin de mars où on nous a annoncé que Scott était mort.

– Il s'est suicidé cette nuit.

Je ne sais plus qui a dit ça. J'ai pris le bus avec ma meilleure amie. Tout le monde ne parlait que de Scott, sauf nous deux qui gardions le silence.

– Je crois que c'est une blague, ai-je fini par lui dire.

Elle n'a pas répondu.

En arrivant au lycée, pas trace de Scott. Je ne l'ai revu qu'à son enterrement, lorsque j'ai suivi la file pour m'approcher du cercueil et voir son corps. Je n'étais encore jamais allée à des funérailles ; je ne savais pas que j'aurais pu refuser. Si j'avais su, j'aurais mieux fait de rester à ma place, de fermer les yeux et de l'imaginer en train de me sourire, à côté de moi.

Mais, durant le trajet de bus, ce matin-là, je ne savais encore rien de tout ça. On est arrivés au campus et j'espérais le voir, je cherchais ses cheveux noirs dans la cour. Je ne me rappelle pas quand est arrivée l'annonce officielle, ni si la vérité ne m'était pas déjà parvenue depuis longtemps.

Ce dont je me souviens, c'est quand je suis arrivée à mon cours de maths, un peu plus tard. Le professeur parlait d'une voix cassée tout en essayant de poursuivre la leçon de la veille. L'un d'entre nous s'est mis à pleurer. Et puis un autre. Et encore un autre, de plus en plus. Finalement, le prof nous a montré la boîte de Kleenex sur son bureau en disant qu'on pouvait sortir si on avait besoin d'un peu de temps. On s'est retrouvés dehors, à six ou sept, en larmes, sans savoir que dire. On s'est assis dans le couloir en se passant la boîte.

Je me rappelle le silence ; il n'avait rien de paisible, il sentait plutôt la panique. On s'affolait de ne pas trouver de mot. On versait des larmes en silence, on déjeunait en silence, on marchait en silence, on retournait aux cours en silence. Silence, horreur et lourd chagrin.

On était pourtant censés grandir ensemble.

J'étais en troisième au lycée, et je suis allée à l'enterrement de Scott. J'ai vu son corps dans le cercueil. Sa mère a poussé un cri et j'avais envie de me boucher les oreilles.

J'étais en seconde au lycée et, avec ma meilleure amie, on a cessé de prendre le bus. On se réveillait quand il faisait encore nuit, on se baladait ensemble au centre commercial, on s'installait dans notre box préféré et on partageait des pommes de terre sautées et des tranches de cheesecake pour le petit déjeuner.

J'étais en première au lycée et, avec un groupe, on était trop rebelle pour assister au bal de fin d'année ; à la place, on a préféré sortir dîner, on a traîné dans les rues à la nuit tombée, en robes longues et en smokings.

J'étais en terminale au lycée et, d'un seul coup, l'enfance s'achevait. On se retrouvait sur la terrasse ensoleillée, en shorts et robes d'été. On est allés au bal de promo et, ensuite, une grande partie de notre groupe a passé la nuit dans une maison près de l'océan. Pieds nus dans la nuit noire sous les étoiles, avec le grondement des vagues et le sable sous mes pieds, je sentais combien nos vies avaient changé.

Mon professeur de littérature m'a demandé d'écrire un discours pour la remise des diplômes et je l'ai fait. Malgré ma timidité qui faisait déjà trembler ma voix quand je parlais en classe, je suis montée sur une estrade face à mes camarades et leurs familles et j'ai parlé du temps qu'on avait passé ensemble depuis qu'on se connaissait, de ce qu'ils signifiaient pour moi, bien que la plupart d'entre nous n'aient pas été des amis proches. J'ai parlé du lien qui nous unissait du fait d'avoir grandi ensemble. J'ai parlé du fond de mon cœur, et certains ont pleuré, d'autres secouaient la tête, et Scott n'était pas avec nous.

Voilà plus de vingt ans que Scott est mort. On était si jeunes, à l'époque, à peine ados. Et peu importe qu'on ne se soit jamais parlé au téléphone, peu importe qu'on n'ait pas été des amis proches. L'important, c'est qu'il n'est plus de ce monde alors qu'il devrait l'être. Il était là et puis il est parti et on ne l'a plus vu parmi nous, on ne s'est pas croisés à la bibliothèque, on n'est pas sortis faire un tour avec lui après une pièce, on ne l'a pas aidé à remplir son album de quatre années de souvenirs, on ne s'est pas installés près de lui pour contempler les étoiles, on n'a pas traversé la scène ensemble pour récupérer nos diplômes, on ne l'a pas serré dans nos bras avant d'embarquer pour un voyage vers le reste de nos vies, ensemble ou non.

Même si on est du genre à fuir nos villes natales, à ne plus donner de nouvelles, à se moquer des rassemblements d'anciens élèves, on est forgés par les autres jeunes qui ont grandi avec nous. Scott, durant la courte période où je l'ai connu, m'a rendue meilleure. Et puis il est mort et j'ai appris ce que c'était que le chagrin.

Je n'oublierai jamais son cercueil en train de descendre dans la terre. Je n'oublierai jamais le cri de sa mère, celui de la mère d'Ingrid dans ce roman. Je n'ai jamais pu l'oublier.

Sans doute fallait-il que j'écrive ce livre pour essayer.

La question le plus souvent posée par mes lecteurs : « D'où avez-vous tiré votre inspiration pour écrire ce roman ? »

Depuis dix ans qu'on me pose des questions sur *Tiens bon*, j'ai donné beaucoup de réponses, toujours vraies. J'ai parlé de débuts, de fins, des flux et reflux de l'amitié. J'ai parlé de la façon dont ma mère, ancienne prof de photo, m'a montré le portrait d'une élève qui s'était scarifié le ventre avec ces mots : *moche, grosse, idiote.* J'ai parlé d'adolescents dans un petit faubourg de San Francisco, qui ne rêvaient que d'ailleurs. Et j'ai parlé de Scott, aussi, de la façon dont il s'est suicidé quand on avait quatorze ans. Je ne l'ai jamais appelé par son nom dans mes réponses, et j'ai toujours préfacé mes textes d'un : « Ce n'était pas mon meilleur ami. Je ne le connaissais même pas très bien », comme si je n'avais pas le droit de parler de sa mort. Comme si je n'avais pas besoin d'en éprouver du chagrin.

Ce n'était pas ma tragédie, disais-je.

Mais si.

Scott ne faisait pas partie de ma famille ni de mes amis proches, pourtant le choc, la stupeur et le chagrin nous ont tous frappés. Nous traversons la vie avec nos traumatismes, nos déchirements. Il ne sert à rien de les retenir, de les comparer à ceux des autres pour savoir lequel est le plus grand. En revanche, il y a beaucoup à gagner en les partageant, sous quelque forme que ce soit, malgré les difficultés, et bien que ça semble nous rabaisser. Si, auparavant, je cachais son nom dans le but de protéger la vie privée de sa famille et le caractère sacré de son souvenir, j'ai changé d'avis sur ce point.

Nous sommes tous des adultes maintenant – à part Scott. J'ai eu trente-six ans quand ce roman a été publié pour la première fois. Il en aurait eu trente-six, lui aussi. Quand je cherche son nom sur Internet, il n'y a aucun résultat, quand je vais sur la dernière page de mon album de troisième, il y a sa photo, suspendue dans le temps.

Je voudrais vous faire connaître le peu que je sais de lui. Partager mon plus fort souvenir – à la fois simple et inapproprié.

Ces chevalets alignés, ces pinceaux, ces mains pleines de peinture.

Mes ébauches prudentes, ses vibrants tracés multicolores.

Ses cheveux noirs, ses yeux marron et son sourire.

Quelques mots gentils.

Maintenant encore, après tant d'années, je me surprends parfois à repenser à Scott, à me demander quel genre de vie il aurait vécu s'il avait terminé la troisième avec nous.

J'étais au lycée et j'ai grandi, j'ai écrit ce roman.

J'ai écrit ceci dans l'enivrement de la création, mais aussi avec désespoir, frayeur autant qu'amour. Je voudrais maintenant vous remercier de l'avoir lu. C'est important pour moi plus que je ne pourrai jamais le dire. Bien que cela parle de tragédie, espoir et résilience en sont au cœur. Que le vôtre puisse battre pour vous, fort et clair, et vous aider à comprendre qu'aussi dure soit la vie, cela vaut la peine de rester parmi nous.

Si vous luttez comme Scott, comme Ingrid, j'espère que vous trouverez la force en vous – même si vous croyez l'avoir perdue – pour demander de l'aide à quelqu'un en qui vous avez confiance. Si vous ne connaissez pas cette personne, allez trouver les organisations qui pourront vous aider. Il n'y a souvent pas de plus grand acte de bravoure que de dire : *Aidez-moi.* Ne cachez pas votre douleur.

Vous méritez de monter prendre le soleil sur la terrasse des terminales.

Vous méritez de ressentir l'émerveillement d'une vie qui se transforme.

Vous méritez de tirer quelque chose de significatif de votre désespoir.

Avec du courage et de l'aide, vous y parviendrez.

Et vous vous sentirez bien.

Nina LaCour

# Remerciements

J'ai beaucoup de chance de connaître trop de gens pour pouvoir tous les mentionner sur ces pages. À vous tous : ma plus profonde gratitude pour avoir tellement empli ma vie de chaleur et de gratitude.

À ma mère, Deborah Hovey-LaCour, et à mon père, Jacques LaCour (qui n'est ni pirate ni mathématicien) : ma liste de remerciements pourrait s'étendre à l'infini. En un mot comme en cent : merci d'avoir toujours cru en moi. À mon petit frère, Jules LaCour : merci d'être quelqu'un d'aussi remarquable, de savoir si bien me faire rire et si souvent. À mes grands-parents, Joseph et Elizabeth LaCour : merci pour votre amour inconditionnel et pour m'avoir enseigné la théorie de la relativité.

À Sherry et Hal Stroble : merci pour votre amour et votre générosité. J'ai tant de chance, pour tant de raisons, d'être votre belle-fille.

À mon éditrice, Julie Strauss-Gabel : merci d'avoir tiré le meilleur de ce roman et, par la même occasion, de m'avoir tant appris sur l'art d'écrire.

À tous ceux de Dutton : merci de vous être tant attachés à ce livre. À mon cher agent, Sara Crowe : tu m'as vraiment facilité les choses.

À Jessica Jacobs, l'une des premières lectrices de ce livre : merci d'avoir tellement cru que ces scènes éparses pourraient un jour former un roman, et pour tes bons conseils et tes encouragements tout au long de cette histoire. À Vanessa Micale, Rachel Murawski, Evan Pricco et Eli Harris : merci pour vos bons conseils, vos suggestions, votre soutien et votre amitié. À Eric Levy : je ne sais pas comment j'aurais pu rédiger une lettre de candidature sans toi. À Charlotte Ribar et à Sophie Smyer : la lecture de vos commentaires m'a enchantée et aidée plus que vous ne pourriez l'imaginer. À Mandy Harris : merci d'avoir préparé mon manuscrit pour l'expédier à travers le monde. À Mia Nolting : merci d'avoir ajouté une telle énergie artistique à ce livre, avant même d'en avoir été chargée. À ma meilleure amie, Amanda Krampf : merci d'avoir été ma complice criminelle au lycée. Je suis trop contente qu'on se soit rencontrées à cet arrêt de bus.

À mes professeurs depuis le CP jusqu'aux études supérieures : vous vous êtes donné tant de mal, vous avez été extraordinaires. Je suis particulièrement reconnaissante à George Hegarty, au Dr Ruth Saxton et à Yiyun Li. À Kathryn Reiss : merci de m'avoir enseigné la littérature enfantine et de m'avoir si bien encouragée pour ce livre. Et à Isabel : merci pour m'avoir renvoyé cette première lettre de fan.

Enfin, à Kristyn Stroble : merci d'avoir lu chaque mot de chaque version, et d'avoir pleuré aux bons moments. Par-dessus tout, merci de m'avoir rendue si heureuse. Sans toi, tout ceci n'aurait pas été possible.

Achevé d'imprimer en août 2019 par Corlet imprimeur – 14110 Condé-en-Normandie
Dépôt légal : août 2019 - N° d'imprimeur : 206019 – *Imprimé en France*